吞噬星空

典藏版 8

我吃西红柿 著

ARTTIME 时代出版
时代出版传媒股份有限公司
安 徽 文 艺 出 版 社

图书在版编目（CIP）数据

吞噬星空：典藏版. 8/ 我吃西红柿著. — 合肥：
安徽文艺出版社，2021.5（2025.6重印）
ISBN 978-7-5396-7031-7

Ⅰ. ①吞… Ⅱ. ①我… Ⅲ. ①幻想小说—中国—当代
Ⅳ. ①I247.5

中国版本图书馆CIP数据核字(2020)第163441号

TUNSHI XINGKONG DIANCANG BAN 8

吞噬星空　典藏版 8

我吃西红柿 著

出 版 人：姚　巍
责任编辑：周　丽　　张　磊
装帧设计：周艳芳

出版发行：安徽文艺出版社　www.awpub.com
地　　址：合肥市翡翠路1118号　邮政编码：230071
营 销 部：(0551)63533889
印　　制：湖南天闻新华印务有限公司　　电话：(0731)88387856

开本：710 mm×1000 mm　1/16　印张：18　字数：290千字
版次：2021年5月第1版
印次：2025年6月第8次印刷
定价：32.00元

目录

CONTENTS

第345章 堡内兑换 001
第346章 生命果实 007
第347章 抢夺宝物 013
第348章 突起波澜 019
第349章 丧家之犬 025
第350章 宇宙级 030
第351章 摩云威力 036
第352章 混战 042
第353章 刀光剑影 048
第354章 最后一次兑换 054
第355章 归途 060
第356章 离开联军驻地 065
第357章 回到沧澜星 071
第358章 见冥昱 077
第359章 界主级强者现身 083
第360章 传承水晶球 089
第361章 处理宝物 096
第362章 财富飙升 102
第363章 履历 108
第364章 斗武场 114
第365章 梦中的草原 119
第366章 回归地球 125
第367章 跨入宇宙级 130
第368章 领域和法则 135
第369章 罗峰和百卡罗 139
第370章 主人 145

第371章 **太空激战** 151
第372章 **刀锋族** 157
第373章 **罗峰的强大** 162
第374章 **魂印秘法** 168
第375章 **蒙了** 173
第376章 **乾巫拍卖会** 178
第377章 **乾巫宇宙国** 183
第378章 **窒息** 188
第379章 **衍神兵** 193
第380章 **拍卖尾声** 198
第381章 **第二分身** 204
第382章 **初始宇宙** 210
第383章 **寒冬腊月** 215
第384章 **始动** 220
第385章 **圣地黑龙山** 226
第386章 **悬空榜文** 232
第387章 **大风起** 238
第388章 **无数天才** 243
第389章 **第一世界区** 248
第390章 **出手** 254
第391章 **代号疯子** 260
第392章 **魔锤** 267
第393章 **街头大战** 273
第394章 **排名** 279

第345章

堡内兑换

平原上的花草随风微微起伏，而远处的冒险者军队将雷电城堡重重包围。

“那么多人将雷电城堡给包围住了。”罗峰远远看着，皱起了眉头。

很显然，这一大批人马应该是联手将前往雷电城堡的路给封锁了。即便有雷霆石，也进不去，毕竟人家在城堡外面挡住了。

他们进不去雷电城堡，这下该怎么办？

“大哥、二哥，我去找冥昱大人。”罗峰用原力传音。

“嗯！”洪和雷神微微点头。

罗峰闭上眼睛，意识迅速连接虚拟宇宙网络。

……

虚拟宇宙，黑龙山岛屿，九星湾。

罗峰站在自家门前的草坪上，面前浮现出一块屏幕，屏幕上出现了一个魁梧的男子，正是虚拟宇宙公司驻黑龙山分部武部外部的执事——冥昱。

“罗峰，很高兴见到你。”冥昱朗声笑道。

“冥昱大人。”罗峰微微躬身，以示尊敬，“我看到核心地带被大量冒险者军队给重重包围了，这是怎么回事？”

“哦！”屏幕中的冥昱微微一笑，“这是各大组织知道雷电城堡中的智能生命发布悬赏后，做出的统一决定。各方分别派出一成人马，组成联合军队，将雷电城堡重重包围，并布下防控网，禁止任何非组织势力的人进入其中，兑换宝物。”

“原来如此。”罗峰恍然大悟。

此举够霸道的！

各大组织分别派出一成人马，那就是差不多有20万大军，近20万恒星级九阶强者组成的大军封锁住前往雷电城堡的路径，这实在是太容易了。

这样一来，一些闲散的冒险者就算得到了雷霆石，也根本无法进入其中兑换宝物。

“不过，你不用担心。你、洪、雷神都被伪装成了我的手下，你们的头像、身份等信息都传送给那边的指挥部了。那近20万大军知道你们是我麾下的，不会阻拦你们的。”冥昱笑道。

罗峰暗松一口气。

不过，那些人做事也真够谨慎的，竟然会审核每一个人的信息，一旦名字不在名单列表内，根本不允许其进入雷电城堡。

“冥昱大人，我们小队还有两个成员。”罗峰说完，就将铁南河和敖骨的头像等简单信息发送了过去。

“行，我可以让他们以我手下的名义进去。”冥昱笑道。

“多谢冥昱大人，那我就先离开虚拟宇宙了。”罗峰微微行礼。

“对了，罗峰，你现在准备进入雷电城堡，是有所收获了吗？”冥昱问道，眼眸中充满了期待。

“想必冥昱大人也知道界中界内的情势。”罗峰无奈地道，“近20万大军的到来，我所在的五人小队根本没有别的办法，只有硬着头皮进入雷电城堡。”

冥昱微微点头。

“不过，我们会努力，不会让冥昱大人失望的，拼命的话，应该能够兑换到宝物……”罗峰笑道。

“放心，我一定不会亏待你们的。”冥昱直接说道。

“多谢大人。”

随即，通话结束。

界中界。

狂风呼啸，罗峰等五人迅速朝远处的联军飞去。

“止步！”其中一个有着狮子头的壮汉伸手阻止，怒喝一声。

罗峰等五人当即降落下来。

“我们是三斧山冥昱大人麾下的。”雷神大声喊道。

“哦？”壮汉扫视罗峰等五人，壮汉的身后更是有着近千人。

城堡的周围一共有近20万大军，分成了36个队伍，每个队伍的人数超过5000，每时每刻都保持警戒。这些人分批防守，绝不轻易放任何一个非组织势力的人进入城堡。

“嘀！”壮汉低头看向手臂上的智能光脑，屏幕上出现了罗峰等五人的简单信息。

壮汉当即仔细地打量着罗峰等人。

“哈哈……”随后，壮汉发出爽朗的笑声，“原来是三斧山的兄弟。三斧山的人马离这不远，五位只需问问人，就能找到了。”

“多谢。”罗峰淡淡一笑。

五人直接走进人群中。

而后，壮汉原力传音问道：“你们可有雷霆石卖？我们愿意出10方宇宙晶，购买1颗雷霆石。”

“抱歉，我家大人禁止买卖雷霆石。”罗峰原力传音回道。

“反正你家大人也不知道你在这里得到了多少雷霆石，何不卖出一点，换取宇宙晶呢？”

“嗯！让我想想。”

罗峰说完，带着其他四人迅速离去。

目送罗峰等五人离去，壮汉摸了摸鼻子，不爽地哼了一声，显然在为没有兑换到雷霆石而不高兴。

联军驻扎之地，外紧内松。

外面36个队伍戒备森严，里面却是笑声一片，甚至还有很多人悄悄做雷霆石交易。大家都是恒星级九阶强者，买卖雷霆石的还真不少。

人群中，罗峰等五人围坐在草地上。

其他人也是三三两两坐着，不少人到处乱窜，进行交易。

“刚才那狮子头壮汉可真够黑心的，说什么用10方宇宙晶购买1颗雷霆石。看，这边的交易价格高多了，有人愿意出100方宇宙晶，甚至有人愿意出200方宇宙晶，只为兑换1颗雷霆石。”雷神不忿地说道。

“宇宙晶虽然贵重，可和那些珍宝一比，就算不得什么了。”洪说道。

“兑换珍宝。”罗峰默念一声，看着最前方的古老城堡。

一分钟，两分钟……

一个小时，两个小时……

罗峰就这么看着城堡，整整过了三个小时。

三个小时内，出现了一些诡异的事。偶尔会有一些穿着战衣，头盔覆盖住整个脑袋的人进入城堡。短短三个小时，有100人进入了城堡。

“难道这100人进入城堡是为了兑换宝物？宝物一共只有312件。”罗峰疑惑地道。

“哈哈！兄弟你这就想错了。”从旁边走过的清瘦男子停下，笑眯眯地看着罗峰，“进入城堡的，十个中有九个都是凑热闹的。要知道，联军可是分成了一个个小队，代表各位域主级强者、界主级强者，后面厮杀肯定很惨烈，因此大家都不想让别人知道自己得到了宝物。”

“所以，他们安排手下进入城堡，故意迷惑别人，甚至出钱让其他队伍的人进去。只是去城堡中逛一逛，就能得到一大笔钱，谁不愿意啊？”男子笑着看向罗峰。

罗峰恍然大悟。

这是在放烟雾弹？

也对，联军内部并不团结，都防着对方呢。

“兄弟，有雷霆石卖不？我可以给出250方宇宙晶兑换1颗雷霆石的高价。”男子又道。

“我出300方宇宙晶，向你买1颗雷霆石。”罗峰看着男子。

男子讪讪一笑，连忙走人了。

雷霆石可是能够用来兑换宝物的，就算是出再高的价，都不算什么。只是，现在有些人认为一些恒星级九阶强者禁不住金钱的诱惑。

300方宇宙晶相当于10亿乾巫币。一般的恒星级九阶强者怎么禁得住如此诱惑呢?

然而，在外面，那些宝物可是值天价，比如五阶原力兵器。

普通的三阶原力兵器能卖两三百亿黑龙币（平均价）；四阶原力兵器能卖近千亿乾巫币；五阶原力兵器的平均价达近千亿宇宙币，相当于近1亿方的宇宙晶。一般的域主级强者刚刚突破，踏入界主级时，都未必舍得花费这么多钱。

只有卡布界主这种界主级巅峰强者，而且很富裕的，财富才如此惊人。

时间一分一秒过去。

古老城堡经常有人进去，而且几乎个个都戴着蒙面头盔，谁也不知道谁兑换了宝物，谁没有兑换宝物。

“呼！”罗峰深吸一口气。

他穿着合金战衣，头上戴着头盔，也就一双眼睛露出来。

他走出人群，独自走向城堡。

不少人都看了过来，仔细地审视罗峰。谁也无法确认，走向城堡的人是否真的是去兑换宝物的。

“殿下，这是第二大队送来的雷霆石，他们开采了两个区域，灭了三个小队，一共得到了约210万颗雷霆石。”

联军中，被八名保镖簇拥的九皇子布罗林坐在那里，旁边的男子恭敬地递过一个空间护腕。

“约210万颗雷霆石？”布罗林拿过空间护腕，轻声说道，“吩咐下去，让其他几个大队赶紧送雷霆石过来。那传承水晶球的三重密码全部兑换的话，需要整整3000万颗雷霆石，现在还差很多。”

“是，殿下。”男子恭敬地应道。

布罗林扭头朝城堡的方向看了一眼，而这个时候罗峰刚好步入城堡。

“哼，一群穷鬼！”布罗林冷笑一声，“只是去兑换宝物，个个藏头缩尾，最后兑换的还都是差的宝物。哼！排名第二的雷霆界主级强者的银行账号我都没放在眼里，只有那蕴含无比珍贵的全套空间秘法的水晶球才是最重要的，比其他所有宝物都要重要得多。”

“殿下……”又一个男子冲了进来，恭敬地行礼，并递上一枚空间戒指，“这里面有第五大队得到的168万颗雷霆石。”

布罗林眼睛一亮，拿起空间戒指，而后迅速起身：“走，跟我进入城堡，现在足以兑换第一重密码了。”

“是。”

布罗林当即带着四名保镖，也不隐藏身份，直接朝城堡走去，顿时吸引了很多人的目光。

第346章

生命果实

“师兄，九皇子殿下布罗林进入城堡了。”百虎楼的人群中，仇宇低声说道。

“哼！”瘦小男子那银色眼眸紧紧地盯着远处，冷哼一声，“布罗林占的优势太大，一来，他是九皇子，得到了圣地黑龙山中皇族控制的势力的支持；二来，他的外公在圣地黑龙山的地位极高，又得到了一批人的支持。黑龙山的50万大军中，有22万大军听他的号令。”

此次，进入城堡的有近200万大军，黑龙山、冰海神国两大圣地各有50万大军；四大组织各有近20万大军；十六大家族分别有1万大军。而布罗林因为其特殊的背景和身份，得以控制22万大军，的确优势极大。

“他将22万大军分成7个大队，每个大队都有超过3万的大军。”瘦小男子冷哼一声，“超过3万的大军强势掠夺，谁能抵挡得住？”

周围的人议论纷纷。

虽然很多精英心中愤愤不平，但是论地位，他们远远不及宇宙级强者。

而贵为九皇子，且母亲一脉极其强势的布罗林的地位高得多。

如果是在外面，而非考核世界，布罗林一声令下，处死一个宇宙级强者都是轻而易举的。

不过，这里可是界中界，布罗林也只能按照规矩办事。

古老的城堡。

当布罗林带着保镖进入城堡的时候，罗峰已经在城堡的智能生命的指引下，进入了其中一间幽冷的古屋。

微弱的灯光照亮了古屋，墙壁上的斑驳痕迹昭显出了其古老的历史。墙壁是由一块块青黑色砖石构成的，隐隐散发着一股特别的味道。

“小家伙，你要兑换什么？”一道低沉的声音回荡在古屋内。

古屋中死一般的寂静。

罗峰环顾四周，没有看到任何人。

“当然是兑换宝物。”罗峰回答道。

“你有雷霆石吗？这些日子，有很多人特意来到这里，却没有雷霆石可供兑换。”那道低沉的声音继续说道。

“有。”罗峰一挥手，顿时面前出现了足足有一人高的雷霆石堆。

“很好。”

一阵脚步声从外面的走廊传来，而后，一个胖乎乎的白胡子老头走了进来，他的身体表面隐隐泛着光芒。

罗峰一眼看出，这个白胡子老头就是智能生命，它跟当初的巴巴塔在陨墨星号飞船中的形态一样，是一个能量身体。

“难得有一个是真的来兑换宝物的。”白胡子老头微微一笑。

“老先生，您好，不知道该如何称呼您……”罗峰彬彬有礼。

眼前的白胡子老头可是智能生命，跟随过卡布界主，并且孤独生活了超过千万年。如此存在，的确值得尊敬。而且，按照巴巴塔的话说，这白胡子老头孤独了上千万年，很可能心理变态了，还是别招惹为好。

“小家伙，你可以称呼我为雾大人。”白胡子老头笑道。

“雾大人？”罗峰一怔。

这名字好奇怪。

“雾大人，我要兑换宝物。”罗峰说道。

“你也不陪我多说说话，这么着急干什么？”白胡子老头有些不满。

罗峰连忙说道：“雾大人，那……”

“既然这么着急，那就兑换宝物吧。”白胡子老头变脸极快，一下子变得很是冷漠，“你要兑换什么宝物？”

“五阶原力兵器冰魂刃。”罗峰回答道，“还有五阶念力兵器镇空鼎。”

“哦？”白胡子老头很是讶异。

“还有最后一个——生命果实。”罗峰躬身行礼，“雾大人，我就要这三件宝物。”

“就这三件宝物？”白胡子老头身体表面的光芒一下子变得耀眼，它惊诧地看着眼前的黑发青年，“兑换五阶原力兵器冰魂刃，需要13万颗雷霆石；兑换五阶念力兵器镇空鼎，需要18万颗雷霆石；兑换1颗生命果实，需要80万颗雷霆石。这城堡周围的1万千米都是我需要警戒和探测的范围，你在冒险者大军中似乎没有多高的地位，怎么弄到这么多雷霆石的？”

罗峰微微一笑。

其实巴巴塔早就提醒过罗峰这一点了，虽然白胡子老头的警戒范围很广，但是探察的精细程度不够。

“雾大人，连这个也要问？”罗峰惊诧。

“好奇而已。”白胡子老头眨巴一下眼睛，随意地道，“你要兑换这三件宝物都没问题。”

罗峰心中充满期待。

其实，之所以兑换这三件宝物，都是巴巴塔建议的。按照巴巴塔所说，宝物清单列表上的价格是比较混乱的。

就拿蕴含全套空间秘法的传承水晶球来说，堪称无价之宝。论价值，可以说是五阶原力兵器天火轮的万倍，乃至十万倍。事实上，10万颗雷霆石可以兑换1个天火轮，而3000万颗雷霆石才可兑换传承水晶球的三重密码。

此外，只需80万颗雷霆石，就可以兑换1颗生命果实。在外面，1颗生命果实相当于界主级强者的一条命，比上百个天火轮都要贵。

界中界和外界的宝物价值不一样，购买的时候也是有技巧的。

在外界，五阶原力兵器冰魂刃比天火轮贵五六倍，镇空鼎更是比天火轮贵十倍。可是，在界中界，兑换的价格相差并不大。

古屋中。

全身光芒流转的白胡子老头站在那里。

“3件宝物相加，一共需要111万颗雷霆石。”白胡子老头说道。

“雾大人，请收好。”罗峰递过一枚普通的空间戒指。

一路过来，落在罗峰手上的空间戒指不少。

“哦？”白胡子老头一招手，空间戒指飞入他的手中，随即他的脸上露出笑容，“嗯，刚好是111万颗雷霆石。”

“这是五阶原力兵器冰魂刃。”

白胡子老头一挥手，顿时出现了一件通体呈银蓝色的双层弯刀。古屋中的温度骤然下降，空间中的水汽开始凝结，那奇异的双层弯刀的刀刃无比锋利。

冰魂刃悬浮在面前，罗峰连忙伸出手，将其收进空间戒指。

“这是五阶念力兵器镇空鼎。”

白胡子老头又一挥手，一个30厘米高的纯紫色小鼎悬浮在罗峰的面前，小鼎上有着非常复杂的大量秘纹，比遁天梭上的秘纹复杂千万倍，和金角巨兽身上的金色秘纹类似。

奇异的秘纹令周围的空间仿佛被隔离开来。虽然镇空鼎仅仅30厘米高，但是给罗峰一种宏大的感觉。

眼前的小鼎仿佛在无限放大，宛如一座看不到山峰的高山，让人屏息。

“别傻看着了，五阶原力兵器和五阶念力兵器上面刻的本源秘纹都是接近宇宙本源法则的，威力极大。不过，只有成为界主级强者，拥有宇宙本源之力，才能驱动它们。”巴巴塔的声音在罗峰的识海中响起。

罗峰清醒过来，连忙将镇空鼎收进空间戒指。

天哪！仅仅两件五阶兵器，就让自己没有任何反抗之心。传说，界主级强者一旦战斗，一招即可毁灭一颗星球上的所有生命，果真不假。

“小家伙，那两件只是配得上界主级强者的兵器，而现在我要给你的是更贵重的宝物。此宝物蕴含无比精纯的生命力，乃宇宙中凝结而成的奇异灵果——生命果实。”白胡子老头神情凝重，手中出现了奇异的半透明石盒。

半透明石盒内隐隐出现了青绿色的影子。

“生命果实乃浩瀚宇宙中的奇异结晶，蕴含了不可思议的生命力。界主级强者体内蕴含的能量，即使消耗得再多，伤得再重，只需一颗生命果实，即可完全复原。”白胡子老头惊叹不已，“这就是宇宙的神奇之处。”

罗峰接过石盒。

啪的一声，石盒打开了。

一时间，周围的一切黯然失色，只有那表面隐隐还有水滴的青绿色生命果实最是耀眼。

青绿色的光芒四射，阵阵浓郁的让人心醉的香气弥漫开来。

一时间，古屋充满了勃勃生机，一切生机的源泉就是那颗青绿色的果实——生命果实。

生命果实是无比珍贵的，即便让界主级强者用一个星系来换，恐怕都会有人愿意。

罗峰深吸一口气，香气进入他的体内，他全身的每一个细胞都活跃起来，细胞中的遗传物质自然而然发生着变化，全身骨骼发出噼里啪啦的声响，肌肉也在发生蜕变。

“笨蛋，快合起来。一旦打开，生命果实的生命之力会不断流失！”巴巴塔怒道。

罗峰一个激灵。

“啪！”他连忙合上石盒。

“这简直太不可思议了！”罗峰看着石盒，瞪大眼睛，“我仅仅吸了一两口气息，就感觉进化了。”

“笨蛋，你只呼吸一两口气息，流失的都有数百口气息了。”巴巴塔没好气地说道。

罗峰心情愉悦，当即收起石盒。

“谢谢雾大人。”罗峰躬身行礼。

“哈哈！你继续努力，多弄一点雷霆石，我这里有的是宝物给你兑换。”白胡子老头笑着看向罗峰。

“一定。”罗峰微微一笑，而后转身离去。

他一定会回来的，不过，那是让摩云藤进化之后的事了。

第347章

抢夺宝物

当罗峰和白胡子老头进行宝物兑换的时候，黑龙山帝国九皇子布罗林正身处另外一个古屋之中。

昏暗的古屋中。

布罗林站在那里，道：“我要兑换宝物。”

“小伙子，急什么。”那道低沉的声音回荡在古屋内，“一个个来，这个小家伙兑换完宝物后，我再给你兑换。”

“嗯？”布罗林双眸中掠过一丝寒光。

“之前进去的那人不是故弄玄虚，而是真的兑换宝物？”

布罗林心中浮现这个念头，随后冷冷一笑，闭上眼睛，他的意识连接虚拟宇宙网络。

虚拟宇宙，黑龙山岛屿。

这是一座巨大的城池，里面有一座座宫殿，连绵起伏，其中有一座不显眼的紫色宫殿，门口站着两名侍卫。

“嗖！”殿内，王座上突然出现一个皮肤白皙的俊美男子。

正是布罗林。

布罗林穿着主色调为黑色，边缘为金色的皇族服饰，高坐在王座上，直接进行通信申请，和他的九大保镖之一联系。

那九大保镖也是他的奴隶，对他无比忠诚。在打开城堡大门的时候，已经死了一个。幸好雷电城堡的雷电没有毁掉空间戒指，那保镖的空间戒指中的镭射枪并无损坏。

“嗖！”大殿内又出现一人。

此人穿着黑色的侍卫服，一头绿色火焰似的头发。

“殿下。”侍卫单膝跪下，很是恭敬。

“卡图洛。”布罗林高高在上，俯瞰侍卫，“在我前面进入雷电城堡的，穿着合金战衣、戴着头盔的小子，拥有不少雷霆石，并且和雷电城堡中的智能生命兑换了宝物。”

“什么？”卡图洛大吃一惊。

不时就有人进入雷电城堡，大多都是迷惑他人的，没几个是真的兑换宝物。

“我确定，他是真的兑换了宝物。”布罗林冷冷地道，“你给我盯紧了。你明白我的意思吗？”

“明白！”卡图洛恭敬地道。

“很好。”布罗林满意地点点头。

而后，他的身影化作虚无，消失在王座上。

界中界。

白胡子老头走进布罗林所在的古屋中。

布罗林见状，露出笑容。

“小家伙，你要兑换什么？”白胡子老头看着布罗林。

“传承水晶球的第一重密码。”布罗林看着白胡子老头，“再来1颗生命果实。”

白胡子老头脸上不由得露出惊讶之色。

……

当布罗林在进行宝物兑换的时候，罗峰刚刚走出雷电城堡的大门。

分散在各处的上万人都朝罗峰看来，仔细地审视罗峰，而罗峰显得很淡定。

这些日子，经常有人进入雷电城堡，然而，迷惑人的居多，估计没几个知道罗峰是真的兑换了宝物。

然而——

“就是他。”

“他是在殿下之前进入雷电城堡的。”

“我们都得看紧了。”

盯着罗峰的上万人中，其中有一些有特别目的的人，彼此进行着原力传音。

罗峰混入人群中，在人群中游荡了好一会儿，最终和洪、雷神、铁南河、敖骨会合。

敖骨自然而然施展出念力屏障，以防其他人听到他们的对话。

“怎么样？”洪和雷神都看着罗峰。

“一切顺利，就像计划的那般。”罗峰笑道，“1颗生命果实的价值相当于2件五阶兵器。”

雷神露出喜色，道：“太好了，1颗生命果实可以让你的摩云藤进化，这样一来，在界中界，我们小队就不用像之前那么惨，遇到大一点的队伍就逃之夭夭了。”

“先投资，才有产出。”洪微微一笑，“三弟，你可记得你说过，等再弄到一批雷霆石，就为我的摩云藤兑换1颗生命果实？”

“当然，我一定做到！”罗峰笑道。

雷神瞥了洪一眼，道：“别想得这么好，生命果实的确是好东西，三弟兑换1颗，其他人说不定也会兑换，而生命果实总共只有3颗。等到我们再弄到一批雷霆石，不知道那生命果实还有没有。”

洪却没有辩驳。

这次的兑换宝物计划，罗峰和洪、雷神商量后，洪和雷神都无比赞同。

因为大家之前都不知道生命果实竟然还能让摩云藤进化，就连洪都说有机会的话，他想让自己的摩云藤也进化一次。

不过，洪的摩云藤先天比罗峰的差一大截。

现如今，罗峰的摩云藤达到了恒星级四阶，洪的摩云藤才跨入恒星级一阶。

而生命果实拥有无比强大的生命之力，罗峰的摩云藤吸收生命之力的把握要大一些。

“其实，这次我们兑换的兵器，已经足够让我们出去后做很多事了。”雷神满脸笑容。

“嗯。”洪点点头。

“拥有足够的财富，可以做的就更多了。”罗峰也期待得很。

冰魂刃和镇空鼎分别是五阶原力兵器和五阶念力兵器，只有界主级强者才能发挥出它们真正的威力，而罗峰、洪、雷神都只是恒星级强者，在他们手上，这两件五阶兵器根本发挥不出最大的威力。罗峰使用五阶兵器，恐怕威力还赶不上遁天梭。

适合自己的才是最好的。所以，罗峰购买这两件兵器，是为了将它们转手来卖钱，这可是五阶兵器啊！

在界中界，贩卖五阶兵器是很亏的，可是，如果将它们弄到外面去，那可就真的发了。这两件五阶兵器代表的是巨大的财富。

“我得想想，拥有那么多财富后要做什么。”雷神嘀咕道。

“第一，铲除诺岚山家族。诺岚山家族不完蛋，祸患无穷。”洪沉声说道。

“其他人容易对付，可诺岚山本人很难对付。”罗峰摇摇头，“购买宇宙级奴隶，最多能购买到宇宙级九阶奴隶，这是最高层次的奴隶了，而诺岚山获得过巨斧武者的称号，一般的宇宙级九阶强者根本不是他的对手。”

“不急，不急，有钱好办事。”雷神笑道。

“大家先休息。”罗峰低声说道，“我们等到天黑，再离开联军。”

摩云藤要进化，必须显现出最大的体形，才能吸收尽量多的生命之力，而摩云藤那么大的体形和进化的动静，在这个核心地带是没办法进行的。

“嗯，天黑就离开。”

罗峰等五人混在联军中，显得很是普通。然而，已经有人暗中盯上了他们。

联军约200万人，以恒星级冒险者们的习性，是不可能像地球上的士兵一般挤在一起的，因为他们的速度一旦爆发，眨眼的工夫，就能到几千米之外。

这还是在界中界中。

一般情况下，大队伍相隔一两千米，只有少数人会组成小团体，比如罗峰等五人就聚在一块，其他人则是随意抱团。

对恒星级冒险者而言，这点距离根本不算什么，所以联军辐射的范围直径达六七十千米。

而权势滔天的九皇子殿下布罗林正处在黑龙山人马的核心位置，和罗峰等人之间的距离超过三十千米，也令巴巴塔的探察范围根本无法覆盖到。而且，布罗林周围的信号被隔绝了，他的仪器设备可是从黑龙山圣地弄来的。

相较于巴巴塔的，布罗林的探测设备能够探察的范围并不小。

当夜，狂风呼啸。

帐内。

布罗林闭着眼睛，盘膝坐着。

“殿下。”卡图洛躬身行礼。

“那五人小队没有跟丢吧？”布罗林的语气很平淡。

“没有。”卡图洛恭敬地回道，“殿下控制了联军的22万人，以我们安插在各处的眼线，整个联军几乎都在我们的监视之下，那五人小队根本不可能摆脱我们的监视。”

“嗯！”布罗林应了一声。

他突然睁开眼睛，紧紧地盯着卡图洛。

卡图洛再次躬身行礼。

“按照各方联合会议的决定，联军内部禁止厮杀。”布罗林冷冷地道，“我也不好破坏规矩。你们给我盯紧了，一旦那五人小队离开联军所在的范围，就立即派遣一个小队，将他们击杀，而后将他们的空间储存器物都拿到手，明白吗？”

“是，殿下。我立即安排。”

“嗯，去吧。”布罗林淡淡地说道。

卡图洛当即离开大帐。

这时，一个男子走了进来，单膝跪下，恭敬地道："殿下，第六大队这一天灭了6个队伍约5000名恒星级冒险者，得到259万颗雷霆石。"

说完，他恭敬地将一枚空间戒指递上。

"嗯，第六大队做得不错。"布罗林脸上难得地露出一丝笑容，"告诉其他大队的人，让他们好好努力，抓紧时间夺取雷霆石。"

"是。"男子当即退下。

布罗林拿着空间戒指，掂了掂，露出一丝满意的笑容："又有差不多1000万颗雷霆石了，应该能换取第二重密码了。不过，各地的雷霆石差不多挖完了，接下来就是彼此厮杀，抢夺雷霆石。"

对于高高在上的九皇子殿下布罗林而言，即便这200万人死光了，也不算什么。他出身皇族，母亲一脉又无比强大，见惯了宇宙中的弱肉强食。

他只需一声令下，就可令数十颗星球的所有民众沦为奴隶。如今，他命令手下的人灭了其他小队，夺取雷霆石，他认为这是理所当然的事情。至于安排人去杀罗峰，他根本毫不在意。

在他的眼中，罗峰等五人宛若渺小的蝼蚁，轻易就可灭了他们。

第348章

突起波澜

界中界核心地带。

罗峰、洪、雷神三人彼此相视一眼，都露出一丝笑容。

“大家出发。”罗峰低声说道。

五人小队迅速起身，而后看似随意地朝联军的最外围走去。

想要进入联军内部是很难的，需要接受身份验证，非各大势力的人禁止进入。不过，出去的话，就容易多了，毕竟各大势力经常派人过来用雷霆石兑换宝物。

的确有不少人进进出出。

“队长，他们要走了。”

“赶紧跟上。”

“快！”

“都快点！”

布罗林麾下的一个早被安排好的小队迅速出动了。

深夜，狂风呼啸。

罗峰等五人冲天而起，飞离联军驻地。

在罗峰等五人的后方，一个千人队伍腾空飞起，紧紧跟随。

“大家都别急着出手，这里靠近联军驻地，一旦他们逃到联军驻地内，我们就无法动手了。先跟着，飞行一段距离后再动手。”队长传音给队员们。

前方，罗峰小队在半空中缓缓飞行。

“哈哈！痛快，痛快啊！”雷神传音笑道，“我现在只要想到生命果实和两件界主级兵器，就抑制不住激动的心情。”

“之前来这里，我还担心兑换宝物会出现麻烦。”洪微微一笑，“现在看来，一切顺利。”

“大哥、二哥，等你们的摩云藤进化后，就更好了。”罗峰笑道，心中期待不已。

之前去挖雷霆石的时候，完全是靠着巴巴塔的指引，才挖到那么多雷霆石。之后，近200万冒险者大军占领各地，并且将剩下的雷霆石都挖出来了，即将进入的是最黑暗的杀戮期。

对于这点，罗峰无比确定。

有的界主级强者的手下兑换到了宝物，有的没有兑换到宝物。没兑换到宝物的界主级强者自然会下令让手下去抢夺宝物。在那些界主级强者眼里，即使牺牲1万名恒星级冒险者，也根本算不得什么。

“咦？怎么回事，后面有一个队伍跟着我们。”罗峰传音。

“还真有。”雷神眉头一皱。

“他们是想跟踪我们，还是想要出去争夺雷霆石，只是和我们顺路而已？”洪说道。

“我们加速，转弯。”罗峰传音道。

“是，主人！”铁南河和敖骨都乖乖听令。

当即，五人小队加速，化作五道流光，朝左侧飞去。

后方的千人队伍中——

“队长，他们想逃！”

“现在距离联军驻地有数百千米。所有队员听令，以最快速度追上前面的五人小队，将他们全部击杀。”队长当即下令。

“是！”

“明白！”

黑夜中，穿着黑色合金战衣的恒星级九阶冒险者们恭敬应命，化作一道道流光，在黑夜中格外显眼，一个个都爆发出了惊人的速度。

这些都是脚踏念力兵器的恒星级九阶精神念师，比罗峰等人的速度快多了。

罗峰小队中，恐怕只有恒星级九阶的敖骨能和他们一比，然而，敖骨还要带着洪和雷神疾速飞行。

“不好。”洪低喝一声。

“他们快追上来了。”雷神脸色大变。

“主人，快逃。”敖骨的脸上满是焦急之色。

罗峰回头瞥了一眼。

后方的一道道流光以惊人的速度逼近，瞬间，双方之间的距离不足一千米。

“怎么办？”雷神和洪都露出忧色。

铁南河和敖骨也急了。

“后面有1000名恒星级九阶精神念师。”罗峰低头看了护臂屏幕上的光点一眼，大吃一惊。

那1000个光点以惊人的速度向他们逼近，眼看就要追上了。

“主人！”敖骨和铁南河都急切地看着罗峰。

雷神和洪也慌乱起来。

罗峰的心更乱。

进入雷霆世界后，他们小队虽然遭遇过一次次危机，但是从来没有遇到这种近乎山穷水尽的局面。整整1000名恒星级九阶精神念师，只要用念力兵器发起攻击，就能灭了罗峰一行人。

难道他要使出金角巨兽?

可这里离联军所在处不算远，在这种情况下，金角巨兽一旦出现，铁定会暴露。一旦暴露，不朽级强者恐怕会降临沧澜星，将金角巨兽夺去，把它当成奴隶之类。

浩瀚宇宙中，并非只有陨墨星主人懂得驯兽、施展奴隶魂印等手段。

到时候，罗峰恐怕会沦为别人的奴隶。

“杀！”队长下令。

“是！”后方千人队伍齐声应命。

“嗖——”大量的念力兵器疾速袭来，仿佛箭雨一般射向罗峰一行人。

此刻，洪、雷神、铁南河、敖骨都绝望了。

罗峰死死地盯着后方。

“轰！”

一个庞然大物出现在罗峰等五人的后方，只听得一连串撞击声，庞然大物一动不动。

这是一艘直径达100米的飞碟形宇宙飞船，通体呈黑色，其等级乃C9级。

宇宙级五六阶强者都很难破坏这艘宇宙飞船。

在宇宙中，说不定什么时候就能用到宇宙飞船。虽然已有一艘宇宙飞船停在沧澜星的停泊港，但是对于得到了陨墨星主人第一个银行账号的罗峰而言，买下几艘宇宙飞船很容易。

“宇宙飞船！他竟然带着宇宙飞船！他一定拥有长宽超过100米的极品空间储存器物！”

“快，杀了他们。”

千名恒星级九阶精神念师用念力兵器攻击失败后，立即意念一动，一件件念力兵器闪电般绕过宇宙飞船，袭向罗峰一行人。

“主人，快！”

“快逃！”

罗峰、洪、雷神三人迅速冲向宇宙飞船的舱门，幸好罗峰将宇宙飞船召唤出来的时候，舱门就是对着自己一方的。

然而宇宙飞船的飞行速度比念力兵器慢得多，幸好罗峰等人距离舱门更近。

“快！”

“快！”

洪、雷神都红了眼。

“冲进去。”罗峰也红了眼。

敖骨、铁南河二人负责断后。

那千件念力兵器绕了个弯，再次疾速袭了过来。

挡在最前面的就是恒星级九阶强者铁南河，铁南河身后的是恒星级九阶精神念师敖骨。

顿时，箭雨般的念力兵器瞬间贯穿了铁南河的身体，将铁南河射成了筛子。面对千件念力兵器的围攻，即便是获得巨斧武者称号的恒星级九阶强者，恐怕都必死无疑。

“轰隆隆——”外舱门和内闸门接连落下。

宇宙飞船和外界的通道被封死了。

“嗖！”宇宙飞船猛地加速，将那群恒星级九阶精神念师远远甩开，迅速消失了。

看到宇宙飞船消失，满脸胡子的队长怒不可遏。

“一千人追杀五个人，还让他们给跑掉了。我们回去怎么向殿下交代？”

“队长，不怪我们，谁知道他们有宇宙飞船啊？”

“对啊，一艘宇宙飞船的直径起码达100米，这五人中竟然有人的空间戒指能够容纳宇宙飞船，简直太不可思议了。”

“嗯。”队长微微点头，“这么大容量的空间戒指，的确不可思议。”

宇宙飞船正迅速远离核心地带，它的速度可是普通人的百倍乃至千倍。

宇宙飞船中。

“快，敖骨，赶紧吸收木伢晶内的生命之力。”罗峰、洪、雷神三人围着敖骨，紧张地道。

敖骨身上的合金战衣早就消失，他的身体大部分被射穿了。

刚才千件念力兵器集中朝他们射来，使得最前面的铁南河瞬间毙命。

而敖骨站在铁南河后面，又靠着赤混铜母残片勉强保护住头颅。至于胸腔往下的部位，被一件件念力兵器给射穿了。

“呼呼——”一道道生命之力在敖骨的全身弥漫开来。

敖骨的身体逐渐恢复正常。

“浑蛋！”罗峰的怒气充斥胸膛，“巴巴塔，那是谁的人？”

“近200万大军的信息都记录在案，这1000人是九皇子布罗林麾下的人马。”巴巴塔回道。

之前罗峰等人混进联军，在联军中晃悠的时候，巴巴塔就记录下了联军所有人的简单信息，比如模样、气息、实力等等。

“布罗林？”罗峰怒气冲天，“他为什么要追杀我，我和他无冤无仇。”

“估计是为了夺取宝物吧！”巴巴塔道。

“他怎么知道我兑换了宝物？雷电城堡是经常有人进去的。”罗峰不解。

同时，他的心里无比难受，特别是这次铁南河身死，敖骨差点丧命。

人非草木，孰能无情。

虽然他们只是罗峰买来的奴隶，但是罗峰待他们像自己的亲人。

他耳边隐隐回响着“主人，快逃”的嘶喊声，危急时刻，铁南河和敖骨为了守护他，不惜牺牲自己的性命。

“布罗林！布罗林！”罗峰心中很痛苦。

“罗峰，别这样。你虽然没用金角巨兽，但是你使用了宇宙飞船，这下麻烦大了。”巴巴塔道，“那长宽超过100米的巨大空间储物器无比珍贵，当初我给你的时候，就让你千万别泄露。此等级别的空间储物器，域主级强者都没几人有。而且，此次一战后，布罗林会对你更加仇视，你的麻烦更大了。”

“仇视我？我还仇视他呢！”罗峰怒吼一声。

第349章

丧家之犬

“布罗林！”罗峰双拳紧握，指关节发白，双眸中充满了杀气。

“老三，你没事吧？”旁边的洪吓了一跳，当即问道。

罗峰深吸一口气，强压住心头的怒火。

“没事。”罗峰摇摇头。

其他人不知道，可罗峰自己心里很清楚，自从夺取金角巨兽后，就受到金角巨兽本性的影响。金角巨兽拥有星空巨兽的十二大巅峰血统之一，具有很强的攻击性，本性凶残，还没听说过哪一头金角巨兽是善良的。

当初在杀戮场，罗峰不断和强者决战，发泄心中隐藏的杀意，才舒畅很多。如今，铁南河为了救他而死，他心里的杀意又被激发出来了，而且更强烈了。

“三弟，你还好吗？”雷神也走了过来。

“我没事。”罗峰蹲下来，看着旁边重伤的敖骨。

此时，敖骨的暗红色头发乱糟糟的，因为受伤严重，脸色苍白。

罗峰抬头看了旁边的洪和雷神一眼，只见两位兄长都担忧地看着自己。

“大哥、二哥，你们放心，我不会冲动行事的。”罗峰说道。

“那就好。”雷神点点头，“此仇我们绝不能忘，可是必须冷静，不能冲动。当初，我和大哥经历大涅槃时期，遭到怪兽的猛烈攻击，地球上的无数城市被摧毁，很多普通人惨死。可是，我们再愤怒，也得忍着。相比之下，这点小仇不算什么，等以后有机会，再找布罗林报仇也不晚。”

洪微微点头。

洪和雷神的阅历的确比罗峰深得多。

“我明白。”罗峰点点头，“派出那些人马的是九皇子布罗林，如今，面对强大的布罗林，我们根本毫无反抗之力。”

“布罗林？”洪和雷神惊呼起来。

“嗯。之前我们在联军中乱逛的时候，巴巴塔靠着探测仪器将联军的每一个人的样貌、气息等信息都记录下来了，追杀我们的那群人就是布罗林的手下。”

“这下麻烦了。”雷神摇摇头。

“这仇很难报了。”洪也摇摇头，“估计我们得忍很久。”

罗峰苦涩一笑。

的确，以布罗林的身份，在浩瀚的黑龙山星域都算是上流人物。

“南河的死，我们不能就这么算了。”雷神嗤笑一声，“我就不信，其他势力甘心眼睁睁地看着布罗林一家独大。近200万大军，布罗林才控制了22万，等他们厮杀起来，关键时刻，我们可以设计离间他们。”

洪不由得笑了。

“此事得等到摩云藤进化后才能进行了。”罗峰说道。

宇宙飞船不断远离界中界的核心地带。

一路上，它避开一个个冒险者队伍，毕竟宇宙飞船出现在界中界的消息越慢传开越好。

界中界边缘地带，山脉连绵起伏。

一艘宇宙飞船出现在山脉上空，而后凭空消失了。

黑漆漆的山脉深处的一个洞穴中。

“大哥、二哥，麻烦你们帮忙照顾敖骨。”罗峰说道。

“嗯，我们会的。”洪点点头。

“放心吧。”雷神笑道。

“主人，我没事。”已经恢复不少的敖骨连忙说道。

罗峰看了他一眼，笑了笑，迅速飞出洞穴，很快来到了数千米之外。

这座山脉上的植物生长了千万年，故而无比茂盛。

罗峰身穿合金战衣，毅然站着，扫视四周。

“摩云。”罗峰传达出一个意念。

“呜！”摩云藤传来欢喜的意念。

而后，只见罗峰双手伸出，顿时一根根摩云藤朝四面八方迅速延伸。以罗峰为中心，一根根足有一米粗，一眼看不到尽头的长藤蔓延开去。

同时，这些长藤上延伸出了一根根细细的藤蔓，还有诸多叶片。

“哧——”大量藤蔓的根系直接扎入泥土中，不断朝地底延伸。

每一根主藤长达30千米，足足有36根主藤，主藤上有着大量的细藤和叶片，而且还有发达的根系。一时间，山脉周围的大地完全被主藤的根系覆盖住了。

摩云藤覆盖的区域的核心位置站着身穿合金战衣的罗峰。

“现在就是关键时刻了。”罗峰深吸一口气。

他的面前有巨大的叶片摇曳着，手一翻，一个半透明的石盒出现了。

他紧紧地盯着半透明石盒中的一抹光彩，深吸一口气，打开了石盒。

“啪！”石盒打开，他的手腕一震。

石盒中那颗弥漫着让人沉醉的味道的生命果实直接飞出，飞向巨大的叶片。顿时，叶片猛地往上一伸，直接将生命果实给吞噬了。

“哧哧！”巨大的叶片迅速收缩，而后缩回地底。

“真是可惜啊！”巴巴塔的声音在罗峰的识海中响起，“生命果实可是界主级强者都无比重视的宝物，若是用来换取宇宙级奴隶，估计能换一大批。现在你竟然就这么给了摩云藤，实在太可惜了。”

“十鸟在林，不如一鸟在手。巴巴塔，这可是你告诉我的道理。”

“我知道你应该这么做，可还是觉得你糟蹋了宝物啊！”巴巴塔感叹道。

罗峰的心思却全在摩云藤上。

“巴巴塔，摩云藤需要多久才能蜕变？”

“你不会自己看吗？”巴巴塔没好气地道。

罗峰只得紧紧地盯着自己护臂上的屏幕，只见地底的粗壮藤蔓不断闪烁着绿色光芒，藤蔓时而膨胀，时而收缩，每一次膨胀都比收缩的幅度要大，从而体积不断变大。

界中界，核心地带。

黑龙山圣地军队的主帐内。

“砰！”茶杯被狠狠摔在地上，顿时碎裂开来。

“废物！”布罗林站在大帐中，愤怒地咆哮，“我让他们加快速度，一个个却都极其自大，不以为意。现在我只得到传承水晶球的两重密码，就差一重密码了，没有那一重密码，根本取不到传承水晶球。”

“一群饭桶！”布罗林再次怒骂起来，再也没有之前处变不惊的姿态。

不怪他生气，之前在黑龙山圣地，他可是在自己外公和其他长辈面前打过包票的，承诺一定会弄到传承水晶球，献给他们。

他心里很清楚，诸多皇子中，自己的地位之所以特殊，是因为母系一脉够强大。外公有命，他当然得努力弄到传承水晶球并献给外公。

刚才他去兑换传承水晶球的第二重密码时，听到那白胡子老头说了一番话。

白胡子老头感慨道：“小家伙，你的运气真好。传承水晶球的三重密码我这里就剩下一重了，如果你再来晚一点，恐怕就兑换不到传承水晶球的银行账号密码了。”

“运气好个屁！”布罗林怒喝一声。

的确，只有得到三重密码，才能从银行中取出寄存的传承水晶球。没有另外一重密码，他空有两重密码，根本没有任何作用。

布罗林呼吸急促，目光扫过眼前的两名保镖。

两名保镖都单膝跪地，不敢吭声。

“殿下。”一人从外面跑进来，正是布罗林贴身保镖之一的卡图洛。

“嗯？”布罗林看了过来。

卡图洛吓了一跳，连忙跪下，恭敬地道："殿下，刚才派遣千人小队去追杀那五人，没想到，那五人竟然带着一艘宇宙飞船。"

"什么？宇宙飞船？"布罗林眉头一皱。

"没错，宇宙飞船。"卡图洛连忙说道，"他们乘着宇宙飞船逃掉了。"

旁边跪着的另外两名保镖相视一眼，无比惊讶。

有人竟然带着宇宙飞船进入了界中界，简直不可思议。

"制造空间储存器，需要切割出宇宙空间并封存于器物中。"布罗林心中暗道，"宇宙空间越大，切割的难度越大。据说，能够存放宇宙飞船的高规格空间储存器只有伟大的不朽级强者才能制造。而且，每一个空间储存器都极其昂贵，这五人竟然能带一艘宇宙飞船进来。"

布罗林很是疑惑。

他身为帝国九皇子，地位尊贵，母系一脉很是强大，深受外公宠爱，得了外公送的空间戒指，那空间戒指勉强可以存放下一艘宇宙飞船。当时，他外公还说这种高规格的空间储存器极为珍贵。

"可能走了大运，在某个强者遗迹中捡到的吧。"布罗林不再多想。

"传令下去，将那五人的模样等信息传送给七个大队，如果发现那五人，立马将他们击杀。"布罗林下令，同时双眸掠过一道厉色，"追杀那五人是小事，现在最重要的是要弄清楚最后一重密码到底落在谁的手里了。"

第350章

宇宙级

“是，殿下！”三名保镖恭敬地道。

“我的速度够快，没想到，竟然在短时间内能够再次弄到1000万颗雷霆石。”

布罗林坐在椅子上，修长的手指轻轻敲击扶手。

突然，他双眸一亮，喝令道：“传令下去，让第一大队、第二大队、第六大队迅速朝核心地带靠拢，并分布在距离核心地带1万千米的各个方位。”

“是！”三人齐声应命，而后迅速离开大帐。

帐内顿时只剩下布罗林一人。

他坐在椅子上，陷入了沉思。

关于追杀罗峰等五人之事，布罗林不是很在意。在黑龙山帝国庞大的疆域中，走大运得到宝藏的人很多。然而，在黑龙山帝国境内，他连其他四大组织的精英都敢杀，没有人是他惹不起的。

如果罗峰等五人真的有大背景，恐怕早就有超级强者传话过来了。对于布罗林而言，那五人根本算不上对手。

“够厉害的，竟然在我眼皮底下弄走了传承水晶球的一重密码。”布罗林喃喃自语，“那人到底来自何方势力？”

除了己方势力，冰海神国、三斧山、百虎楼、黑云会、北龙城的人都有可能拿到宝藏，布罗林现在根本不清楚最后一重密码到底在谁手里。

距离核心地带十余万千米的苍茫草原上，大量冒险者集结在一起。

一个个野外帐篷搭好了，这些帐篷的材料都无比坚韧，是可以用来制造合金战衣的。

一个体形魁梧的三米多高的壮汉坐在帐篷内，强壮的胸肌将合金战衣给撑得凸起，脑袋形状和黑猩猩的几乎一模一样，一双凹陷的眸子有着野性。

在宇宙中，猿人是很庞大的族群，并细分为上百个种群，大多都是英勇善战的战士。

而查克托之前是三斧山的界主级强者将天辰麾下军队中的一员，乃恒星级九阶强者。

“呵呵……”查克托发出怪异的笑声，双眸中有着一丝兴奋，“没想到，我竟然能突破。这界中界还真是我的幸运之地啊！”

此时，查克托激动不已。

因为他的修为从恒星级九阶突破到宇宙级一阶了。

“当初在尾克星球时，我受到征召，就发誓一定要成为伟大的战士，这一切果然成真了！”

查克托无法忘记这三千多年来的艰难生活。

他在故乡尾克星球被强行掳走，经历过被训练、贩卖、转卖，最终成为界主级强者将天辰星系领地中的一名士兵。

之后，他一直苦修，终于成为恒星级九阶强者，但也只是精英士兵。三千多年来，他付出了极大的努力，却没有取得多大成就。他心里很清楚，不成为宇宙级强者，终究只是小人物。

恒星级九阶和宇宙级仅仅相差一步，却是天和地的差距。

“我刚刚突破成为宇宙级强者，就被界主大人任命为整个大队的大队长，原先的大队长成了我的副手，并且界主大人还赐予我30颗生命星球当领地。”查克托极为激动。

“大人。”外面传来一道声音。

“进来。”查克托淡淡地道。

两人走了进来，一个是恒星级二阶强者，一个是恒星级三阶强者，是三斧山另外一个界主级强者麾下大队的首领。

各个队伍的首领一般是恒星级二三阶强者，因为他们都是潜力大一些的精英，相反地，恒星级九阶强者是队员，相当于炮灰，因为他们的修为突破到宇宙级的希望不大。

“没想到，一个蠢笨的猿人竟然突破到了宇宙级。”

“这运气简直逆天了。”

两个年轻人暗自腹诽。

其中一个年轻人笑道：“查克托大人，你是否弄到了密码？”

“我已经得到传承水晶球的其中一重密码，并且通过虚拟宇宙网络，告诉伟大的界主大人了。”

查克托声音洪亮，帐篷周围却形成了原力罩子，以防声音传出去。

“查克托大人果然厉害。”两个年轻人都夸赞道。

查克托微微一笑，问道：“布雷里斯，你们的人马已经集结好了吧？”

“是的，大人。”两个年轻人回道。

“很好。”查克托点点头。

他的双眸射出两道精光，澎湃的气息从他的身上弥漫开去，令两个年轻人的身体不禁一颤。

“嗯？”查克托眉头一皱。

“你们下去吧！”而后，他一挥手。

“是！”两个年轻人当即恭敬地退下。

平日里，这种恒星级九阶强者修为突破不了的话，就只能充当保镖的角色，相当于炮灰。

可是，查克托这个猿人的修为竟然突破到了宇宙级，拥有了星球领地，成了大人物。须知，这些精英中诞生宇宙级强者的概率很低。如今，他们的地位远远低于查克托。

界中界中总共有近200万名恒星级九阶强者。而10个星系的恒星级九阶强者加起来都未必有近200万名。而且，这些恒星级九阶强者都是修为达到界主级和域主级的强者挑选出来的精英。

只要有足够的时间，近200万恒星级九阶强者中诞生六七个宇宙级强者，还是很有可能的。当然，在生死威胁下，近200万恒星级九阶强者中诞生一个域主级强者也是很正常的。

布罗林兑换到了多少宝物，这是秘密。

三斧山势力中的查克托成为宇宙级强者，还是秘密。

此刻，罗峰的摩云藤进化了，这也是秘密。

界中界的边缘地带，连绵起伏的山脉。

罗峰站在植物丛中，低头看着护臂上的屏幕，只见一根血红色的长藤正发生着剧烈变化，长藤表面竟然出现了一个个绿色的凸起，而后那些凸起中的物质被吸收，凸起消失，然而，也有一些凸起犹如泡泡直接炸裂了。

“哧哧——”大量藤蔓疯狂地舞动。

虽然是在地底深处，但是罗峰能感觉到脚下的地面微微震动。

“老三。”

“三弟。”

“主人。”

三人从远处跑了过来。

正是洪、雷神，以及已经能走路的敖骨。

“三弟，这都两个多小时了，摩云藤还没完全进化吗？”雷神问道。

“嗯。”罗峰点点头，“你们看。”

他伸出手臂，那护臂上的屏幕显现出了地底的摩云藤进化的场景，因为摩云藤实在太长了，就连巴巴塔也只能记录一部分，屏幕上播放的自然仅仅是正在发生进化的摩云藤的一部分。

“好诡异！”雷神瞪大眼睛。

“摩云藤在蜕皮？”洪很疑惑。

罗峰紧紧地盯着，此刻那粗壮的长藤正迅速发生变化，长藤各处脱落了一些表层碎皮，露出里面的新鲜藤蔓，新鲜藤蔓迅速变得扭曲、坚韧，而后表皮再次脱落，并且长藤在蜕变的过程中不断地变粗、变长。

“摩云藤吞噬了生命果实，正常情况下，需要很多年才能进化，如今却在短时间内进化了。”罗峰沉声说道，“所以，这些现象一点也不奇怪。”

“摩云藤现在有多长？”雷神问道。

“巴巴塔的探测设备无法探察整根摩云藤，不过，按照推算，现在摩云藤的一根主藤的长度已经达到210千米。”罗峰说道。

“210千米？！”雷神和洪都愣住了。

地球上短一点的高速公路也就那么长，而摩云藤的一根主藤就有那么长了。

“而且，现在摩云藤有72根主藤了。”罗峰说道。

雷神和洪大吃一惊。

他们想象了一下，72根210千米长的藤合拢在一起并围绕罗峰的场景，简直太惊人了。和摩云藤一比，金角巨兽都只能算是小不点。

罗峰依旧死死地盯着屏幕。

摩云藤依旧在进化。

时间一分一秒过去，洪和雷神不再多问，而是默默地期待着。

屏幕上的长藤给人的感觉，像是蕴含了无穷无尽的力量，而且长藤的颜色从血红色变成了深红色，长度达到了300千米。

突然，一道充满欢喜的意念传入罗峰的脑海。

“摩云藤蜕变成功了！”罗峰眼睛一亮。

“嗖——”

地底深处，72根300千米长的主藤迅速变小，它们细藤的叶片则迅速收缩，在这个过程中，摩云藤迅速朝上方涌去，令罗峰脚下的地面都拱了起来，仿佛有庞然大物要冲出来。

“轰隆隆——”摩云藤缩小百倍后，当即破土而出。

72根深红色长藤在上空舞动，同时，那无比庞大的根系瞬间笼罩罗峰，并且不断缩小。眨眼的工夫，摩云藤就迅速缩回到罗峰身上去了，变得无比小巧。

摩云藤的根系融入罗峰的皮肤，小藤蔓舞动一番，在罗峰的身体表面形成了深红色的战衣、头盔、战靴，就连他的手上都出现了深红色手套。

罗峰感觉到身上的摩云战衣很是强大。他就算不用多大力气，一拳挥出，单单摩云藤本身的爆发力，就足以摧毁周围上千米范围内的一切。

这比他夺舍的金角巨兽在恒星级九阶强化状态下还要强大。

第351章

摩云威力

“三弟……”雷神紧紧地盯着穿着摩云战衣的罗峰，“这，这摩云藤现在到底有多强？”

洪也紧紧地盯着罗峰身上的摩云战衣，显然刚才摩云藤收缩时的强大气息镇住了他们。

“我也不太清楚。”罗峰淡淡一笑。

“摩云。”罗峰心念一动。

顿时，一根只有两米长的摩云藤从他的身上浮现，而后落在旁边的地面上。

“巴巴塔，测一下摩云藤的实力。”罗峰用意念联系巴巴塔。

摩云藤是一种很特殊的植物，想测试它的实力是很难的。

一般来说，测试人类的实力，靠辅助光脑和智能光脑就能够轻易做到，测试凶兽等的实力也比较容易。人类、兽类都属于血肉类生命。

而植物类生命不像人类，没有微型星球，所以测试实力是很难的。特别是摩云藤，一旦附体，融入人体皮肤中，测试实力就更难了。

之前别人看到罗峰，想要测试罗峰的实力，最终只能测出罗峰本人的实力，却没有测试出其体内隐藏的摩云藤的实力，因为摩云藤有着特殊的生命结构。

想要测试摩云藤的实力，必须让摩云藤离体，独立存在，而且要让摩云藤主动释放气息。

“啧啧，还真是不错。”巴巴塔赞叹一声。

“级别是多少？”罗峰连忙问道。

“摩云藤的级别是……宇宙级二阶。”巴巴塔说道，“摩云藤是很强悍的生物，同级同阶的人类强者大多不是摩云藤的对手。你的摩云藤培育得很好，达到宇宙级时，进化出了72根主藤蔓，每一根主藤蔓都和宇宙级二阶武者的实力相当。72根主藤蔓聚集在一起，加上惊人的细胞活性，即便被斩掉一段，还能长出一段，宇宙级三阶武者都不是它的对手。”

宇宙级二阶的摩云藤比同级同阶的金角巨兽要弱一些，金角巨兽达到恒星级七阶的时候，就能轻易杀了恒星级九阶武者。

但是，罗峰的摩云藤凭借极强的细胞活性和72根主藤蔓，现在或许和宇宙级四阶武者有的一拼。

片刻后，罗峰他们召唤出那艘宇宙飞船，将宇宙飞船停在山脉中的一个湖泊的底部。

宇宙飞船，控制室。

穿着合金战衣的罗峰三兄弟都站在控制台前，看着前方出现的虚拟屏幕。

敖骨则在舱室内休养。

“最大范围探测界中界。”罗峰下令。

“是，主人。”宇宙飞船的智能恭敬地应道。

这艘宇宙飞船属于备用飞船，巴巴塔并没有改造宇宙飞船，所以宇宙飞船的智能没有变，还是厂家制造时自带的智能光脑。

“嘟！”前方屏幕上顿时出现了界中界的场景。

“罗峰，这宇宙飞船能够探测的范围有多大？”雷神问道。

“以宇宙飞船为中心，可探测周围10万千米的范围。”罗峰笑道。

“这个探测范围挺广的。”洪点点头。

宇宙飞船都是自带探测系统的。一艘宇宙飞船抵达某颗星球后，短时间内，可以探测出整颗星球的大概情况。不过，这只是简单的探测，只能探测出星球的大概人数，有没有极为惊人的能量反应等等。至于星球上藏着多少矿物、人的实力如何等等，就探测不到了。

这种探测比较注重范围，而巴巴塔的探测范围仅仅是周围20千米。可是，一旦它开始探测，星球的矿物构成、人的实力、战衣级别、合金是由哪些材料构成的、人的脑域阈度等等，都能探测出来，可见探测得极为细致。

“主人，探测范围内有32169人。”宇宙飞船的智能禀报道。

“32169人？”罗峰眼睛一亮，“这些人分成了几个队伍？”

“一个队伍有16300人，一个队伍有整整1万人，一个队伍有5862人，还有一个队伍只有7人。”宇宙飞船的智能恭敬地回道。

同时，虚拟屏幕上迅速出现四个画面，四个画面分别记录了四个队伍的情况，其中的七人小队正被追杀。

追杀七人小队的是最大的队伍麾下的三个分队。

“完了，这七人小队逃不掉了。”雷神道。

“的确逃不掉了，他们已经被团团围住了。”洪说道。

罗峰暗自低叹一声。

在界中界，这种小队要生存的确很难。

“我们的第一目标就是这个有着16300人的大队伍。”罗峰说道。

“哦？”雷神惊讶地看过来。

“你有把握吗？”洪问道。

“嗯。”罗峰点点头。

苍茫的大草原上。

一个七人小队被几个冒险者分队给重重包围了。

“我们投降！”

“我们投降，别杀我们，我们有雷霆石，我们愿意献出雷霆石。”

七人小队的成员大声说道，脸上都有着惊恐之色。

四面八方有三个队伍，每个队伍都有上千人，几千人形成了包围圈，他们七人如何能够逃脱？

“哈哈！投降？我们为什么要接受你们的投降？”

三个队伍刚才还在远处，瞬间就冲过来了，将七人小队逼到了狭小的空间。

显然，他们有十足的把握，并没有急着灭了七人小队。

“哈哈！杀了你们，我们照样能得到雷霆石。”一个脸上有着黑色斑纹的壮汉笑道。

七人闻言，脸色瞬间变得惨白。

“你们不是要招募我们吗？”

七人小队的队长是一个金发男子。

他大声说道：“你们说过，只要我们愿意加入你们，帮你们夺取雷霆石，你们就以组织的名誉承诺保证我们的安全。”

“哈哈！傻了吧？那是在联军总部。联军总部范围内禁止杀戮，所以我们才愿意招募你们。现在可是在其他地方，直接将你们杀了，你们的东西就全部是我们的，包括那些宇宙晶。”

七人顿时崩溃了。

“队长。”其他六人看着金发男子。

金发男子摇摇头，哀求道：“我将宇宙晶和雷霆石都给你们，饶我们一命吧！”

“你还在做梦呢！”

“真傻！”

“可怜的家伙！”

一些人冷笑起来。

“别废话了，杀了他们。”一个脸上满是鱼鳞的光头男子喝道。

“是！”其他人当即应道。

“嗖——”大量念力兵器宛若箭雨，瞬间将七人射杀。

而后，有人迅速飞过去，将七具尸身上的物品全部拿走。

“队长。”队员将空间戒指献给了光头男子。

“嗯！”光头男子点点头，“返回。”

浩浩荡荡的队伍中，光头男子准备探察空间戒指，看看有什么宝物。

忽然——

一根很细的藤蔓瞬间破土而出，一下子就将光头男子的双脚给重重缠绕住了，并且猛地朝地底一拽。

地面上顿时出现一个窟窿，而光头男子消失不见了。

旁边的两名副队长满脸笑容，开心得很。忽然，他们发现旁边出现了动静，一转头，只见原本站在旁边的队长竟然消失了，地面上则出现了一个窟窿。

两名副队长看着窟窿，瞪大了眼睛。

“怎么回事？”

“队长呢？”

两名副队长和周围的一些队员都震惊了，在他们的眼皮底下，队长竟然突然不见了。

“队长在地底12米处，没有生命气息了。”一名精神念师队员大声说道。

顿时，一群恒星级九阶冒险者钻入地底，很快就找到了队长的尸身，并且将队长的尸身给搬到了地面上。

“这……”

“老天……”

短短的工夫，队长莫名其妙就没了性命。诡异的是，队长的手指竟然断了一根，刚好是戴着空间戒指的手指。

“赶紧通知大队长，队长被杀，空间戒指也被夺走了。”

地底深处。

一根长藤迅速收缩，长藤上有一片叶子，叶子正紧紧卷着断指和空间戒指，并且长藤上还套着一个手镯，正是藏着巴巴塔的手镯。

巴巴塔发出了能够辐射周围20千米范围的信号，瞬间接上了宇宙飞船辐射周围10万千米的信号。

“罗峰！罗峰！”

“收到！”罗峰站在宇宙飞船中。

“三根长藤分别击杀了三个分队的队长。”

“很好，继续对付大队长。”罗峰说道。

“好的。不过，那大队长很可能有精密的探测仪器，他们就是用那精密的仪器探测雷霆石的，那种仪器能够轻易地发现摩云藤。”巴巴塔说道，“如果我发现探测仪器的信号，我会让摩云藤停止行动。”

“可以。要以摩云藤不被其他队伍发现为前提而行动，保证它的隐秘性。”罗峰道。

“好，那我继续了。”巴巴塔断了通信。

此次出手主要是靠摩云藤，摩云藤潜入地底并不断前进。

巴巴塔和摩云藤一起出发，负责当向导。巴巴塔行事谨慎，自然没问题，而且摩云藤的探测能力极强，根本不惧任何队伍。

第352章

混战

摩云藤很长，而且细胞活性很强，就算是遭到镭射枪或者轨道炮的轰击，其中一段被摧毁了，依旧能够长出来。

在界中界，宇宙级二阶的摩云藤堪称无敌。

上万千米外，一艘宇宙飞船停在草原上。

一根长藤进入宇宙飞船，一直延伸到控制室。

“摩云。”罗峰亲昵地摸了摸摩云藤。

“成功击杀9个队长，获得12个空间储存器。”一道声音在控制室内响起。

同时，那长藤上的一片卷起的叶子展开，6个空间戒指、4个空间手镯，以及2根空间腰带掉落在控制室的地面上，发出金属撞击声。

“大队伍拥有精密的探测仪器，所以只能击杀分散在周边的9个千人队的队长。”

“辛苦了。”罗峰微微一笑。

雷神直接蹲下，拨弄空间储存器。

“我继续了。”

长藤迅速收缩，离开宇宙飞船，而后朝另外一个队伍前行。

“快看看有多少雷霆石。”雷神急不可耐，双眸发亮。

“我来看看。”罗峰拿起一枚空间戒指，不由得露出喜色，“竟然连宇宙晶都有一大堆。”

罗峰等三人探察空间戒指里的物品并进行分类，而摩云藤在巴巴塔的指引下，继续击杀行动。

此次行动一开始只是在边缘地带进行，对界中界的近200万大军并没有造成多大影响，毕竟很多大部队都在朝核心地带聚集。

核心地带，豪奢大帐。

布罗林闭上眼睛，盘膝坐在那里。

忽然，从帐外进来一人，正是布罗林麾下的八名保镖之一。

“殿下。”保镖单膝跪下。

“嗯？”布罗林睁开眼睛，看着保镖，冷冷地道，“什么事？”

“殿下，第四大队刚刚遭到了阻击，并且在逃亡途中遭到了追杀。第四大队原本有3万人，现在活着的不足1万人，而且幸存的队员还分散了。”保镖说着，额头渗出了冷汗。

布罗林死死盯着说话的保镖，问道：“你刚刚说，第四大队只剩下不足1万人？”

“是的！就是刚刚发生的事。”保镖恭敬地回道。

布罗林有八大保镖，其中七名保镖分别负责掌控七个大队，他本人则悠闲地坐镇联军。

“你把详细情况给我说一下。”布罗林的声音冰冷。

“按照殿下的吩咐，第四大队驻扎在沼泽一带，准备劫掠路过的其他队伍。可是，就在今夜，三个强大的队伍从三个方向围攻第四大队，那三个队伍也有镭射枪，而且兵力占很大优势，一下子打得第四大队措手不及。

“第四大队的人当场死伤三分之一，而后四散逃跑。在逃跑的过程中，界中界的其他队伍发现了他们，趁机落井下石，追杀他们，第四大队如今幸存者不足1万人。现在第四大队幸存的小股人马正迅速朝核心地带赶去。”

布罗林沉默许久。

“围攻第四大队的三个队伍一共有多少人？”布罗林问道。

“至少有6万人。”保镖道。

“你先下去吧！”布罗林一挥手。

保镖连忙退下。

大帐内只剩下布罗林一人。

布罗林眯着眼睛，喃喃道：“界中界内的雷霆石差不多被挖光了，立即出现了混战，比我预料的还要快。而且，一下子有至少6万人的联合队伍出现，看来其他势力都不傻。”

布罗林控制了22万人，其他势力若还像是一盘散沙，那就太便宜布罗林了。

须知，各个大队的背后都有界主级强者。有的界主级强者彼此是朋友，有的处在同一组织。关键时刻，他们命令麾下的队伍联手，这是很正常的事。

布罗林的双眸中有着疯狂，道：“混战开始了，那就来吧！”

虚拟宇宙，黑龙山岛屿。

一座有着两层幽静小楼的庭院中，查克托坐在椅子上，他的面前浮现出了两块屏幕，每块屏幕各显示出一人。

“查克托大人，这次真是痛快，布罗林麾下大队的人一下子就被我们灭了大半。”

“那布罗林现在肯定很生气。”

屏幕上的两人说道。

查克托朗声笑道：“两位，这还只是我们的第一次袭击，布罗林控制的人远远比我们的要多，他吃了一次亏，一定会变得更加谨慎。不过，他锋芒毕露，现在各方势力都将他当成对手，他的日子不会好过。”

“没错，他是一个皇子，却来和我们争夺宝物，这次我们得狠狠教训他一顿，让他知道我们也不是好惹的。”

“你们也要小心，布罗林不会就这么算了的。”

大战就这样开始了！

之前挖掘雷霆石的时候，一些至少有1万人的大队伍都很克制，尽量避免对战。可是，自从三个队伍联手攻击布罗林麾下的第四大队后，界中界一下子变得混乱起来。

各个大队或者独自为战，或者强强联合。

一场场大战在界中界爆发了。

“原力远程攻击！”

“轰隆隆——”一道道有着各种色彩的原力流光从一方军队阵营袭向另外一方军队阵营。

恒星级九阶强者的原力可以进行离体攻击，如果上万道原力汇聚，那威力丝毫不亚于C2和C3级别的镭射炮。

“第二分队！”

一件件念力兵器聚集在一起，宛如受到一个人的指挥。上千件念力兵器合力攻击某一点，而后划过一道弧线，转而攻击另外一点。

这些恒星级九阶强者是黑龙山星域两大圣地和四大组织派出的精英，非常擅长合击。

一时间，界中界的广阔大地上战斗四起。

一艘宇宙飞船停在沼泽中。

宇宙飞船的控制室中，罗峰等四人都在探察空间储存器。

“哈哈！我们的收获一下子多起来了。”雷神大笑。

“之前挖掘雷霆石，各个大队的探测仪器时刻开着，而现在雷霆石都被挖光了，各方势力开始大战，这种仪器当然没什么用。”罗峰淡淡一笑，“他们的仪器关闭了，摩云藤反而更容易对大队长下手了。”

一个大队90%的宝物都在大队长手里，罗峰他们之前虽然杀了不少千人小队的队长，可收获加起来都不及杀了一个大队长所得的。

“我们有多少雷霆石了？”洪问道。

“大约61万颗雷霆石。我们还从那大队长的空间戒指中得到其兑换的三件宝物，这三件宝物值约80万颗雷霆石。”罗峰笑道，“看来，还是击杀大队长比较划算。”

界中界。

近200万大军相互厮杀，各种阴谋诡计在进行。

因为可以通过虚拟宇宙网络联系，所以各个队伍可以悄悄联盟，而那些队伍背后的界主级强者当然不会放弃夺宝，即便拼掉万人队伍，只要能获得一件宝物，都是赚的。因为有界主级强者的命令，战争变得无比残酷，恒星级九阶武者和精神念师成了名副其实的炮灰。

而在这个过程中，巴巴塔配合摩云藤进行了偷袭。刚开始偷袭时，界中界内的各个队伍还没有警醒，毕竟各队伍之间并没有多大联系。可是，随着大队长被偷袭的次数增多，问题就慢慢暴露了。须知，整个界中界内的大队不多，当第六个大队长遭到偷袭而丧命的时候，界主级强者们都戒备起来。

“界中界内应该有一位宇宙级的精神念师，他的念力兵器擅长钻地，从而能偷袭一个又一个大队长，并将他们一一击杀，各个队伍的大队长务必小心。”

收到界主级强者们的提醒，各个大队的大队长自然变得非常小心，这令罗峰的狩猎效率大大降低。

混战持续了一个半月。

一开始，联军有近200万人，到最后只剩下近60万人。须知，在核心地带的近20万联军是不参战的。也就是说，真正参与混战的近180万人，只剩下不足60万人，可见战况多么惨烈！

茂密的森林中停着一艘宇宙飞船。

控制室。

“结束了，战斗终于结束了。”罗峰感慨一声。

他摸了摸旁边的摩云藤，摩云藤得意地扭着，而后嗖的一声，融入罗峰的皮肤，形成战衣。

“虽然我们仅仅解决了六个大队长，但是收获还是不错的。”雷神道。

洪也忍不住笑了。

罗峰不禁抚摩自己的手指，手指上的空间戒指正缓缓融入皮肤。

这一个半月的收获的确非常大。

“宝物9件，雷霆石908万颗！”罗峰看向雷神和洪，“大哥、二哥，我们该回联军驻地了。只有去那里，才能用雷霆石兑换宝物。”

第353章

刀光剑影

“对，回联军驻地！”洪的表情严肃起来。

“现在回联军驻地并不容易啊！”雷神无奈地道。

罗峰点点头。

他们得到了不少雷霆石，可是雷霆石必须兑换才行，雷霆石本身不值钱，只有兑换了宝物，才能真正发挥其价值。可是，虽然大战结束了，但是一些大队伍仍旧会对人员极少的小队发起攻击。

“我们四人小队前往联军驻地，很不安全。”洪皱眉道，“那些大势力的队伍互相残杀，损失惨重，现在停战了，若是那些大队伍碰到我们这种小队伍，一定会出手，随便一个千人队就能横扫我们。”

罗峰表情凝重。

“联军驻地是禁止杀戮的。”罗峰郑重地道，“不过，联军驻地外面就没有这个规矩。我们赶往联军驻地的一路上，必须小心，希望不要碰到那些大队伍。”

“嗯。”洪、雷神都点点头。

“我们先乘着宇宙飞船抵达平原区域，而后收起宇宙飞船，悄悄过去。”罗峰又道。

“我同意。”洪点点头。

“我建议夜里出发。”雷神道。

“好，那就今天晚上出发。”罗峰笑道。

罗峰等四人完全不敢大意。

宇宙飞船因为有探测系统，加上比恒星级九阶强者快千倍乃至万倍的速度，可以轻易避开其他冒险者队伍，载着罗峰等四人来到了中间的平原区域。

“现在离联军驻地只剩下1万千米，接下来得靠我们自己飞行了。”

罗峰心念一动，直接将宇宙飞船收进空间戒指，同时看向洪和雷神。

“大哥、二哥，刚才宇宙飞船探测的地图显示，从这里到联军驻地虽然仅仅1万千米，但是中途有好几个队伍驻扎。”

洪和雷神都点点头。

一个半月的疯狂大战，很多队伍都损失惨重，不少队伍退到了核心地带进行休养。一旦罗峰四人小队被那些大队伍发现，一定会遭到围攻。毕竟能活到现在的队伍，都经历了九死一生，哪会没有一点实力和宝物啊？

“出发。”罗峰念力传音。

“嗖——”

罗峰、洪、雷神、敖骨四人按照事先计划好的路线，准备避开那几个驻扎在平原上的队伍，抵达中间的联军驻地。

对罗峰等四人而言，1万千米只是很短的一段距离。如果发挥出极限速度，就算是在界中界内，也不需要一个小时。可是，此时他们都小心翼翼，速度不敢太快。

“前方有一个正在巡逻的千人队，这里离联军驻地还有3620千米，那个巡逻队应该是某个大队伍的分队，我们绕过去。”罗峰看了一眼护臂上的屏幕，连忙念力传音给另外三人。

洪、雷神、敖骨不敢松懈。

一旦被任何一个队伍发现，麻烦可就大了。

“我们已经绕过他们，继续朝联军驻地靠近。”

“距离联军驻地还有2110千米。”

“前面绕路，那里驻扎着一个大队伍。”

“距离联军驻地还有800千米。”

……

罗峰等四人无比小心，在夜色的掩饰下，悄然贴着平原飞行。

一路上，时而绕行，时而快速飞行，耗费了三个小时，终于看到了联军驻地的大营。

“太好了！”

“我们终于抵达联军驻地了。”

罗峰等四人脸上都露出笑容。

三个小时内，他们时刻神经紧绷，因为那些队伍都派了千人队在周围巡逻，也不怪那些队伍如此谨慎，毕竟这一个半月来的战斗太过惨烈，偷袭多的是。

“终于到了。”罗峰松了一口气。

“止步！”联军驻地外面的一个分队的队长朗声喝道。

其身后有着上千人，目光扫过罗峰等四人。

“我们是三斧山冥昱大人的手下。”罗峰说道。

“哦？”队长低头看向自己的智能光脑，屏幕上显示出了四人的信息。

这四人的确是三斧山冥昱大人的手下。

“进来吧。”队长冷冷地道。

罗峰等四人直接飞入联军驻地。

队长目送罗峰等四人离去，冷哼道：“哼，三斧山的杂碎！如果不是在联军驻地遇到你们，我一定杀了你们，为我的兄弟们报仇。”

罗峰等四人走在联军驻地中，气氛很是诡异，很多队伍对峙着，仿佛时刻会厮杀。

“怎么回事？”雷神低声说道，“我们上次来联军驻地，这些冒险者还称兄道弟，可现在一个个煞气都重得很。”

罗峰点点头。

他们一路走来，很少看到笑脸，大多数冒险者都是冷冰冰的，很多人双眸充满了仇恨。

“上次我们来到联军驻地，外围的警戒队队长还笑脸相迎，刚才那队长却冷淡得很。”罗峰低声说道，“估计是这一个半月的大战，令各方势力死的人太多。那些冒险者很多都是好友兄弟，死了好友兄弟，所以才这样吧。”

当罗峰等四人进入联军驻地，朝三斧山一脉的人马走去的时候，并不知道已经有人发现了他们。

“就是他们四个。”

“比上次少了一个人。”

“他们竟然又来了，赶紧去通知大人，这可是殿下亲自点名要抓的人。”

“是！”

联军驻地人群中的几人遥遥看着罗峰等四人，而后立即有人转身迅速跑开，去向九皇子布罗林麾下的保镖禀报了。

联军驻地，黑龙山一脉人马的主帐中。

布罗林坐在椅子上，闭着眼睛，眉头微皱，似乎有烦恼的事。

“殿下。”从外面跑进来一人，单膝跪地。

“卡图洛。”布罗林睁开眼睛，看向下方单膝跪地的卡图洛。

“殿下，我们手下负责警戒的人发现了四人，就是之前遭到我们追杀，后来乘坐宇宙飞船逃走的那几个人。”卡图洛禀报道。

当初他们可是监视罗峰等五人直至半夜，而后尾随追杀，所以对于罗峰等人的模样非常熟悉。罗峰等四人一出现，他们立即就认出来了。

“哦？宇宙飞船？”布罗林眉毛一挑，嗤笑一声，“我想起来了。”

一个半月来，布罗林遥控大军作战，耗费很多心力。和此事相比，追杀罗峰等人根本就是小事。

“继续监视他们。”布罗林下令。

“是。”卡图洛恭敬应命。

三斧山阵营。

隶属于三斧山组织的那些界主级强者和域主级强者麾下的队伍，一旦抵达联军驻地，都会在这里会合。

此刻，罗峰等四人也在这个阵营中。

“主人，上次我们遭到九皇子麾下的人马追杀，他们一定认识我们。我们这次回到联军驻地，他们的探子应该会发现我们。”敖骨念力传音。

“没错。”罗峰点点头。

此事早在罗峰的意料之中，可是，就算被认出，他们也必须回到联军驻地。

“我们就算不再兑换宝物，也要安全离开界中界。”罗峰心中暗道，“可是，我如果猜测得没错的话，界中界的出口一定有军队驻扎，一旦我们出去，肯定会遭到劫杀。只有跟着大部队，才能出去。”

至于布罗林，罗峰倒也不怕。这次混进了三斧山阵营，回到沧澜星之前，罗峰根本没想过单独行动。三斧山阵营的大部队驻扎，他们就跟着驻扎，大部队拔营离开界中界，他们就顺势一道离开界中界。

“我就不信了，我们待在三斧山阵营内，布罗林也敢动手。或许，布罗林根本没将我当成重要目标吧。”

“罗峰！”一道声音响起。

陷入沉思的罗峰惊醒过来，抬头一看，只见一个精瘦男子带着一个魁梧的银色短发男子走了过来。

精瘦男子笑道：“罗峰，这是我们三斧山第二大队的大队长赍笛大人。”

罗峰大吃一惊。

因为眼前的银色短发男子明显气息比其他人强得多。

“赍笛大人。”罗峰连忙行礼。

旁边的洪、雷神、敖骨也连忙行礼。

回到联军驻地之前，靠着巴巴塔的探察，他们得知整个联军驻地一共有48万人，其中有6个宇宙级强者。

显然，长达一个半月的残酷大战，损失了超过100万的恒星级九阶强者，逼得6个宇宙级强者现身了。

三斧山阵营就有2个宇宙级强者。

“你就是罗峰？冥昱大人跟我提起过你。”银色短发男子笑道。

第354章

最后一次兑换

“你们原本应该是五人小队吧？”赍笛看向罗峰等四人。

作为界中界内三斧山阵营中的两大宇宙级强者之一，赍笛自然能得到罗峰等人的详细信息。

“之前有五人，不过，有一人已经死了。”罗峰沉声道。

“被谁杀的？”赍笛皱眉问道。

“九皇子的手下。”罗峰心里很不是滋味。

虽然铁南河是奴仆，但是罗峰潜意识中并没有将他当作奴仆，而是保镖。铁南河为了保护罗峰而死，罗峰心中很是感动，对九皇子则很是仇恨。

“九皇子？”赍笛摇摇头，“那就没办法了，死在九皇子手下的人太多了。”

“我们明白。”罗峰点点头。

“你们能活着回来，冥昱大人一定很开心。”赍笛微微一笑，“我也是冥昱大人的手下。”

“哦？”罗峰、洪、雷神三人都大吃一惊。

三斧山作为四大组织之首，界主级、域主级强者的确很多。冥昱在三斧山中算不上实力顶尖的，可是，这次三斧山组织中冒出了两个宇宙级强者，其中一个竟然是冥昱的手下。

“原来赍笛队长也是冥昱大人的手下。”罗峰脸上露出喜色。

“哈哈，到时候，离开界中界，回沧澜星，你们就跟我一起去见冥昱大人。”赍笛笑道。

若非因为有着共同的上司冥昱大人，赍笛也不会亲自来见罗峰等人。

“一定。”罗峰笑着应道。

赍笛随后就离开了，作为三斧山的高层，赍笛有很多事情要处理。

虽然正值深夜，但是罗峰他们经常看到很多穿着战衣、戴着头盔的人进入中间的雷电城堡。

罗峰、洪、雷神三人混在人群中，遥遥看向雷电城堡。

“大哥、二哥，你们准备兑换什么宝物？”罗峰念力传音。

“D6级轨道炮，还有雷电秘法。”雷神说道。

“行。”罗峰笑道。

“大哥，你呢？”罗峰又看向洪。

“对我用处大的宝物好像没有。如果有生命果实的话，就帮我买一颗吧，还有，帮我买一颗星辰之心，其他的暂时不需要。”洪道。

“明白。”罗峰点点头，“大哥、二哥，剩下来的雷霆石我就用来换取其他宝物了，那些宝物我们或许用不到，但是可以用来换取巨额财富，出去后，我们再用巨额财富去购买需要的物品。”

“行。”洪笑道。

“三弟，你看着办，反正这些雷霆石主要是你弄来的。”雷神笑道，“我和大哥都是沾你的光。”

……

罗峰并没急着去兑换宝物，而是默默观察着。

进入雷电城堡的人的确不少，不过99%都是故意迷惑其他人的。

黑夜渐渐过去，界中界内出现了蒙蒙亮光。

平原上，寒风吹拂。

身穿合金战衣，背着合金战刀，戴着头盔，一副标准的宇宙冒险者装扮的罗峰直接朝雷电城堡走去。

“他去古堡了。”

“这是迷惑人，还是真的去兑换宝物？”

“别管这么多，赶紧去禀报大人，那四人小队的队长去古堡了。”

“是！”

有人立即将消息通禀上去了。

对此，罗峰一无所知。不过，他就算知道，恐怕也是不屑地一笑。身处三斧山阵营中，他还真的不怕九皇子。

在许多人的注视下，罗峰步入了雷电城堡。

雷电城堡，幽冷的古屋。

罗峰默默地站着。

“我要兑换宝物。”罗峰道。

“小家伙，等一会儿。”一道低沉的声音回荡在古屋内，“这两天兑换宝物的人很多，我比较忙，我先处理完这一个。”

罗峰听了，心中暗惊：“那智能生命正在接待别人。”

“阴险！”巴巴塔冷哼一声。

“怎么了？”罗峰用意念问道。

“这个智能生命真是变态。”巴巴塔怒道，“虽然经常有人进入雷电城堡，但也是每隔几分钟才进来一个。这个智能生命现在不就是提示你，在你之前进入雷电城堡的人是真的在兑换宝物吗？”

罗峰大吃一惊。

“你现在是没权没势，如果你有权有势，听了那个智能生命的话，会怎么做？”巴巴塔问道。

“我会安排人盯着在我之前进入雷电城堡的人，等他离开联军驻地，就夺取宝物。”罗峰道。

“没错！智能生命真阴险！智能生命说的任何一句话，都能推测出会有什么后果，其计算能力可是非常惊人的，不可能犯这种低级错误，这说明是故意这么做的。之所以这么做，只有一个目的，那就是让你们自相残杀。”

罗峰心中生出怒气。

如果猜测得没错的话，他们当初被九皇子的手下追杀，很可能和这个智能生命有关，否则根本无法解释，堂堂九皇子殿下，不去追杀其他进入雷电城堡的人，非要追杀他们。

一阵脚步声从走廊那边传来。

一个胖墩墩的白胡子老头笑容可掬，缓缓走了进来。

“雾大人。”罗峰虽然心怀怒气，但是表面上还是很有礼貌的。

他若是和一个寂寞了千万年的智能生命硬碰硬，是很愚蠢的。

“小家伙，这是我们第二次见面了吧。”白胡子老头微微一笑，“看来你的收获很不错，说吧，想要兑换什么宝物。”

“生命果实一颗。”罗峰回道。

“上一次你就兑换了一颗生命果实，这次还要兑换生命果实？”白胡子老头惊讶地看着罗峰。

“没错。”罗峰点点头。

“没了，没了。”白胡子老头连连摇头，“我这里的生命果实全部被兑换完了，一颗都没有了。”

“一颗都没有了？”罗峰一怔。

雷霆石能兑换宝物，可不代表一定能兑换到想要的宝物，因为这里的宝物都是有限的。

“那我兑换星辰之心。”罗峰说道。

“也没了。”白胡子老头再次摇头。

“什么？也没了？那……D6级轨道炮总有吧？”罗峰盯着白胡子老头。

对于界主级、域主级强者而言，D6级轨道炮的性价比并不高，他们兑换D6级轨道炮的可能性很小，而且，这里的D6级轨道炮一共有 3 台。

“也没了。”白胡子老头又一次摇摇头，“第一天，就有一个人将3台D6级轨道炮全部兑换了。”

罗峰长叹一口气。

这个没有，那个也没有，这下该怎么办呢？

“雾大人，你还有什么宝物？”罗峰看着白胡子老头。

“我还剩下63件宝物。”白胡子老头看着罗峰，微微一笑，“我看你挺顺眼的，就不浪费你的时间了。”

说完，一挥手，顿时道道能量在它的周围聚集，形成一块屏幕，屏幕上出现了宝物列表，其中清楚地标明了宝物的剩余数量。

No.1 蕴含全套空间秘法的传承水晶球寄存银行的账号（三重账号），存量：无；

No.2 主人的存款银行账号，存量：无；

No.3 域主级强者血统药剂（一份），存量：无；

……

No.18 雷霆一道秘法（六套），存量：五套；

……

No.68 五阶原力兵器天火轮（一个），存量：无。

罗峰看着这个宝物列表，倒吸一口凉气。

天哪，这么多宝物都没有了。

“小家伙，你想换取什么宝物，选吧！”白胡子老头笑着看向罗峰。

罗峰却烦恼起来。

该选什么宝物呢？

“罗峰，你傻愣着干什么？笨！”巴巴塔的声音突然响起。

“你想要星辰之心？这里没有，可是宇宙中有啊！

“你想要生命果实？宇宙中也有！

“只要你有足够的财富，再通过一些特殊渠道，就能买到手，所以根本没必要烦恼。现在你只需要将性价比高的宝物兑换下来，这些宝物可以换取巨额财富，以后在宇宙中再购买星辰之心等宝物不就行了？”

听了巴巴塔的话，罗峰哑然失笑。

这么简单的道理，他竟然没想到。

“这是性价比高的宝物，我推荐你买这些。”巴巴塔和罗峰用意念交流。

“雷霆一道秘法还剩下五套，我全要了。”罗峰道。

白胡子老头听了，顿时傻眼了。

一般来说，持有很多雷霆石的人，刚开始就兑换了宝物。越到后面，来兑换宝物的人，持有的雷霆石较少。

而罗峰一次性就要兑换这么多宝物，需要耗费的雷霆石可不少。

“一共需要902万颗雷霆石。”白胡子老头死死地盯着罗峰。

第355章

归途

早期，各大组织的首领，比如九皇子，带着几百万颗雷霆石，乃至上千万颗雷霆石前来兑换宝物，不足为怪。可是，越是往后，各大组织得到的雷霆石越少，后期很少出现大数额的兑换。

“雾大人，这是902万颗雷霆石。”罗峰手一翻，手中出现一枚空间戒指。

白胡子老头伸手接过，略一探察，不由得抬头看向罗峰：“小家伙，你真是让我刮目相看。你的权力并没有多大，加上上次兑换耗费的雷霆石，你可是拿出了超过1000万颗雷霆石了。”

“运气好而已。”罗峰笑道。

“有些事，可不只是运气好就能成的。”白胡子老头微微一笑，没有多说。

随即，他手一挥，一件件宝物悬浮在古屋中。

一时间，各种宇宙本源法则气息弥漫开来，其中五阶的原力兵器、念力兵器有好些，那些兵器上有着无比复杂的秘纹，和金角巨兽身上的天然秘纹很像。

感受到浓郁的本源法则气息，罗峰震惊了。

每一件都是天价之宝。

每一件都能兑换数万颗，乃至数十万颗生命星球。

这些宝物加起来，价值远远超过一个星系。

罗峰看着眼前悬浮的一件件天价之宝，心跳不受控制的加速。

“这些宝物我都收在空间戒指中了。”说完，白胡子老头将一枚空间戒指扔给罗峰。

罗峰接过后，探察了一下里面的宝物，皱眉道："雾大人，那五套雷霆一道秘法呢？"

"那五套雷霆一道秘法分别储存在五个辅助光脑中。"白胡子老头笑道。

"谢谢雾大人，那我就先告退了。"罗峰拱手行礼，随即离去。

浩瀚平原上，联军驻地的军队人数已经突破50万，显然外面的其他队伍都回归了。

罗峰兑换宝物成功，心情极好，当即离开了雷电城堡，回到了三斧山大营。

"三弟。"雷神看到罗峰回来，连忙招手喊道。

"来了。"罗峰笑吟吟地走过去。

"怎么样？"洪眼中有着一丝期待，原力传音问道。

"我们来得太晚，好宝物都被兑换完了。无论是D6级轨道炮，还是生命果实，抑或是星辰之心，这些稀罕的宝物全部没了。"罗峰念力传音回道。

他不得不小心，因为他现在正在军队中，周围就有三斧山的很多人。

"全没了？"洪和雷神一怔。

"没错。我只兑换到了五套雷霆秘法。"罗峰看着雷神，"二哥，这雷霆秘法可是死去的卡布界主的传承秘法，你学的话，是很不错的。"

雷霆秘法在宝物中算不得珍贵。卡布界主毕竟只是一个界主级强者，相较于传承水晶球，他感悟出的一些绝学强不到哪儿去。如果是一个不朽级强者的传承秘法，那就了不得了，罗峰得到的陨墨星一脉传承秘法可比雷霆秘法强多了。

当然，在雷霆一道上，陨墨星一脉或许弱一点，毕竟陨墨星一脉更多的是精神念师。

"哈哈！快给我瞧瞧。"雷神迫不及待想看，他毕竟是修炼雷霆一道的。

"别急。"洪念力传音喝道，"周围人多眼杂，被人发现的话，说不定会有麻烦。等我们离开了雷霆世界，你再慢慢看那些雷霆秘法。更何况，要练成雷霆秘法，也不是短期就可以的。"

“好，我听大哥的。”雷神道。

“大哥、二哥。”罗峰缓缓地道，“我还剩下6万颗雷霆石。”

“还剩这么多？”洪和雷神一怔。

洪道：“这雷霆石不能浪费，既然没有别的宝物可供兑换，赶紧卖掉雷霆石。离开界中界后，雷霆石就不值钱了。”

“现在还有人收购雷霆石，虽然没有刚开始的时候要价高，但是我们能卖多少就卖多少吧！”罗峰念力传音，“大哥、二哥，这两天，我们和那些收购雷霆石的好好谈谈，看能够卖出多少。”

“行。”洪和雷神都点点头。

接下来几天，回到平原的军队越来越多，罗峰趁机将6万颗雷霆石分批卖掉了，因为就算是那些二手倒卖的贩子，也无法一次性买下这么多雷霆石。

到了后面，雷电城堡内的宝物剩得很少，雷霆石卖价大降。

6万颗雷霆石，卖价有高有低，1颗雷霆石平均可兑换80多方宇宙晶，罗峰他们一共得了500万方宇宙晶。加上之前摩云藤掠夺得到的宇宙晶，还有罗峰他们当初得到的宇宙晶，一共有680万方宇宙晶。

“680万方宇宙晶，也就是68亿宇宙币。哈哈！就算是诺岚山家族，恐怕也没有这么多财富吧。”雷神很是得意。

“冷静点，这只是零头。”洪传音道，“大头是那些宝物。”

“我当然明白。”雷神笑眯眯道。

罗峰心情也极好，按理说，此次界中界内的大宝藏应该归几个大组织。

不过，凭借着巴巴塔的精密探测，第一次兑换宝物前，罗峰得到了上百万颗雷霆石。靠着这些，他换取了生命果实，令摩云藤进行了一次超级进化，凭借着进化后的摩云藤，又得了不少雷霆石。

论收获，很多万人队伍都赶不上罗峰小队，比罗峰小队收获大的，也就九皇子统领的队伍和一些联合的大队伍。

不过，真正贵重的是排名前十的宝物，比如传承水晶球的三重账号，界主级强者的银行账号密码，还有域主级强者血统药剂等，而罗峰仅仅得到一颗生命果实，其他的一个都没得到。

罗峰兑换宝物后的第五天。

平原上，近60万联军齐聚城堡周围，白色光芒洒向大地。

“哈哈，小家伙们，你们好！”雷电城堡上空，出现了白胡子老头的身影。

白胡子老头站在城堡上空，俯瞰城堡周围的联军，笑道：“就在刚刚，我这里的最后一件宝物也被兑换了，自此，312件宝物全部被你们给兑换了。我宣布，兑换结束！”

“轰隆隆——”雷电城堡的大门自动缓缓关闭。

而城堡周围数十万联军都愣住了。

这就结束了？

“我还有雷霆石没有兑换呢！”

“我这里也还有雷霆石呢。”

“我刚刚购买的雷霆石，这该怎么办？”

不少人都急得大吼起来。

对于这些恒星级九阶冒险者而言，雷霆石原本能够兑换宝物，可是，转眼的工夫，雷霆石就成了废弃的石头。无法兑换，雷霆石几乎一钱不值。

至此，界中界内的宝物兑换活动彻底结束了。

有人愤怒，但也有人欢喜。

“我估计城堡中还有宝物。”雷神定定地看着雷电城堡。

“即便有，也不是我们的。”洪难得地露出笑容，“界主级强者留下的城堡绝非那么容易攻克。”

“界中界之旅结束了。”罗峰笑道。

忽然，不远处有一名传令士兵跑过来，喊道：“罗峰，通知你们一下，既然宝物兑换活动已经结束，再过一会儿，我们三斧山大军就会启程，离开界中界，回到雷霆世界，再从雷霆世界，转往沧澜星。”

“明白。”罗峰点点头。

“还有，联军驻地是禁止杀戮的，可是，一旦离开这里，各方军队各自为首，所以归途中很有可能出现混战，务必小心，别脱离大队。”传令兵说道。

“好的。”

“多谢。”

罗峰等四人都笑着应道。

“反正我们会紧跟着三斧山大部队。”罗峰淡淡一笑，“三斧山大部队可是有近8万名恒星级冒险者，还有2个宇宙级强者，我们跟着还是很安全的。”

“我们可以跟在后面。”雷神也笑道，“我们只有四个人，又不是冥昱大人嫡系手下，不需要在最前面。”

的确，第一批进入界中界的三斧山人马都待在大队伍核心位置。而大部队首领从来没想过支使他们这四人小队，毕竟四人小队实力太弱，而且，调遣人马的时候，都是调遣千人队，中间插一个四人小队，反而会影响整体部署。

这时——

“北龙城军队出发了。”

只见一个浩浩荡荡的队伍腾空而起，数万人马直接朝远处飞去。

……

“三斧山所有人听令，出发！”一道低沉的声音响起。

这是从身处三斧山大军核心位置的大汉口中传出来的，声音回荡在每个人的耳边。

“出发！”

罗峰等四人和其他人一样腾空而起。

相较于北龙城军队，三斧山大队的人要多得多。

近8万人腾空飞行，化作数道流光，迅速朝远处飞去。

第356章

离开联军驻地

联军驻地大营。

布罗林遥看三斧山浩浩荡荡的大军朝远处飞去。

“殿下。”他身侧的一名保镖问道，“我们还不出发吗？”

“别急。”布罗林冷冷地道，“我自有打算。”

“是！”保镖不敢多说。

布罗林心中暗道：“到底打不打？外公，你倒是给我一个指令啊！现在各方势力接连离开联军驻地，可以开战了……”

浩瀚的宇宙包罗万象，神秘不可测，血肉类生命就包括了人类族群、兽类种群等，还有其他金属生命、植物生命、能量生命、智能生命等多种生命形态。

论危险之地，所谓的白矮星、中子星只是普通的，还有许多无比危险的区域，同样有许多神奇的物品，被称为宝物。有些宝物对血肉类生命有奇效，有些宝物对其他生命有奇效。

宇宙中有一个星域，名为黑龙山星域，而黑龙山星域中的沧澜星在这段时间成为整个星域的焦点，许多超级强者降临此地。

沧澜星上的城市主要分为古城和新城。许多古城有着百万年乃至更古老的历史，而宇宙佣兵联盟驻地在一座古城中，这座古城中最高的大厦约有8600米高，摩天大厦的顶楼有一个超大的厅，足足有上千平方米，大厅中只有两张遥遥相对的木制的宽大椅子。

两张椅子前面都摆放着茶几，椅子上分别坐着一人，一边坐着面容俊美，双眸隐现雷电的超级强者，也就是三斧山的界主级强者将天辰，另一边则坐着秃顶，鹰钩鼻，双瞳奇异的老者，即黑龙山圣地的界主级强者哈格雷夫。

将天辰的眉心有着雷电印记，而哈格雷夫眉心有着冰雪印记，两人虽然都没真正施展实力，却令整个大厅一边隐隐处于雷电本源法则的影响下，一边却陷入冰雪本源法则的影响中。

“将天辰，你提出的条件我无法全部答应。”哈格雷夫声音沙哑。

“你会改变想法的。”将天辰淡淡地道。

他们都属于界主级巅峰的存在，在黑龙山星域，比他们更强的也就不朽级强者了。

九皇子布罗林是哈格雷夫的外孙，正因为哈格雷夫无比强大，所以布罗林才拥有了那么大的权势。毕竟帝国皇帝有不少皇子，大多数皇子注定不会继承皇位，也没多大特权。

布罗林却因为母系一脉极为强大，从而拥有惊人的权势。

“我只能答应其中六个条件。”哈格雷夫双眸闪过一道精光，“将天辰，你若同意，那就算皆大欢喜了。”

“九个条件必须都答应，少一个都不行。”将天辰摇摇头，“你答应，我就将传承水晶球最后一重密码给你。”

将天辰的语气十分坚定。

同一时刻，虚拟宇宙中。

“阿布。”穿着黑金色长袍的哈格雷夫瞬间出现在一座宫殿内。

殿堂上，布罗林挺身站立。

“外公。”布罗林眼睛一亮，“我们动不动手？再迟疑的话，恐怕就赶不上了。”

“动手！”哈格雷夫低喝一声，“击杀三斧山的为首人物，夺取他们的智能光脑，看看他们的智能光脑中是否有传承水晶球最后一重密码的记录。”

三斧山的首领若是从雷电城堡中获得传承水晶球的密码，自然是记录在智能光脑上，而后传输进虚拟宇宙，通知界主级强者将天辰。

“明白！”布罗林眼睛发亮，“外公，你就放心吧。”

哈格雷夫宠溺地摸摸布罗林的脑袋。

布罗林显得很乖巧，他很清楚自己能在诸多皇子中拥有超高的特权，都是外公带给他的。要知道，就算是皇族之人，也是要看实力的，他的外公是一个界主级强者，地位明显不一样，而如果皇子中有谁能成为界主级强者，就可以直接坐上皇帝的宝座。

界中界，联军驻地。

“出发！”

黑龙山圣地一共有近15万人幸存，完全听令布罗林的有6万多人。随着布罗林一声令下，6万多人腾空而起，迅速飞离开去。

6万多人朝边缘地带疾速飞行。两天后的深夜，大军停下休息。

“殿下，这是挑选出来的2000名精英。”一名保镖恭敬地道。

“哦？”布罗林看着眼前的2000人。

“很好。”他微微一笑。

他一挥手，旁边的空地上出现了一艘飞碟形的宇宙飞船，他的空间戒指刚好能存放一艘宇宙飞船。

“安排他们进入宇宙飞船的上、中、下舱。”布罗林说道。

“是！”他麾下的八名保镖恭敬地应道。

宇宙飞船内部分为上、中、下三层舱，每层舱的高度都有十米，舱内有许多房间，房间中有的是四层床铺，一个仅仅十几平方的房间，因为高十米，所以里面住八人都不拥挤。

整艘宇宙飞船住进2000人都非常宽松。

“殿下，2000人全部安排好了。”

“出发。”布罗林意气风发，一声令下。

宇宙飞船立即腾空而起，迅速朝三斧山大军追去。

大军的飞行速度怎么能比得上宇宙飞船的速度呢？

布罗林站在控制台前，他的身后站着八名保镖。

“主人，距离三斧山大军，还有12万千米。”

“还有10万千米。”

“8万千米。”

“6万千米。”

控制台的屏幕发出了电子音。

“即将接触，2万千米，1万千米，5000千米，宇宙飞船减速……”

“扫描三斧山大军，确认12个重要目标人物的位置。”布罗林下令。

“是，主人。”

这艘D8级宇宙飞船的探测范围足足有20万千米，轻易就将三斧山大军所有人都探测到了。

那道电子音再次响起。

“三斧山大军一共有78503人，12个重要的目标人物分别是在……”

宇宙飞船内出现了巨大的虚拟屏幕，虚拟屏幕上出现了浩浩荡荡的大军，其中有12个光点。

同时，屏幕左侧出现了12个人的头像，其中有两个宇宙级强者，好几个大队长，还有罗峰的头像。

“用三台D6级镭射炮轰炸大军，令大军混乱，别攻击这12个人，这12个人都有宝物，而且智能光脑很可能藏有密码，若是毁掉可就可惜了。

“再安排12个人，用镭射枪将这12个人一一击杀，而后趁乱空降大军之中，迅速夺取这12个人的遗物，特别是要夺取他们的智能光脑。”布罗林冷冷地道。

“是！”八名保镖恭敬地应道。

布罗林虽然刚开始仅仅带了9把C2级镭射枪，但是当那近200万大军进入界中界的时候，可是带了好些镭射枪，凑出12把镭射枪并不难。

“去吧！”布罗林声音压抑，双眸却隐现激动。

三斧山浩浩荡荡的大军在空中飞过，罗峰等四人混在人群中，一路谈笑，心情极好。

“三弟，我们赚了这一笔，日后即使修炼到了域主级，也不愁没钱花了。”雷神笑道。

“别得意忘形。”洪道。

罗峰念力传音道：“大家小心点，我的探测仪器探察到，大型探测系统正在探察我们的一举一动。”

“大型探测系统？”洪、雷神、敖骨都暗自大惊。

“嗯。”罗峰点点头，表情严肃，“你们都小心点。”

罗峰等四人警惕起来，而三斧山大军谈笑风生，完全没有意识到危险。

“轰——”三道流光瞬间降临在三斧山大军内。

一瞬间，罗峰等四人觉得天地都安静了，只看到远处的空气猛地震荡起来，那处的数百名恒星级九阶冒险者瞬间化为虚无，并且震荡产生了肉眼可见的冲击波，冲击波朝四面八方弥漫开来，所过之处，大量军士丧命。

一开始，冲击波无声无息，将周围近百米范围内的人全部轰杀，而后声音轰隆，令大量冒险者口吐鲜血，身受重伤。

“轰隆隆——”

仅仅一次炮击，就令数千人丧命。

“这……”罗峰瞪大眼睛，完全被这可怕的一幕给吓呆了。

“啊！”罗峰感觉到自己脑袋仿佛被人敲了一记闷棍。

12道白光从天而降。

瞬间，白光击中了三斧山阵营中的12个人，包括那两个宇宙级强者、几个大队长，以及罗峰。

当场，12个人倒下。

“三弟！”

“罗峰！”

“主人！”

洪、雷神、敖骨三人都惊呼出声，而倒在地上的罗峰好一会儿才睁开眼睛。

“这？”罗峰脑袋还很晕。

“刚才12道C2级镭射光将三斧山的11个高手全部射杀了，就你靠着摩云藤硬是抵挡住了。”巴巴塔的声音在罗峰的识海中响起。

第357章

回到沧澜星

“什么？”罗峰大惊，当即朝四周看去。

“轰隆隆——”

天空中突然出现一艘庞大的宇宙飞船，同时宇宙飞船船底自动裂开，大量统一穿着黑色战衣的冒险者从裂开的船底飞出，自动分成12个小队，宛如狂风朝下方冲去。此外，一道道镭射光射向三斧山大军，令大军一阵混乱。

“挡住他们！”

“杀了他们！”

“那是黑龙山的人。”

“杀！”

三斧山阵营中，各处响起了怒吼声。

虽然死了数千人，但是这近8万人毕竟都是从生死线上挣扎过来的，即使遭受了猛烈的偷袭，依旧很快稳定下来。

……

天空中，宇宙飞船控制室。

布罗林通过外景虚拟清楚地看着下方发生的一切。

下方浩浩荡荡的大军遭受了3台D6级轨道炮的袭击。此外，12把镭射枪一次又一次射出镭射光，特别是2000名精锐分成12个小队，猛地冲入混乱的大军，令三斧山大军只得奋力阻拦。

近8万人毕竟是分散开来的，而那12个精英小队悍不畏死，又有镭射枪开道，目标是那12人的遗物，当然效率极高。

“1号成功。”

“8号成功。”

“9号成功。”

“6号成功。”

……

一则则信号发送回来，一个个精锐小队夺得智能光脑或者空间戒指后，就立即返回。

这一场偷袭战前后持续不超过3分钟，那12个小队迅速回到宇宙飞船中，而那艘宇宙飞船陡然加速，消失在天边。

三斧山阵营中的许多人仰头看着那艘飞离开去的宇宙飞船，一个个都发出了愤怒的吼声。

罗峰等四人同样满脸怒色。

“幸好三弟有摩云藤护体，否则就……那九皇子就是一个浑蛋！”雷神无比愤怒。

“老三差一点就没命了。”洪的脸色很是难看。

“布罗林真够狠的。”

罗峰能清楚地闻到周围弥漫的血腥气，还能看到远处散落一地的战衣、战靴、头盔。

“别管那么多了，现在我们没有一点办法。”罗峰低哼一声，“先忍忍，随大军先出去最要紧。”

“嗯。”洪和雷神都是满腹怒气，却只能强忍着。

三斧山大军迅速变得井然有序，虽然死了几千人，但是没有很大影响。

罗峰心里却一阵后怕。

刚才若是换作其他人，必死无疑，而他的生命核心是包含了体内世界的原核，就算脑袋被射穿，也能重新长出。

然而，如果那样的话，势必会被三斧山大军发现，他竟然拥有脑袋被射穿都不死的神奇能力，到时肯定会引起他们的怀疑，甚至会引起沧澜星上的宇宙级、域主级、界主级强者们的怀疑。

宇宙飞船中。

“得到智能光脑7个，空间储物器8件。”布罗林的脸上如同覆盖了一层寒霜，他紧紧盯着地面上的智能光脑和空间储存器，沉声道，“这，就是你们的效率？”

“殿下，那12个人被镭射枪击中，其中11个人身死，还有1个人未死。另外我们去夺取智能光脑时，还有其他人现身与我们抢夺，我们能夺得7个智能光脑和8件空间储存器，很不容易了。”一名保镖连忙说道。

布罗林瞥了他一眼。

保镖身体一颤，不敢再说话。

“以后事情没做好，别找理由，明白吗？”布罗林瞪着那名保镖。

“明白。”保镖连忙单膝跪地。

“没死的那人是谁？”布罗林问道。

“12号目标人物。”保镖回道。

“哦？”布罗林眉毛一挑，“我记得他，是那个同样拥有宇宙飞船的小子。”

“你们都出去。”布罗林冷冷地道。

8个人迅速退了出去。

顿时，控制室内只剩下布罗林。

而后，他蹲下，开始探察智能光脑，还有那些空间器物。

他并没将8件宝物放在眼里，而是认真地检查那些智能光脑。

“这里竟然没有传承水晶球最后一重密码的记录，这些都不是传承水晶球最后一重密码拥有者的智能光脑。”布罗林脸色铁青。

而后，他直接将那些智能光脑狠狠地踩碎了。

沧澜星。

高耸入云的摩天大厦顶楼的超级大厅中，两大界主级巅峰强者将天辰和哈格雷夫相对而坐。

“哈格雷夫，我还是那句话，你想要传承水晶球的最后一重密码，必须答应我提出的9个条件，一个都不能少。”将天辰淡淡地道。

“你够狠！”哈格雷夫双眸微眯。

两大强者遥遥相对。

“我同意你的条件。”哈格雷夫深吸一口气。

“哈哈哈……”将天辰站起来，脸上满是笑容，“哈格雷夫，合作愉快。”

“合作愉快！”哈格雷夫站起来，脸上并没有笑容。

“别一副不情愿的样子。你想得到传承水晶球的最后一重密码，而我提出的这些要求不算多。”将天辰嘴角泛起一丝笑容，“还有，在界中界，我手下的一名士兵兑换到最后一重密码时使用了智能光脑，我早已经命令士兵将那智能光脑给毁掉了，还派人杀了那名士兵。所以，不管你怎么做，都得不到最后一重密码，只能与我进行交易。”

哈格雷夫脸色一沉，而后勉强挤出一丝笑容：“佩服，佩服。”

“彼此彼此。”将天辰微微一笑，“你将东西全部准备好，到时候我将密码给你。”

“你要的那些东西很稀罕，我需要一个月的时间准备。”哈格雷夫说道。

“我不急，一点都不急。你的东西什么时候准备好，我就什么时候将最后一重密码给你。”将天辰朗声笑道，“哈格雷夫，那我就先走了。”

“不送。”哈格雷夫说道。

“呼！”

大厅中隐隐闪过一道霹雳，原本站在大厅中的将天辰就已经消失了。

哈格雷夫缓步走到旁边巨大的落地窗前，俯瞰着下方的古老城市，低声道：“将天辰，就让你占一次便宜，日后我一定要让你将今天得到的加倍还回来！”

哈格雷夫脸上的表情狰狞，这次他几乎全部身家都被将天辰给夺走了。

寒风吹过，哈格雷夫也消失了。

片刻后，超级大厅的大门打开了，两名侍者走了进来。

两人面面相觑。

“门锁着，窗户是关死的，怎么人不见了？”

三斧山大军在界中界飞行了七天，终于找到了出口，到了雷霆世界中的风雷峡谷。

而后，在雷霆世界中飞行了大概七天，三斧山大军终于抵达通往沧澜星的出口。只是，这个出口没有风雷峡谷的黑洞大，那黑洞足以容纳上百人并行，这个出口却只能容纳几人并行。

冒险者们化作一道道流光，疾速朝外面飞去。

“这出口太小，这么多人都要出去，需要多久啊？”雷神悬浮起来，朝前方看去。

“虽然冒险者的移动速度极快，但是要轮到我们，最起码需要一个小时。”罗峰略微估算了一下，而后说道。

1秒钟就算冲出去10个人，1个小时也才冲出去3万多人，而后才轮到处于大军中间的他们。

“终于要出去了。”洪传音感慨道，“这次的经历真够奇妙的。”

“的确挺奇妙的。”罗峰也笑了。

他们原本是来进行宇宙见习佣兵考核的，不承想，中途发现了新的界中界，顿时所有的冒险者都顾不上考核，投身于界中界，想要拼一把。

界中界内有很多宝物，显然这次罗峰等人的收获很大。

论财富，堪比一般的界主级强者，当然，还是无法和雷霆界主卡布、将天辰、哈格雷夫等一些界主级巅峰强者相比。

论实力，摩云藤也获得了大突破。

“我们现在的财富挺多，不过，武力和财富差距太大。”雷神嘀咕道，“回去后，我们得增强武力。”

“嗯。”罗峰点点头。

随着大量冒险者一一飞入其中，终于轮到罗峰等四人了。

“走！”

“冲！”

罗峰、洪、雷神、敖骨四人化作四道流光，迅速冲入前方的流光瀑布中。

沧澜星，古城。

宇宙佣兵联盟驻地的那栋别墅专门在一面墙壁上凿出一条通道，从雷霆世界冲出来的大量冒险者通过这条通道迅速飞出去。

“所有冒险者到前方集合。”

“逃逸者，杀！”

“不服管理者，杀！”

半空中，各个方位悬浮着一个个宇宙级强者，还有一个域主级强者，这些超级强者冷冷地看着这群侥幸归来的冒险者。

听到一声声怒喝，冒险者根本不敢造次。

“三弟，你看那边。”雷神传音惊呼道。

“嗯？”罗峰顺着雷神指的方向看去，只见远处悬浮的超级强者中，赫然有一个身穿深绿色战衣、双耳尖尖的强者。

正是诺岚山。

诺岚山感应到有人看他，扭头看过来，一眼就看到了人群中的罗峰。

第358章

见冥昱

“不好。”罗峰脸色一变。

而远处的诺岚山看到罗峰，顿时眼睛一亮，而后直接迅速朝他飞来。

“运气真好！我竟然在这里碰到了他，如今可是在现实世界中，我以他冒犯我为由，直接处决他，以我的身份，谁又敢多说什么呢？”诺岚山自信得很。

宇宙中，宇宙级强者的地位比恒星级强者高得多，宇宙级强者击杀恒星级强者，简直就跟踩死一只蝼蚁似的。

三斧山大军正往古城旁的空旷平原上飞去，准备集结，诺岚山则朝三斧山大军飞来。

“这是三斧山大军！诺岚山，你是百虎楼的人，擅闯三斧山大军，要干什么？”

伴随着念力，一声暴喝瞬间传遍三斧山大军，所有冒险者几乎都扭头看去。

他们一下子就看到从远处俯冲而来的人。

“那是诺岚山！”

“他是百虎楼的人！”

“百虎楼的人飞向我们大军干什么？”

冒险者们议论纷纷。

原本从远处俯冲飞来的诺岚山顿时停下，脸色难看，心中暗骂：“那个罗峰竟然这么胆大，他只是一个恒星级强者，竟然敢在这种场合大肆用念力传音，实在是太嚣张了。”

按理说，普通士兵是不敢这么大喊大叫的。可是，诺岚山根本不知道，罗峰并不是三斧山这个组织的士兵。

“诺岚山，停下。”

“你停下。”

“你来我们这边干什么？”

顿时，五个同样负责主持秩序的人飞了过来，这五人都是隶属于三斧山组织的宇宙级强者，脸色都不好看。

“冒险者大军的很多人都携带着界中界的宝物，界主级强者和域主级强者都还没来领取宝物，诺岚山竟然敢闯入三斧山的大军，难道想夺取宝物？他只是一个宇宙级强者，谅他也没这么大的胆子。”五个宇宙级强者心中恼怒。

“五位。”诺岚山露出笑容。

“诺岚山，你要闯我方的冒险者大军？”五个宇宙级强者看着诺岚山。

“不，不是。”诺岚山传音道，“我只是宇宙级强者，在沧澜星上，比我强千倍乃至万倍的人多的是，我可不敢有那种想法。我只是看到了一个仇人，所以想今日将其解决。”

“哦！”五个宇宙级强者点点头。

“你的仇人是谁？”五人中，一个魁梧男子问道。

“他叫罗峰，是大军中的一个小兵。”诺岚山说道。

“小兵？”五个宇宙级强者彼此相视一眼。

“五位，将一个小兵交给我，没问题吧？”

诺岚山不敢胡来，毕竟周围单单主持秩序的宇宙级强者、域主级强者就有不少，他如果敢乱来，即便其他组织的人不动手，百虎楼的人恐怕都会亲自动手处决他。

“冒险者大军得到了宝物，界主级强者和域主级强者都还没来取，这种时刻，任何一个士兵都不可能交给你。”五个宇宙级强者很清醒。

诺岚山的脸色变得更加难看。

“诺岚山，现在其他宇宙级强者和域主级强者都看着这边，我看，你还是走吧。”五个宇宙级强者劝道。

诺岚山一咬牙，转头就走，没有再说一句话。

大军中。

罗峰看到远处的诺岚山被三斧山一方的五个宇宙级强者给拦下了，而后，诺岚山恨恨离去了。

“我得找个机会将诺岚山给解决掉。”罗峰心中暗想。

“诺岚山一定得死。”旁边的洪表情凝重，传音道，“否则，诺岚山家族一直觊觎地球的宝物，地球始终不得安宁。”

“要不我们请冥昱大人出手？”雷神看向罗峰和洪。

罗峰眼睛一亮。

这个主意好！

待会儿就要见到冥昱了，冥昱可是宇宙二星佣兵，在域主级强者中都算是高手。冥昱如果愿意动手，对付诺岚山，简直是小菜一碟。

“我们等会儿要给冥昱大人献上宝物，趁机请冥昱大人帮忙，成功的概率很大。”罗峰点点头。

“罗峰，你准备给冥昱大人献上多少宝物？”雷神传音问道。

“对啊，罗峰，你是怎么想的？”洪看向罗峰。

此次兑换宝物，绝大多数功劳都属于罗峰，所以此事自然由罗峰决定。

“一件五阶原力兵器。”罗峰说道。

“一件？”洪、雷神看向罗峰。

“嗯，一件够了。论价值，冥昱大人的全部资产加起来，恐怕也不能买下这件五阶原力兵器。”

罗峰有巴巴塔在一旁指点，自然清楚自己准备拿出手的兵器的价值有多高，虽然当初兑换它的时候，所耗费的雷霆石不比兑换天火轮的多，价值却是天火轮的数十倍。

冥昱是一个域主级强者，而且是域主级强者中的高手，可是，哪怕他倾家荡产，恐怕也买不起这样的兵器。

时间飞快地流逝。

三斧山幸存的冒险者大军驻扎在古城旁的荒原上。一些强者飞了过来，将他们的人马带走了。渐渐地，荒原上的军队人数锐减，7万，6万，5万，4万……

“罗峰！”

“哈哈！看到你们四个，真是开心啊！”一道爽朗的笑声响起。

冥昱悬浮在空中。

罗峰等四人和200多名冒险者都飞向冥昱。

“大人。”200多名冒险者恭敬行礼。

罗峰等四人并肩而立，也恭敬行礼：“冥昱大人。”

“很好！走，去我的庄园歇息歇息。”冥昱带着罗峰等四人和200多名冒险者迅速离去。

距离荒原大概20千米的古城中。

诺岚山站在一栋古旧的商城的顶楼，透过窗户，遥遥看向荒原，当看到罗峰等四人和冥昱离去的时候，脸色大变。

“不好！没想到，罗峰竟然投靠了冥昱大人，而且，看起来，冥昱大人对他还挺客气的。我想杀他就更难了！”

诺岚山猛地抓向旁边的栏杆，哧的一声，栏杆顿时化为齑粉。

草原上有一座造型雅致的美丽庄园。

那200多名冒险者早就被冥昱遣送走了，罗峰等四人则和冥昱坐在同一个桌子边。

罗峰心里挺遗憾的。

他们在那边等了那么久，却没能看到一个界主级强者。界主级强者都是派人来带走冒险者大军，并没有亲自来。

“说起来，这次还真是很可惜，我派出的人中有一个叫赍笛的宇宙级强者，他给我弄到了一件宝物，虽然那件宝物只是排名垫底的，但也算是很昂贵的。”冥昱叹息一声，“不承想，归来的途中，竟然遭到九皇子人马的偷袭，宝物被夺走了。”

罗峰、洪、雷神三人相视一眼。

冥昱可真够倒霉的。

“你们这次在界中界的收获如何？”冥昱看向罗峰等四人。

“我们换得了一件宝物。”罗峰看着冥昱，笑道。

冥昱闻言，眼中迸发出两道精光。

“什么宝物？”冥昱无比期待。

罗峰心念一动，顿时一把足有三米长的宽柄战刀出现了，刀面上有着奇异的秘纹，奇异的秘纹令刀面流动着一股股令人心悸的气息，刀刃周围的空间隐隐震动着。

感受到如此恐怖的气息，罗峰等四人的脸色变得苍白。

“冥昱大人，这是五阶原力兵器斩空刀。”罗峰说道。

“好，好，好。”冥昱死死地盯着斩空刀。

这可是宝物，比赍笛得到的宝物还要珍贵。

三阶兵器中，最贵的能兑换几千亿黑龙币，最便宜的仅仅能兑换数十亿黑龙币。同一个道理，五阶原力兵器的价值有高有低，价值差距更大。天火轮排名属于垫底的，而斩空刀属于靠前的，价值相当于几十个天火轮。

“罗峰，你们这礼物可太贵重了。”冥昱看着罗峰等四人，表情复杂，“你们知道这件宝物的价值是多少吗？”

“天价！”罗峰笑道，“这是我们无法想象的天价，我只知道这点。”

“没错，天价！我的全部身家都不够买下这件宝物。”冥昱定定地看着罗峰，“我说过，我不会亏待你们。你们说吧，有什么要求。”

“我想杀一个人。”罗峰说道。

“杀谁？那人的实力怎么样？他是域主级几阶强者？”冥昱问道。

“宇宙级九阶强者。”罗峰回道。

“哈哈……”冥昱笑了。

对他而言，对付宇宙级九阶强者实在太容易了。

“我即便为你杀十个宇宙级强者，都远远抵不上你给我的这把斩空刀。”冥昱思忖一下，“这样吧，我将三分之一的领地送给你。不行，这样的话，恐怕你会被有心人盯上。从今天起，我管辖下的近10万颗生命星球一半归你，星球收益、士兵等等也归你了，还有现金……”

第359章

界主级强者现身

“冥昱大人……”罗峰开口了，“我只是一个恒星级强者，要那么多领地和现金也没用。”

冥昱看着罗峰，脸上露出笑容：“罗峰，领地和现金你现在的确用不到，可是，我作为域主级强者，又怎么能白白收你好处？更何况，拥有一些领地，以领主的身份巡视领地，还是很有意思的。你多少接受一点领地吧！我给你1万颗生命星球，如何？”

“呃，100颗星球足够了。”罗峰道。

星球领地对自己没有多大用处，弄100颗生命星球当领地，也算意思一下。

“好，就100颗生命星球。有100颗生命星球当领地，在宇宙中不算显眼，不会惹得大人物注意。”冥昱笑了，“至于现金，我的现金不多，远远不够买下斩空刀。”

“冥昱大人，你就随便给吧！我们三兄弟这次的收获够大了。”

罗峰心里很清楚，不能贪心，否则惹得冥昱大人厌恶，那就麻烦大了。

更何况，他们这次得到的宝物极多，斩空刀根本算不得什么。

“把你的账号给我。”冥昱道。

“是！”罗峰连忙报出自己的宇宙星河银行账号。

“啧啧！你竟然有宇宙星河银行账号，也算是小有资产嘛。”冥昱笑道。

同时，他分出一丝意识，连接虚拟宇宙网络，在虚拟宇宙网络中进行转账业务。

罗峰、洪、雷神三人都在暗自猜测，冥昱大人会汇款多少。

“罗峰，你收到一封邮件。”巴巴塔的声音响起。

“打开。”

罗峰迅速闭上眼睛，意识连接虚拟宇宙网络，让巴巴塔打开邮件。

那是宇宙星河银行的通知邮件。

“尊敬的客户，你好。你在我行的账户刚刚收到200亿宇宙币汇款，你的账户余额达到了100亿宇宙币的界限，自动升级为二星级账户。你也自动成为宇宙星河银行尊贵的二星级客户。作为二星级客户，你拥有许多特殊的权利。本邮件下方附有一些特殊权利的列表和介绍。”

简简单单的一封邮件，却让罗峰大吃一惊。

当初在碧岩星，罗峰就知道了星级账户的含义，而当时那两个宇宙佣兵仅仅拥有一星级账户。很显然，能达到星级，那是非常不错的。

“原来，存款达到100亿宇宙币，即可自动升级为二星级账户。1宇宙币相当于3300乾巫币，100亿宇宙币约为33万亿乾巫币，1颗星球的平均价为1万亿黑龙币，相当于7亿乾巫币。也就是说，100亿宇宙币可以买下大约5万颗生命星球。”

这么一想，罗峰不由得震惊了。

冥昱大人转给他的现金相当于能买下10万颗生命星球，这对于域主级强者而言，也是非常丰厚的财富。

庄园。

“冥昱大人。”罗峰连忙站起身来。

“坐，坐。”冥昱伸手虚压。

罗峰顿时感觉到一股无形的力量压在自己的肩膀上，根本不容自己反抗，就将自己压制得坐了下来。

“别以为我给你的现金很多。”冥昱微微摇头，双眸中有着笑意，“我给你的一点都不多。你如果只是献上天火轮这种宝物，我给你的算很多。可是，你给我献上的可是斩空刀，我给你的算不上多，如果我心中感到亏欠，这对我的修炼是有影响的。”

“呼！”忽然，周围的空间微微震荡。

罗峰、洪、雷神、敖骨四人都大吃一惊。

只见幽静的庄园中竟然多出了一人。

那是一个额头上有着两根触角的高瘦男子，他身上的黑色披风随风飘舞，眼神冷厉。

“将军大人。”冥昱站起身来，恭敬行礼，同时传音给罗峰等人，“这位是我三斧山的一个界主级强者。”

“界主大人。”罗峰、洪、雷神、敖骨连忙行礼。

罗峰忍不住偷偷看了界主级强者一眼，此人的气息不是很强，那双眼眸却让人惊惧。

“冥昱，你的运气不错。”高瘦男子站在那里，双脚悬空，看着冥昱。

“嘿嘿！”冥昱露出憨厚的笑容。

“我买下斩空刀。”高瘦男子淡淡地道，“这把刀很适合我。”

“这可是五阶原力兵器，连我也无法完全发挥其威力。”冥昱笑道，“能将这个转让给将军，是我的荣幸。”

说完，冥昱从空间戒指中取出刚刚得到的五阶原力兵器斩空刀。

而后，斩空刀直接飘向高瘦男子。

高瘦男子一伸手，接过斩空刀，双眸一亮。

“哧！哧！”两道金色光芒从他的双眸中射出，射在斩空刀的刀面上。

看到斩空刀刀面上奇异的秘纹，他的眼睛更加亮了。

“好刀！”高瘦男子手持斩空刀，瞬间朝天空劈出一刀。

清澈蔚蓝的天空仿佛一块巨大的布，直接被划出一道足有两三千米长的裂缝，而后，裂缝迅速消失，天空再度恢复平静。

“哈哈哈……”高瘦男子忍不住大笑起来。

“恭喜将军。”冥昱拱手祝贺。

“哈哈！不愧是斩空刀！我对空间本源法则的领悟浅薄，靠着斩空刀，威力顿时大增啊。”高瘦男子看着冥昱，“冥昱，我收了你的斩空刀，自然不会亏待你，钱我已经转到你的账上，还有，我欠你一个人情。”

“嗖！”话音刚落，高瘦男子直接消失不见了。

罗峰、洪、雷神、敖骨四人都愣住了。

刚才界主级强者瞬间出现，拿走了斩空刀，而后直接劈出一道空间裂缝，之后突然消失了。

“两三千米长的空间裂缝？！”罗峰心中震惊，“那人竟然能撕裂宇宙空间，还有，他最后施展的是瞬移吗？”

“不是瞬移，而是飞行。只是，他的飞行速度太快，以至于不产生丝毫空气波动，这和界主级强者能操控宇宙本源之力有关。”巴巴塔的声音响起。

“他的飞行速度有多快？”罗峰追问。

“他离开时，速度达到了32169千米每秒。”

罗峰瞪大了眼睛。

光速不过30万千米每秒，而那个界主级强者还没有爆发出最快的速度，瞬间，速度就达到十分之一的光速，不愧是能轻易毁掉一颗星球的超级强者。

冥昱笑笑，站了起来。

“罗峰，我得到你献给我的斩空刀，转手就卖出了高价，可真得好好感谢你啊。”冥昱看着罗峰，“说吧，你之前让我杀的宇宙级九阶强者是谁？”

“诺岚山。”罗峰说道。

洪和雷神都期待地看着冥昱。

“诺岚山？”冥昱微微一怔，眉头微皱，“是他？”

“有问题？”罗峰问道。

“有些小麻烦，倒也没多大问题。”冥昱摇摇头，“他获得了‘巨斧武者’称号，所以突破到域主级的概率非常高，一直被百虎楼的首领当成精英。不过，这么多年，他的修为一直没有突破，特别是现在离他生命大限不远了，他在百虎楼中的地位有所下降，算不得什么。”

罗峰、洪、雷神都松了一口气。

诺岚山必须得死，只有这样，他们才能安心。

“我先探察一下，看看他现在在沧澜星的何处。”

冥昱闭上眼睛，一股无形的念力迅速散发开去，将整个沧澜星都包裹起来，刻意避开了那些界主级强者。

一秒钟后，冥昱睁开眼睛。

罗峰、洪、雷神都期盼地看着他。

“他不在沧澜星上。”冥昱摇头。

“不在？”罗峰等三人闻言一惊。

“我已经探察了整个沧澜星，他现在的确不在沧澜星。”冥昱歉然地道，“抱歉！若是我下次碰到他，一定会杀了他，实现我的承诺。”

“这不怪冥昱大人，是诺岚山走了大运。”罗峰说道，心中却感到很遗憾。

如此好的机会，竟然没能杀了诺岚山。

如果能够一举杀了诺岚山，此次界中界之行堪称完美。

暗宇宙。

一艘宇宙飞船正在迅速飞行。

“老师，我们这么快就赶回去吗？沧澜星上还有那么多强者，难得有这样的盛会，多逗留一段时间也好啊！”两个宇宙级强者说道。

而诺岚山站在宇宙飞船的控制室中，陷入了沉思。

“这次派出的队伍全军覆没，没有任何收获，留在沧澜星，也是浪费时间。”诺岚山扫了麾下的两大弟子一眼，“我让你们用朋友网查探，可查探到罗峰和冥昱到底是什么关系？”

两个宇宙级强者都摇摇头。

“我问了几个朋友，他们都不知道。”

“我也是，没听说冥昱大人身边有什么重要人物叫罗峰的。”

诺岚山听了，脸色更阴沉。

“罗峰知道我要杀他，而他和冥昱大人关系极好，很可能会请冥昱出手除掉我。”诺岚山心中暗道，“而我和冥昱不是一个组织的，冥昱根本不会有所顾忌。无论如何，还是早早离开沧澜星为好。”

自从发现罗峰几人被冥昱带走，诺岚山就一直无法安心。而后，他当机立断，立即乘坐宇宙飞船离开沧澜星。

第360章

传承水晶球

既然没能杀了诺岚山，罗峰等四人只能怀着遗憾离开，先去宇宙佣兵联盟驻地交了见习佣兵考核指定的物品。

虽然他们在风雷峡谷没得到足够的风角石，但是在界中界，他们反杀了好几个劫掠他们宝物的队伍，收了对方的遗物，得到了一些风角石。

“宇宙见习佣兵！我们也成了宇宙见习佣兵！哈哈……”

“沧澜星上的强者如云，我们还是早点走吧。”

“嗯，出发回地球。”

罗峰等四人迅速前往星球停泊港，取了宇宙飞船，离开沧澜星。

“10、9、8……3、2、1！宇宙穿梭！”

宇宙飞船震颤片刻后，在暗宇宙中以1.2倍光速按照指定的方向迅速前进。

罗峰早就安排敖骨去休息了，他和洪、雷神依旧待在宇宙飞船的控制室中。

“老规矩，你们一人拿40亿宇宙币。”罗峰等三人正分配此次收获的东西。

“老三。”洪摇摇头，“这次全部是靠你一人之力，我和你二哥就是在界中界游荡一番，分到这么多宇宙币，实在是……”

雷神也摇摇头：“是啊！太多了，我们也用不到。”

罗峰却没有丝毫犹豫，分别汇了40亿宇宙币给洪和雷神。

“大哥、二哥，这只是小钱，我们更大的财富是那些宝物。”罗峰笑道。

“嗯。”洪点点头。

“一把斩空刀就那么珍贵，那些宝物加起来，的确是一笔很大的财富。”雷神双眸发亮。

“对了，二哥，你要的雷霆一道秘法一共有五套。”罗峰手一翻，上方悬浮着五个辅助光脑，而后，五个辅助光脑全部跌落在地，“二哥，每个辅助光脑中都有一套雷霆一道秘法，你好好参悟吧！”

“卡布界主的秘法？！”

雷神连忙蹲下，先将五个辅助光脑的芯片拔出，而后将其中一块芯片插在自己的智能光脑上。

“太好了！”雷神激动得满脸通红，闭上眼睛，开始修习雷霆一道秘法。

罗峰和洪则小声交谈着。

“老三。”洪郑重地道，“其他宝物加起来，比斩空刀昂贵多了。你准备怎么处理？”

“卖掉。”罗峰说道。

“怎么卖？”洪皱眉道，“这些宝物实在太珍贵了，一旦曝光，甚至会引得一些超级强者过来。说不定，我们不但得不到金钱，还会将自己的小命给搭进去。”

罗峰淡淡一笑：“大哥，这个道理我懂。不过，我有办法。”

“什么办法？”洪很是好奇。

“暂时保密。”罗峰故作神秘一笑。

这些宝物加起来，价值比很多界主级强者的身家都要高，比永恒之恋都贵得多。

这样的宝物一旦曝光，以罗峰恒星级的实力，的确很难处理，一个不小心，反而会引起超级强者的注意。

刚刚抵达虬龙星时，罗峰的确没办法。可是，现在他已经有办法处理这些宝物了，而且非常安全。

暗宇宙中很是寂静，从沧澜星回归地球，大概需要21天的时间。

宇宙飞船控制室内，罗峰和洪聊了许久，忽然发现旁边的雷神睁开了眼睛。

洪看着他，笑道：“老二，你什么时候睁开眼睛了，还瞪得这么大？”

“是啊！二哥，就算得到很多宝物，我也没见你这么震惊。”罗峰揶揄道。

雷神看向洪和罗峰，道：“大哥、三弟，我和你们说个事。”

“嗯？”罗峰和洪相视一眼，感觉不对劲。

“怎么了？”洪看着雷神。

雷神喃喃道：“三弟不是说，自己得了陨墨星一脉传承吗？我好像……得到了卡布界主的传承。”

“啊？！”罗峰和洪都瞪大眼睛。

得到秘法和得到传承可是两个不同的概念。

“刚才我相继在智能光脑上插入五块芯片，大概浏览了一下那五套秘法。”雷神低声道，“其中四套秘法就是正正经经的秘法，可是，第五套秘法竟然蕴含一个智能生命，而且……”

“智能生命？”罗峰和洪惊呼出声。

“嗯！那个智能生命就是雷电城堡的白胡子老头。”雷神缓缓地道，“他还恭喜我成了卡布界主的弟子。”

“雾大人？”罗峰愣住了。

难道智能生命雾大人的本体是第五块芯片？他也是卡布界主的弟子？

这种场景怎么那么熟悉？当初罗峰成为陨墨星主人呼延博的弟子时，也是这样的。

雷神竟然成了死去的卡布界主的弟子。

“我明明只是买下五套秘法，竟然给二哥找了个超级强者当老师？”罗峰仍旧发蒙。

界中界。

当冒险者大军全部离开后，宇宙佣兵联盟内部的一个界主级强者和两个域主级强者进入了界中界，来到了雷电城堡前。

“轰隆隆——”雷电城堡轰然倒塌。

“大人，这城堡内没有任何宝物。”一个皮肤呈粉红色的大胡子男子恭敬地说道。

“大人，这城堡内的智能只是一个附属智能，根本不是智能生命，真正的智能生命一定是附在冒险者大军其中一人身上，离开了界中界。”另外一个精瘦的胡须男子说道。

穿着黑色战衣的界主级强者悬浮在空中，眉头微皱：“既然如此，算了吧。界中界本身就是宝物。通知宇宙佣兵联盟在黑龙山的分部，雷霆世界不再作为考核世界，我要好好改造一下界中界，这界中界完全可以成为我们宇宙佣兵联盟的秘密培训基地。”

“是，大人。”两个域主级强者恭敬地应道。

那界主级强者猛地伸开双手。

顿时天地一暗，强劲的宇宙本源之力从界中界的根基中源源不断地涌出，界中界开始了新的大改造。这种大改造，唯有界主级强者才能做到。

沧澜星，摩天大厦顶层。

哈格雷夫和将天辰这两大界主级强者相对而坐。

“将天辰，这是你要的。”哈格雷夫随手一扔，一枚折射出光芒的空间戒指划过一道弧线，落向对面的将天辰。

将天辰微微一笑，伸手抓住。

“哈格雷夫，你果然爽快。我这就将传承水晶球的最后一重密码给你。”

将天辰直接通过虚拟宇宙网络，发送了一封邮件给哈格雷夫。

哈格雷夫立即收到。

两人都是界主级强者，分出一丝意识去处理这种事情是很轻松的。

“你不会用假密码骗我吧？”哈格雷夫扫了一眼将天辰。

“我还不至于那么无耻。”将天辰冷笑一声，“哈格雷夫，你大可以去宇宙第一银行试试看，看能不能取出寄存在那里的传承水晶球。”

哈格雷夫直接站起身来。

“呼！”他消失在大厅中。

下一瞬间——

沧澜星另一端的一座美轮美奂的城市中，宇宙第一银行的建筑无比醒目。

哈格雷夫已经进入其中。

“三星级客户？！”

宇宙第一银行驻沧澜星的分行行长是一个背部有着甲壳，额头上长着第三只眼的驼背老头。

当他通过智能系统得知有一个三星级客户来到银行后，连忙以最快速度赶去迎接。

片刻后，大楼的第19层大厅。

“哈格雷夫大人。”行长恭敬地行礼。

此人能够在沧澜星这个重要星球当宇宙第一银行分行行长，权限很高，自然可以接待三星级客户。

“我要取寄存物。”哈格雷夫淡淡地道。

“取寄存物？”行长略显疑惑，哈格雷夫没在本行寄存过东西吧。

“我要取的是千万年前寄存在这里的物品。”哈格雷夫补充道。

“哈格雷夫大人，千万年前寄存的物品不在这里，早就被运送到乾巫宇宙国那里保存了。”行长笑道，“只要哈格雷夫大人报出账号，输入密码，我们会以最快速度将物品从乾巫宇宙国送到大人指定的地点。”

哈格雷夫微微点头：“账号是……”

他迅速报出了账号。

“这账号的保密性极高，需要三重密码。”行长在旁边帮忙输入密码。

“第一重密码是……”

“通过。”行长说道。

“第二重密码是……”哈格雷夫继续说道。

“通过。”

“第三重密码是……”

“通过。”

“嘀！”一道提示音响起。

行长看着哈格雷夫，笑道：“哈格雷夫大人，只需片刻，银行总处理系统就会给你一个准确的讯息。不过，按照我的经验，从乾巫宇宙国将物品运送过来，需要一个多月的时间。”

“嗯！”哈格雷夫激动不已。

为了得到传承水晶球，他可是耗费了很多的时间和精力，特别是为了得到最后一重密码，他将很多宝物拱手送给了将天辰。

“嗯？”行长看着旁边的屏幕，脸色一变。

“怎么了？”哈格雷夫看着他。

“哈格雷夫大人，不需要将物品从乾巫宇宙国运送过来了。”行长道。

“嗯？”哈格雷夫眉头一皱。

“寄存的物品是一段录音。”行长说道。

“你下去。”哈格雷夫猛地一挥手。

“是！”行长连忙离开房间。

哈格雷夫站在屏幕前，屏幕上出现了一个录音文件。

他敲击了一下屏幕，顿时，保存了千万年的录音文件播放起来。

“很开心地告诉你，你……被我耍了！怎么样，很不爽？为了得到三重密码，你付出不少吧？哈哈哈！我可不傻，怎么会将三重密码给同一人？我就是想让你们去争，最后空欢喜一场。”

哈格雷夫听了，气得咬牙切齿。

“砰！”

他猛地一挥手，将眼前的屏幕砸得粉碎。

“三星级客户，你破坏了我们银行的屏幕，请按照物品价格进行赔偿。”一道电子音回荡在屋子中。

哈格雷夫顿时大怒。

“去死吧！”他身上强大的气息弥漫开来。

大厅内的物品爆炸开来，大量碎片飞溅，灰尘弥漫。

“传承水晶球到底在哪？”哈格雷夫咬牙切齿地道。

第361章

处理宝物

自从沧澜星界中界内的宝物现世，整个黑龙山星域都不得安宁。

“你们听说了吗？最近有一个恒星级强者准备在洛克纳星球出手一件天价宝物，而后，那宝物被一个宇宙级强者抢走了，没多久，那宇宙级强者不但丧了命，家族所在地都被夷为平地了。”

“那是什么宝物啊？”

“据说，前段时间沧澜星出现了界中界，那天价宝物就是来自界中界。界中界内的宝物极其珍贵，那可是能引起四大组织和两大圣地抢夺的。随便一件，珍贵程度都堪比几万颗生命星球。”

“几万颗生命星球？天哪，那得多值钱啊！”

“现在，黑龙山星域的大大小小的家族和组织都在密切关注此事，一旦发现有谁准备售卖天价宝物，就去抢。”

“这种天价宝物还真是烫手的山芋啊！”

“是的！然而，还是有无数人想得到天价宝物。”

在黑龙山星域，最大的势力是十六大家族，这些都是十六个界主级强者开创的，说明黑龙山星域中的界主级强者势力算是顶尖的，至于其他的大大小小组织，能有域主级强者就算不错了。

而界中界内的任何一件宝物对域主级强者都具有惊人的吸引力。偶尔出现一两件，都惹得诸多势力眼红，也就不足为怪了。

“那些恒星级强者根本没有好的卖货渠道，想出手宝物，很容易被发现。你们给我盯紧黑龙山星域的各个主要星球，一旦有谁想要出手天价宝物，立即来报。”

“是，会长。”

暗宇宙中，罗峰小队乘坐的宇宙飞船依旧在疾速前行。

12天过去了，距离抵达地球还需要大概9天的时间。

黑龙山星域中有恒星级冒险者在出手天价宝物，然而他们并不知道此事。

宇宙飞船休息舱的布局类似于书房，其中有桌椅，角落还有一张舒适的床。

“该处理一下这些宝物了，这些宝物实在不好保管。”

罗峰坐在椅子上，敲击着书桌上的笔记本电脑，这台笔记本电脑是地球生产的。没办法，他还是习惯用地球生产的这种落后玩意儿。

“我兑换的宝物，加上靠着摩云藤夺来的宝物，一共是48件。”

其中有比斩空刀便宜的，也有比斩空刀昂贵的。一把斩空刀就令域主级强者冥昱激动不已，甚至让一个界主级强者直接买下。这48件宝物加起来，价值恐怕比得上界主级强者的全部资产了。

“连接虚拟宇宙网络。”罗峰闭上眼睛，意识迅速连接虚拟宇宙网络。

虚拟宇宙，黑龙山岛屿，九星湾。

当罗峰出现在自家门前的时候，正在散步的罗华眼睛一亮，连忙喊道：“哥！”

“罗华，有事吗？”罗峰笑着看向弟弟。

“我早就想要去找你了，可就是一直碰不到你。”罗华连忙拉住罗峰，“哥，这边坐，我有很重要的事情跟你说。”

“嗯？”罗峰坐下，而后疑惑地看着罗华。

“是这样的。”罗华解释道，“地球五大强国的首领商议一番，都很想进入宇宙，和宇宙中的其他人类接触。”

“他们不是可以进入虚拟宇宙吗？”罗峰皱眉，“在虚拟宇宙中，他们同样可以和宇宙中的其他人类接触。”

“不！他们想要在现实世界中进行接触。”罗华说道。

“在现实世界中进行接触？”罗峰眉头紧蹙。

罗华无奈地道：“哥，你并不了解地球上的各个国家的首领，他们一开始满足于可以进入虚拟宇宙，可是，时间长了，他们的野心就更大了。你现在若让他们进入宇宙，恐怕之后他们的要求会更高。”

人的野心是永无止境的。有了好的，就想要更好的。

“行，答应他们。”罗峰郑重地道。

“你真的答应他们的要求？”罗华瞪大眼睛。

“没错。”罗峰微微点头，“虽然在地球很安全，但是总不能让地球人一直局限在地球中，该让他们接触宇宙了。只有让他们吃点亏，经历一些挫折，他们才会清醒，才知道将来地球人在宇宙中该如何艰难求生。”

罗华疑惑地道：“哥，地球人去哪一个星球呢？大规模星际移民，星球管理局能同意吗？”

“若是星球管理局不同意，我买下一颗星球不就成了。”罗峰淡淡一笑，“更何况，我现在名下有100颗生命星球，只要我这个领主点头，星际移民当然不在话下。”

“100颗生命星球？”罗华瞪大眼睛，“哥，你……”

“回头跟你细说。”罗峰站起身来，“地球人想要移民去宇宙中的事，回头我再和地球五大强国首领好好谈谈。嗯，今天就到这里吧，我还有事情，要出去一趟。”

“哦。”罗华也站起身来。

“嘀！”一道提示音响起。

“邮件？”罗华疑惑地点开邮件。

这是银行通知邮件，他的账户余额多了40亿宇宙币。

“40亿宇宙币？！”罗华震惊了。

“这些宇宙币归你，好好加油。”罗峰的声音从远处传来。

罗华抬头，只见罗峰快走出九星湾小区了。

看着罗峰的背影，罗华心惊不已。

“我哥这些天到底干了什么，怎么就弄来了40亿宇宙币给我？这可是比乾巫币还要珍贵的宇宙币。”

九星湾小区门口，罗峰朝天空一招手。

顿时，一匹长着翅膀的天马拉着车子从天而降，马车上有车夫。

罗峰直接跳上后面的位置。

“先生，去哪？”车夫问道。

“去宇宙星河银行。”罗峰说道。

顿时，天马挥动双翼，马车迅速腾空而起，以惊人的速度飞行。

在虚拟宇宙中，远距离的情况下，是靠固定传送点移动的，近距离则是靠着天马拉着的马车移动，因为虚拟宇宙中的人身体素质仅仅堪比学徒级四阶强者，无法飞行，移动速度不够快，而靠天马拉着的马车就快多了。

当然，乘坐天马拉着的马车是需要钱的。

“真漂亮！”罗峰坐在马车上，俯瞰下方的巨大的黑龙山岛屿，赞叹道。

“那是什么？”罗峰惊讶地指着天空。

云雾中，隐隐有一座悬浮的城池，那座城池实在悬浮得太高了，如果是站在地面上，恐怕肉眼根本看不到。只有乘坐马车飞得很高，才能勉强看到云雾深处若隐若现的城池。

“悬空城。”车夫笑呵呵道，“那是我们黑龙山岛屿的悬空城。每一座岛屿和每一片大陆都有悬空城。”

“悬空城？”罗峰有些惊讶。

“一般只有大人物，或者最起码是宇宙级强者，才有资格进入悬空城。”车夫控制着天马，“先生，宇宙星河银行已经到了。”

天马俯冲而下，羽翼微微扇动，四蹄在空中踩踏，迅速落到了宇宙星河银行的门前。

“谢了。”罗峰下了马车。

马车冲天而起，迅速离开了，至于乘坐马车的费用，直接从个人账户扣掉。

“欢迎光临。”

罗峰步入宇宙星河银行大门，直接沿着自助办理通道进入内部，而后进入自助办理业务房间。

进入密封的房间后——

“请输入账号。”一道电子音响起。

“84928593WOXH85285285032。”罗峰迅速输入账号。

顿时，房间中的信号扫描过罗峰，因为罗峰上次在碧岩星取过一次钱，已经留下了一些基本讯息。

“密码正确。”

“用户确认。”

忽然，原本普通的房间变得极其奢华，并且，一个美丽的女性智能生命站在一旁，恭敬地道：“尊敬的五星级客户，您好，我是008231号智能，为你服务。”

“你好！”罗峰看着女性智能生命，心中暗喜。

一切果然和巴巴塔说的一样。他成功打开过五星级账户，已经被宇宙星河银行认定为五星级客户。

须知，罗峰通过冥昱得到了200亿宇宙币，这可是堪比很多域主级强者的全部资产。可是，罗峰也仅仅被认定为五星级客户。

五星级客户是何等尊贵?

在宇宙星河银行，五星级客户能享受很多周到的服务。当然，这是要钱的。

“我需要处理掉一些物品。”罗峰看着眼前的女性智能生命。

女性智能生命躬身，微微一笑，道：“尊敬的五星级客户，我们宇宙星河银行有物品托卖服务，宇宙星河银行在所有宇宙国中都有非常强大的销售渠道，可以让您的物品在极短的时间内卖掉，我们只收取千分之一的手续费。”

罗峰笑了。

这就是五星级客户的待遇，卖烫手的宝物，就是这么简单。

第362章

财富飙升

“除了物品托卖服务，我们宇宙星河银行还有物品收购服务，不过，收购价是按照标准价来定的。”女性智能生命面带笑容，声音清脆悦耳，无比恭敬。

“我选择物品托卖服务。”罗峰说道。

虽然物品托卖服务需要千分之一的手续费，但是托卖价还算不错，最后总价依旧远远高于银行给出的直接收购价。

罗峰身边有经验十足的巴巴塔，可不会在这方面吃亏。

“这是我需要卖出的48件物品。”

罗峰迅速通过虚拟助手巴巴塔将那48件宝物的详细信息发送给眼前的女性智能生命。

“我们宇宙星河银行可以立即在虚拟宇宙的各大宇宙国拍卖区卖出48件物品。”女性智能生命笑道，“请确认一下，您的48件物品什么时候在什么地点交给我们宇宙星河银行？”

“地点是乾巫星区黑龙山星域银河系的白兰星。”罗峰报出地点，而后又报出时间。

“时间和地点都确定了。”女性智能生命笑道，“请签署托卖文件。”

一份合同出现在罗峰的面前，合同内容很详细，包括双方的权利和责任，还有违约条款等等。

“嘀！”一道电子音响起。

“托卖文件签署完成。”女性智能生命笑道，“尊敬的五星级客户，不知道还有什么可以为您服务的？”

“没有了。”罗峰站起身来，转头走向门口，直接拉开门，走了出去。

下一瞬间，这个豪奢的房间消失了，恢复成了普通的自助办理业务的房间。

五星级客户作为宇宙星河银行重要的客户，能够享受很多优质的服务。不过，既然是优质服务，当然就需要花钱。

在宇宙中，如果没有可靠的渠道，就是有钱也未必能办成事。比如卖掉48件宝物。

如果在黑龙山星域售卖宝物，一定会掀起滔天巨浪。可是，通过宇宙星河银行在各大宇宙国售卖，一点小浪花都翻不起来。

……

时隔七个月，罗峰他们回到了白兰星——距离地球很近的生命星球。

当初罗峰他们在雷霆世界中就度过了三个月，后来在界中界，先是挖掘宇宙晶和雷霆石，耗费了一个月，而后持续混战，耗费了一个半月。如果算上从界中界回到沧澜星，再从沧澜星回到地球的时间，约七个月。

2263年4月中旬，罗峰等三人离开地球。

C国时间，2263年11月16号下午1点16分，宇宙飞船进入白兰星。

宇宙飞船控制室中，罗峰等三人俯瞰仓库基地。

仓库基地前有一艘机身有着宇宙星河银行标志的宇宙飞船，呈剑形，给人的感觉无比梦幻。

“三弟，宝物交易就那么简单？”雷神问道。

“对，就那么简单，我将宝物交给对方就成了。”罗峰笑道。

“他们不会杀人夺宝吧？”雷神不安地看着下方的宇宙飞船。

“哈哈！”罗峰朗声笑道，“二哥，这可是宇宙星河银行，而且你看到那艘宇宙飞船了吗？那可是E级宇宙飞船，代表着财大气粗。宇宙星河银行和宇宙第一银行最重视信誉。”

“比这48件贵重千倍乃至万倍的宝物，宇宙星河银行都不会动心，别这么小家子气。更何况，我去交货的话，会受到他们的宇宙飞船附带的银行智能系统保护的，银行的内部人员是不敢杀人越货的。”罗峰笑道，“一旦他们敢违背规定，身体会立即爆炸开来。”

谈话间，罗峰等三人乘坐的宇宙飞船降落到地面上。

“哗！”舱门自动开启了。

罗峰、洪、雷神、敖骨都跳下舱门，直接飞向远处剑形的宇宙飞船。

剑形的宇宙飞船的舱门外站着三个穿着宇宙星河银行制服的男子，其中一人赫然是域主级强者，另外两人是宇宙级强者。

“先生，请将您的货物给我。”域主级强者道。

虽然他一眼就看出眼前几人都是恒星级强者，但是这次的交易级别极高，而且他的一举一动都会被银行智能系统记录下来，所以他必须按照银行的要求进行交易。

他必须谦逊有礼，面带笑容。

“这是货物。”罗峰递过一枚空间戒指。

“咻！”宇宙飞船中的一道迷蒙的流光射入空间戒指。

仅仅片刻，宇宙飞船便发出了一道声音：“货物确认无误。”

“先生，交易成功，谢谢您对宇宙星河银行的支持。”说着，域主级强者微微躬身。

一个域主级强者向几个恒星级强者行礼?

“哈哈！那我们就不送了，我们先走了。”罗峰笑道，而后转头就走了。

那域主级强者和两个宇宙级强者回到宇宙飞船中，三人的表情都古怪得很。

“此次竟然是几个恒星级强者跟我们做交易，太搞笑了！”

“刚才我还得向他们躬身行礼，现在想想心里都不舒服。”

两个宇宙级强者很是不满。

旁边的域主级强者绿色眉毛一挑，道：“我们的级别很高，一般都是和不朽级强者做交易，偶尔和界主级强者做交易。这次遇到的竟然只是区区恒星级强者，不过，他们可能是某个超级大家族或者超级强者的弟子吧！”

两个宇宙级强者都点点头。

没错！

他们小队的服务对象一般地位都很高，大多是四星级客户或者五星级客户，正常情况下，四星级客户一般是不朽级强者，或者是某些走大运的界主级强者。至于五星级客户，那可是轻易能摧毁无数星系的超级强者。

“你们私下发发牢骚就算了，别泄露客户的一丁点儿消息，否则被宇宙星河银行给处分时，别怪我没提醒你们。”绿发的域主级强者大声喝道。

“是，大人。”两个宇宙级强者恭敬应命。

罗峰他们在白兰星做完交易后，乘坐宇宙飞船进行宇宙穿梭，前往地球。

“哈哈哈，域主级强者向我们行礼呢！”雷神得意地大笑。

“这的确不可思议！”洪也惊叹道。

“大哥，二哥，”罗峰看着洪和雷神，“货款已经到账，按照老规矩分配……”

雷神连连摇头，道：“我不要，你已经给了我五套雷霆一道秘法，那五套秘法本身就花费了很多雷霆石。更何况，其中一套还蕴含了智能生命，令我得到了卡布界主的传承。此次我的收获是最大的，你别再分给我了。”

“老二既然得到了卡布界主的传承。”洪笑道，“那卡布界主肯定为他准备好一切了。”

罗峰笑着点点头。

他得到了陨墨星主人的传承，陨墨星主人将存款分到了三个账号里，都给了自己。

雷神得到了卡布界主的传承，估计能得到不少好处。

“大哥。”罗峰看向洪。

“我的钱足够用了，如果你非要分给我，以后给我买一颗生命果实就行。”洪说道。

罗峰点点头。

在界中界，宝物兑换列表显示，1颗生命果实仅仅需要80万颗雷霆石。实际上，在外界，很难买到生命果实，就算买到，价格也非常惊人。

“好。”罗峰点点头，“那我就先进入虚拟宇宙了。”

虚拟宇宙，黑龙山岛屿，九星湾。

书房中。

“这么多邮件。”罗峰坐在椅子上，点开了第一封邮件。

“尊敬的客户，你好。你在我行的账号刚刚收到112300亿宇宙币的汇款，你的账号余款达到10混元（混元为高级单位，1混元相当于1万亿宇宙币）界限，自动升级为三星级账户，你也自动成为我行尊贵的三星级客户。作为三星级客户，你拥有许多特殊的权利。本邮件下方附有一些特殊权利的列表和介绍。”

第一封邮件就是汇款到账的邮件。

“11万多亿宇宙币？！”罗峰惊呆了。

11万多亿宇宙币，这是什么概念？

一般来说，一个星系领地的价格在1000亿到1万亿宇宙币之间，也就是说，罗峰的资产可以买下几十个星系领地，而界主级强者加入某个帝国，也只能得到一个星系领地。当然，界主级强者只要用心，弄到几个星系并不难。

11万多亿宇宙币相当于几十个星系领地，堪比一个界主级强者的身家。

“宇宙中，真正的硬通货是两种，一个是宇宙晶（宇宙币），这是界主级强者凝聚宇宙本源能量而成的；一个是不朽晶（不朽币），是不朽级强者凝结的蕴含宇宙本源法则之力的奇异能量结晶，比宇宙晶更加珍贵。”

“不过，宇宙币属于宇宙交易货币，至于不朽晶，属于战略储备。不管是人类族群，还是其他种群，都不愿卖掉不朽晶。”巴巴塔的声音在罗峰的识海中响起，“至于混元，是一些超级强者做交易时经常使用的。”

罗峰面露笑容。

他一下子就成了堪比拥有几十个星系资产的大富豪了。

“别得意，这点资产在浩瀚宇宙中算不得什么。你只是三星级客户，拥有几十个星系领地，也就勉强算得上是小康水平吧！”巴巴塔缓缓说道，“努力修炼，等你成为域主级强者，继承你老师的五星级账户，那才算厉害。”

第363章

履历

“好吧，我会努力的。”

罗峰笑了，继续看着屏幕。

屏幕上，包括之前看的邮件，一共有七封，前五封都来自于宇宙星河银行，第六封来自于虚拟宇宙公司，第七封则来自于巨斧斗武场。

罗峰的手指轻轻敲击屏幕，点开了第二封邮件。

“尊敬的客户，你好。你是不是经常将大量资金放在账户中，需要用的时候，直接提取现金？我必须提醒你一下，这是非常低效的资金运作方式。你将你的资金交给我们帮你运作，将会源源不断得到收益。我们首先保证绝不亏损，至于每年收益率，行情不同，每年的收益率不等，我们历史上最高曾经让客户获得超过100%的收益。是的，只要你将10万亿宇宙币交给我们处理，一年后，很可能变成20万亿宇宙币。就算是再坏的情况，我们也能保证不亏损。以下是我们投资部门随便挑出的一些战绩……”

罗峰哑然失笑，伸出手指，轻轻点开第三封邮件。

“尊敬的客户，你好。我们团队拥有宇宙中最丰富的管理星球经验。你是不是拥有大量星球领地，可是，你的星球领地无法带给你足够的收益？只要你将星球领地交给我们管理，我们将会为你培养出最优秀、最忠诚的战士，同时让每个星球领地的赚钱效率大大提升。并且，我们可以为你建立宗教，或者强大的家族。宗教模式、家族模式、王朝模式、学院模式……你可以任意选定一种模式，让我们来管理你的星球领地……”

罗峰一口气看完前面五封邮件。

“第二封邮件是宇宙星河银行辖下的一个投资部门让我将资产交给他们来进行金融投资。

“第三封邮件的内容，是让我花钱，他们将为我管理好我的星球领地，帮我培养出无比忠诚的属下，还简单介绍了宗教模式、家族模式等等培养方式。

“第四封邮件的内容，是让我花钱进行投资，投资的收益率越高，风险也就越大。

“第五封邮件的内容，是为了让我享受各种服务的。”

罗峰摇摇头。

五封邮件中，有两封提到可以帮忙进行金融投资，其中一个保证不亏损，另外一个的风险和收益不确定。

之前，罗峰从罗华那里得知，宇宙金融投资圈很黑暗，两大超级银行辖下的各个投资部门吸纳普通投资人的钱，形成了一股超大资金，在金融投资市场兴风作浪。

一般情况下，他们是用普通投资人的钱为自己专属账户“抬轿子”。

“罗峰，第六封邮件和第七封邮件很重要，你要好好看看。”巴巴塔的声音响起。

“哦？”罗峰很是惊讶。

第六封邮件来自虚拟宇宙公司。

罗峰伸出手指，点开第六封邮件。

“你好。自你成为三星级客户起，你就拥有了参加乾巫拍卖会的资格。在宇宙中，许多珍贵的物品属于限制级，还有很多物品就算有钱也很难买到。而我们虚拟宇宙公司举行的拍卖会，能提供给客户购买到许多珍贵物品的机会。乾巫拍卖会每三年举行一次。参加拍卖会的，起码得是宇宙第一银行和宇宙星河银行的三星级客户。下一届乾巫拍卖会两年后举行，关于拍卖会的详细情况，请看本邮件的附件。”

罗峰看着面前的屏幕，神情凝重。

这个乾巫拍卖会的门槛够高的，参加拍卖会的起码得是两大超级银行的三星级客户，而三星级客户一般都是界主级强者和一些具有超级势力的大富豪。

“罗峰，乾巫拍卖会会出现很多珍贵的宝物，比如生命果实、一些唯有不朽级强者才能制造出的五阶兵器，还有许多限制级武器。对于一个强者而言，参加乾巫拍卖会是非常重要的。”巴巴塔提醒道，“你只有通过拍卖会，才能买到很多宝物。”

罗峰点点头。

“当然，这只是初等拍卖会。虚拟宇宙公司举行的拍卖会分为初等拍卖会、中等拍卖会、高等拍卖会。

“初等拍卖会，参加的客户最低等级是三星级，三星级客户一般都是界主级强者；中等拍卖会，参加的客户最低等级是四星级，四星级客户一般是不朽级强者，每一件拍卖的宝物都极其珍贵，恐怕你全部资产都不一定能够买下一件宝物；高等拍卖会，参加的客户最低级别是五星级，一般都是各大势力的巨头，或者是乾巫宇宙国等国家的掌权者，抑或是一些独行的不朽级强者，拍卖的物品都贵得吓人。

“不过，单单筹备一场高等拍卖会就需要很多年，高等拍卖会上的物品很珍贵，一般只有不朽级强者拼命才能得到，有的拼命都得不到，比如你的老师……”

罗峰闻言一怔。

他的老师陨墨星主人当初就是为了得到某件宝物才丧命的。

“在黑龙山星域，三星级客户很了不起，可在宇宙中很一般，而且，只能参加本土的拍卖会。因此你只能参加乾巫拍卖会，却没资格参加其他宇宙国的拍卖会。”巴巴塔说道。

罗峰微微点头。

这种拍卖会的规格很高，没点地位的人恐怕听都没听过。

“下一届乾巫拍卖会将在两年一个月后举行。”罗峰暗自期待。

他看完了附件中关于拍卖会的一些介绍，心里更加期待了。

乾巫拍卖会中的确会有很多无比珍奇的宝物。

“最后一封邮件来自巨斧斗武场？”

罗峰伸出手指，点开邮件。

这是特意发给VIP会员的通知邮件。

当罗峰成为三星级客户的同时，就自动成为巨斧斗武场的青铜VIP会员，可以免费观看巨斧斗武场的决战直播。

“巨斧斗武场的会员很重要吗？”罗峰问道。

“会员本身不重要，可巨斧斗武场的决战直播很重要。”罗峰肩膀上的巴巴塔郑重地道，“巨斧斗武场举行的每一场战斗都是生死战，必须至少有一方身死，战斗才会结束。为了保住性命，并获得胜利，战斗双方都会拼尽全力，所以这种决战直播是非常值得观看的，对修炼感悟也很有益处。”

“哦！”罗峰点点头。

赠送会员的邮件上还有附件，附件中有近期的各场决斗列表。

罗峰随手点开。

“这是最近七天的生死战列表，一共有6201场？！”罗峰瞪大眼睛，“宇宙级生死战有6118场，域主级生死战有82场，界主级生死战有1场。”

罗峰倒吸一口凉气。

仅仅七天，就有很多强者进行生死战，甚至还有一场界主级强者的生死战。

“不用奇怪，巨斧斗武场遍布每一个宇宙国，一个宇宙国就大得很，所有宇宙国加起来更是无边无际，七天有这么多场生死战很正常。”巴巴塔解释，“你看，6201场生死战中，乾巫宇宙国仅有3场。”

附件列表上，宇宙级生死战6118场，并且是按照关注度从高到低排列的。关注度最高的一场生死战的双方都是宇宙级六阶强者。

“宇宙级六阶强者进行生死战，竟然有这么多人关注。”

罗峰很是好奇，当即观看这一场生死战的详细介绍。

生死战双方来自于荒峰宇宙国，一方名为盖奇，鲁修族人；另一方名为哈克斯，奴隶商的奴仆。

盖奇出生于鲁修星球，鲁修星球的生存环境非常恶劣，怪兽横行，很多弱小的鲁修族人都被怪兽杀了，只有强者才能生存。而天才盖奇很快就在鲁修星球中崛起，达到行星级，乃至恒星级，引起了鲁修星球领主的关注，成为领主麾下的一名士兵。

盖奇不断努力修炼，地位越来越高，而后，星球领主将鲁修星球赐给了盖奇。

盖奇成了鲁修星球的新领主，成了鲁修族的英雄。

后来，原星球领主惹了大敌，遭到敌人攻击。其辖下有不少星球，包括鲁修星球，全部被抢过去了，很多鲁修族人被当成奴隶贩卖。

盖奇达到宇宙级后，将自己卖身给巨斧斗武场。

巨斧斗武场的老大出面，将鲁修星球从那位大人物手中买下，盖奇则需要在巨斧斗武场经历1000场生死战，不死的话，就能恢复自由。

哈克斯原本生活在一颗很普通的星球上，过着普通人的生活。然而，这颗星球上的很多少年，包括哈克斯，被一个奴隶商人队伍给掳走了。

奴隶商人抓捕了很多奴隶，对他们进行地狱般的训练，淘汰的则被当成奴隶卖掉，一些精英则继续接受训练。

哈克斯就是其中的精英，成为恒星级强者，乃至突破成为宇宙级强者。只是因为大脑被植入了芯片，他沦为了奴隶。

不过，后来他的战斗力变得很强，单纯被当作宇宙级奴隶卖掉的话，是不值得的，所以奴隶商人和他签订契约——只要他能够在巨斧斗武场通过1000场生死战，就能获得自由。

在巨斧斗武场，活得越久，出场费越惊人，这可比把他当奴隶卖掉赚得多。

奴隶商人心里很清楚，只有奴隶渴望自由，才能在生死战中爆发出最强的战斗力，所以和哈克斯签订了通过1000场生死战就能恢复自由的契约。

……

盖奇已获得691胜！

哈克斯则已获得821胜！

同为宇宙级六阶强者，他们的生死对决是近七天巨斧斗武场6000多场对决中关注度最高的。

第364章

斗武场

盖奇，武者，境界为领域五重。

哈克斯，精神念师掌控者，境界为领域四重。

两人都是宇宙级六阶强者，境界分别达到了领域五重和领域四重，都算得上是天才。最重要的是，两人的战斗天赋极高，很多同样等级的天才都死在他们的手上。

两人绝对算得上是巨斧斗武场中资深的强者。

“这两人都不简单啊！”罗峰心中暗叹。

两人都很厉害，然而，必定有一人会死。

“这一战一定得好好看看。”罗峰仔细看着屏幕上的介绍，“一个小时？”

宇宙飞船进行宇宙穿梭，从白兰星飞到地球，大概要八个小时。

罗峰立即将洪和雷神拉来，一起观战。

虚拟宇宙专门开辟出了一个位面空间，位面空间中有一条贯穿整个宇宙空间的宽阔的河流，河水的浮力惊人。

这条一眼看不到尽头的河上有一座座岛屿，每一座岛屿就是一个斗武场。

08921号岛屿。

这是一座覆盖着积雪的岛屿，岛屿上最雄伟的建筑就是一个巨大的斗武场，斗武场的中央有一块空地，四周布满了座位。斗武场的二层、三层、四层有着一个个包厢。

包厢是只有会员才能进去的，普通的观众只能坐在观众席上观战。

“我看好盖奇，盖奇的刀法真的很厉害。每次看到他施展刀法，我都有一种陷入梦境的感觉，他的刀法充满了神奇的力量，他一定能赢。”

“你竟然押盖奇，盖奇的赔率很低的。”

“怕什么，盖奇的赔率是1∶1.31，而哈克斯的赔率是1∶2.68，从巨斧斗武场给出的官方赔率来看，显然巨斧斗武场更看好盖奇。不怕赔率低，只要能够赚钱就行了。我押盖奇赢，已经赚了很多了，这次我还押他。”

“我押哈克斯，说不定可以翻本。我押60万宇宙币！”

“你才押60万宇宙币，我押200万宇宙币，押盖奇赢！”

“我押100万宇宙币。”

三个头上长着青角衣着华贵的兽人坐在观众席上，笑着议论着。

忽然，旁边的廊道上走来一个抱着孩童的银发俊美男子，他走向旁边的楼梯，迅速上楼了。

“那人竟然直接去楼上了！”

“那银发男子的银行账户起码是三星级。他是什么人啊？”

“不认识，我们三兄弟只认识本星域的人，对这种地方并不熟悉，很多人和我们都不是一个宇宙国的，根本不认识。”那三个兽人说道。

片刻后，又有五人一道上了楼。

决战直播即将开始，巨斧斗武场的人越来越多，观众席超过一半已经坐满了人，起码有10万人，还有不少人上了楼。能去楼上包厢的，起码是银行三星级客户，乃至更高级别的。

“快看那三个小子，一看就是从某个旮旯来的没见过世面的家伙。”

“我赞同大哥说的，以我整天和人打交道的经验判断，这三人衣着寒酸，不是什么大人物。”

“我也赞同。”

三个兽人看着不远处的走廊上并排而行的三个青年，议论纷纷。

只见三个青年彼此谈笑，时而好奇地打量着巨斧斗武场，而后，都上了楼。

三个兽人顿时瞪大眼睛。

它们竟然看走眼了。

“三星级客户？！”

“见鬼了，我竟然看走眼了！”

“那三个小子深藏不露啊！”

罗峰、洪、雷神迅速上了楼，进入了其中一间包厢。作为会员，有一间专门的包厢，还可以带家人、朋友、仆人来观战。

至于带多少人，由会员自己决定。不过，包厢就这么大，带的人越多，包厢就越拥挤。

“老三，这巨斧斗武场给会员的福利还不错。我之前听说，要看这种直播，门票费很贵，会员竟然可以免费观看。”雷神啧啧称奇，“而且，刚才走进巨斧斗武场时，我隐约听到一些人在议论，赌注至少是几十万宇宙币，还有押几百万宇宙币的，真有钱。”

洪淡淡一笑，道：“能来这里的都不简单，单单一楼观众席上的大多数人都有很多星球领地。”

“嗯。”罗峰点点头，笑道，“没错，1万亿黑龙币相当于30万宇宙币。也就是说，那些人随手就是几颗甚至几十颗星球的赌注。在各自的星域，他们绝对是有头有脸的大人物。”

然而，再有钱，再有名气，也算不上会员。巨斧斗武场的会员最低门槛是银行三星级客户，一般来说，只有界主级强者才有此等身份。在黑龙山星域，十六大家族的族祖都是界主级强者，却不一定都是银行三星级客户。

“来自各个宇宙国的先生们、女士们，生死对决马上就要开始了，请大家抓紧时间投注，时间已经不多了。

“盖奇的赔率为1：1.31，哈克斯的赔率为1：2.68。如果双方同归于尽，赔率为1：81。这种实力相当的强者对决，很有可能出现同归于尽的情况。”一道标准的宇宙通用语的声音在所有观众耳边响起，“投注截止时间还剩下最后五分钟，请大家抓紧时间。”

包厢。

“第一次来这里，投注试试。”雷神笑道，“大哥、三弟，你们准备投谁？”

“我投哈克斯。”洪沉声道，“看到他，我就想到我幼年时被当成杀手训练的场景。哈克斯遭受的苦难估计比我当年大千万倍，在奴隶商人们的残酷压榨下，他的实力变得很强。我相信，他能赢。我押1亿宇宙币。”

“1亿宇宙币？！”罗峰惊讶地看着洪。

洪有多少资产，罗峰是很清楚的。之前他给洪汇了40亿宇宙币，还分配给他宇宙晶，洪手里有超过10亿的宇宙晶。合计下来，洪应该拥有50多亿宇宙币，一下子砸1亿宇宙币，看来他是真的很看好哈克斯。

“我看好盖奇，我也投1亿宇宙币，我感觉他的胜率比较大。三弟，你呢？”雷神问道。

罗峰透过包厢窗户，看向那巨大的斗武场，中央上空悬浮的大屏幕显示出了双方的详细资料。哈克斯表情冷漠，仿佛从地狱中走出来的；盖奇眼神坚定，隐隐有着一丝期盼，脸上带着一丝笑容。

“我选盖奇！”罗峰说道，“也押1亿宇宙币吧。”

得知盖奇的经历，罗峰打心底佩服他。这个强者为了守护族群而不断奋斗，为了让家乡鲁修星球恢复自由，让自己的族人不再被奴役，在无法对付敌人的情况下，选择卖身于巨斧斗武场。

罗峰也身处重重压力中，现在诺岚山家族的威胁还没有消除。不过，和盖奇不同，自己的底牌更多一点。

“希望你能成功，能活着熬过1000场生死战。”罗峰心中默默地道。

虚拟宇宙，08921号斗武场。

“投注时间截止！先生们、女士们，生死决战马上要开始了。生死决战的双方分别是武者盖奇和精神念师掌控者哈克斯，两人都是宇宙级六阶强者。此次生死决战举行的地点是荒峰宇宙国红鸟星域中的一颗荒凉的星球。现在开始进行生死决战直播切换。”

主持人话音刚落，斗武场顿时一片黑暗，同时斗武场中央出现了一颗雪白色的星球，星球不断变大。

星球上，狂风呼啸，掺杂着白色碎冰的沙砾飞舞，隐隐出现两道人影。

其中一个冷峻青年穿着深蓝色的战袍，脚踏战靴，背着一把战刀，手持圆形盾牌，此人就是盖奇。

在他的对面，有一个穿着黑色战衣，长发飞舞，脸上有着一道疤痕的青年。他的腰间有着两把弯刀，一条雪白色的长龙环绕着他飞舞。他就是哈克斯。

“开始吧！”一道浑厚的声音从星空中传来，传到了地表上的两大强者耳中。

星球上空的大气层中，一个穿着金色战衣，脚踏战靴的光头壮汉正俯瞰下方，他是一个域主级强者，也是这一场生死决战的监督者，如果双方在决出生死前就逃逸，他会出手将逃逸者击杀。

宇宙级强者对战，域主级强者负责监督；

域主级强者对战，界主级强者负责监督；

界主级强者对战，不朽级强者负责监督。

这就是巨斧斗武场的规矩，一旦签订合同，双方同意出战，将无法回头。

“鲁修。”盖奇喃喃自语，而后看向哈克斯。

哈克斯双眸中有着浓烈的杀意。

“轰——”狂舞的沙砾猛地炸裂开来。

巨斧斗武场的拍摄仪器迅速将战斗场景给清晰地拍摄下来，并且传送到了虚拟宇宙网络，同时投影在08921号斗武场，让斗武场中的所有观众观看到了战斗场面。

第365章

梦中的草原

“封！”

哈克斯悬浮空中，周围的沙砾不断飞舞。随着一声低喝，原本环绕着他飞舞的雪白色长龙停下，原来那是一根根表面有着复杂秘纹的银白色细针。

大量细针释放出了银白色流光，银白色流光形成了长龙。

下一瞬间，大量细针分散开来，分布在周围的空间，每一根细针都被激发出了银色的流光，一时间，天地仿佛变成了银色的世界。

这是哈克斯的领域——冰雪领域。

“这是挡不住我的！”

盖奇一步步朝哈克斯走来，看似缓慢，实则快如闪电。

他一边走，一边产生三道幻影，令人一时间无法判定到底哪个是他的本尊。

三道蓝袍幻影同时盯着哈克斯，眼神冷厉。

“没用的！”哈克斯冷哼一声。

“嗖——”

39根细针迅速形成一条银色细蛇，闪电般袭向那三道蓝袍幻影。

顿时，随着噗噗两声，其中两道蓝袍幻影破灭，只剩下身体周围弥漫着绿色流光的盖奇。

盖奇手持盾牌，盾牌挥舞间，形成极强的防御阵势。

那条银色细蛇根本无法绕过盾牌。

盖奇一步步走过去，气势越来越强。他手持战刀，却一直没出手。

包厢中。

罗峰等三人定定地看着，额头都渗出了冷汗。

洪惊叹道："这简直太不可思议了！盖奇仅仅靠着一面盾牌，防御力就如此强。他对盾牌的使用达到了出神入化的地步。"

"的确很厉害。"雷神也赞叹道。

"厉害！"

罗峰也是用盾牌的，自然更加清楚盖奇的厉害之处。

"那哈克斯也很厉害，竟然用念力兵器融合领域，形成了强大的冰雪领域。"

人外有人，天外有天。罗峰等三人一直自视甚高，现在看到的这两个强者，无论是心境、领域境界，还是使用盾牌和念力兵器的技巧，都远远超越他们三人。

"看样子，盖奇可能会赢。"雷神皱眉道。

"嗯。"罗峰点点头。

洪低叹一声，道："盖奇的气势很强，完全压制住了哈克斯，而且盖奇的盾法简直无懈可击，而他的刀一直在蓄势，一旦出手，势必强悍无比。"

荒凉星球上。

盖奇瞬间便跨越了数千米的距离，悬浮在半空中。

操控着念力兵器进攻的哈克斯脸色愈加难看，怒喝一声："三龙——破！"

"嗖——"一根根细针形成了三条银色细蛇，疯狂围攻盖奇。

"哼！"盖奇脚下猛地发力，手中的战刀已经化作一道碧绿色的连环刀影，笼罩着悬浮在半空中的哈克斯。

哈克斯双手同时拔出腰间的弯刀，手持弯刀，疾速迎了上去。

"锵——"宇宙级强者交战，兵器猛烈碰撞，产生了无比强烈的冲击波。

顿时大地被削掉了数十米，周围数十千米范围内的一切化为废墟。一重重冲击波形成无比狂暴的气浪，继续朝四面八方辐射开去。

“挡住！”盖奇喃喃地道。

他手中的战刀一次次劈向哈克斯，战刀化作一道道碧绿色的刀影。

看着这些刀影，仿佛看到一棵棵小草破土而出，生长起来。那种勃勃生机，让人感到震撼。

哈克斯的额头渗出了冷汗。他牙关紧咬，不断闪躲，并且借助双刀抵挡，同时控制念力兵器狂攻盖奇，时而使出灵魂攻击秘法。

然而，盖奇完全没有受到影响。那充满勃勃生机的刀影一片连一片，威力越来越强。

“盖奇赢了，哈克斯快撑不住了。”罗峰说道。

“三弟，盖奇若是赢了，我们就赚了。”雷神的脸上露出一丝笑容。

“还没到最后时刻，说这话还早了点。”洪的表情很是严肃。

三人中，罗峰对于盖奇的过去很有同感，洪则对哈克斯赞赏有加，两人都期盼着各自看好的人能够获胜。当然，如果哈克斯丧命，罗峰心中会很遗憾，毕竟哈克斯也是实力很强的高手。不过，生死决战必须有一方死，没有任何办法。

“嗯？”罗峰脸色一变。

“有希望！”洪眼睛一亮。

“怪了。”雷神则瞪大了眼睛。

“天哪！”

“竟然有特殊情况出现了。”

“哈哈，要翻盘了。”

斗武场中顿时响起了惊呼声。

这种生死决战难免出现意外，可那毕竟是少数情况。想要获胜，靠的是实力，盖奇的实力的确压哈克斯一头，无论是盾法还是刀法，都趋于完美。

而且，盖奇的意志非常强，灵魂防御也极强，根本不受哈克斯的灵魂攻击和幻术攻击的影响。

连巨斧斗武场都预测盖奇的赔率很低，显然认定盖奇的实力比哈克斯强得多。

可是现在——

“逆天了！”

“哈克斯竟然在生死时刻领悟出了本源法则！”

“的确是本源法则，而且是水之本源法则。虽然他刚刚才领悟出来，但是算很不错了。”

“哈哈！我们竟然能看到这一幕，值了。”

……

罗峰等三人听到了一楼观众席上传出的议论声，他们对本源法则了解得极少，可是此刻，也明显看出盖奇和哈克斯战斗场景发生了变化。

冲击波令大地震颤，两道人影闪电般地移动。

哈克斯眼中闪过一道精光。

冰雪领域笼罩周围的区域，三条银色细蛇仿佛一下子活了，疯狂围攻盖奇。

盖奇用盾牌防御，显得有点慌乱，没有了那种游刃有余的样子。

“锵！”盖奇不但使用了盾牌，甚至还用战刀去防御。

“不！”盖奇大吼一声，盾牌和战刀的防御已经达到极限。

哈克斯看到这一幕，眼睛微眯，三条银色细蛇的攻击速度飙升，顿时令盖奇更加难以抵挡。

只见一道银光擦过盾牌，击在银色细蛇上，令银色细蛇断裂开来。银色细蛇的前半部分变成一根根细针，化作一道道银色光芒，袭向盖奇的脑袋。

周围死一般的寂静。

所有的银色细针停止攻击，悬浮在半空中，而后，一根根银色细针迅速汇合，最后形成了一个圆盘，落在哈克斯的身旁。

砰的一声，盖奇的膝盖磕在地面上，而后，身躯缓缓倒下。

“嘻嘻……”

“快点跑，到爸爸这里来。”

“爸爸，爸爸。”

盖奇隐约看到一片美丽的大草原，一个可爱的小女孩在草原上奔跑，笑着追逐一道高大的身影，嘴里喊着爸爸。

那是盖奇梦中的草原，是他的家，是他誓要守护的地方。

“鲁修……”盖奇在灵魂破碎的这一刻，轻声呼唤着家乡的名字。

下一瞬间，他的眉心渗出鲜血。虽然表面上看不出多大伤势，实际上他的脑袋内部的识海已经被刺破，灵魂已经碎裂。

哈克斯从远处飞了过来，而后落在地面上，看着盖奇的尸身。

而后，哈克斯缓缓蹲下，伸出手，轻轻抚过盖奇的双眸，让其闭上双眸。

哈克斯感觉到自己的双手沾上了滚烫的液体。

“泪水？”哈克斯低声说道，“对不起！我，我只是想回家。”

每一次生死决战，哈克斯都不会手下留情。然而，每次战斗结束，他都会说一声对不起。

哈克斯闭上眼睛，仿佛回到了记忆中的那个美丽的星球，那是他的家乡。

他已经数千年没有回去了。

“再打178场，我就能回家了。”哈克斯站起身来。

而后，他冲天而起，沙尘漫天，狂舞的雪白色沙尘很快就将盖奇的尸身给覆盖住了。

一个宇宙级六阶强者就这么殒身了。

巨斧斗武场的拍摄仪器很先进，连盖奇死时脸上滑落的两行泪都拍下来了。

盖奇死了，哈克斯赢了。

罗峰和雷神都输了赌注，洪赢了赌注。

三人都沉默不语，就连赢了的洪都没有一点笑容，愣愣地看着画面中最终被沙尘淹没的盖奇的尸身。

“盖奇死了。”半晌，罗峰低声说道，“哈克斯需要再赢178场，才能活着回去。”

洪和雷神依旧沉默着。

在宇宙中，想要崛起，是很难的。任何一个强者只要大意，就很可能丧命。

身为地球上的三大强者，看了这一场生死决战后，罗峰三兄弟都感觉到了莫大的压力。

他们离开斗武场，从虚拟宇宙回归现实世界。

宇宙飞船，控制室。

罗峰三兄弟的心情都比较沉重。

“这该死的宇宙世界！”雷神忍不住咒骂一声。

罗峰沉默不语。

“别骂了，没意义。”洪摇摇头，“有光明，就有黑暗，有阶级，自然就有各种竞争。即便是小小的地球，杀手、骗子、抢劫犯、贪官、阴谋家，什么样的人没有？更别说浩瀚的宇宙世界了。宇宙世界包罗万象，阴险、残忍的人很多，同样，内心光明、追求梦想的人也不少。”

“我们现在能做的，就是做好自己，保护地球。只有我们成为宇宙中的大人物，才有能力为地球做些什么。至于现在，还是别乱想了。”洪道。

罗峰和雷神点点头。

第366章

回归地球

经过八个多小时的飞行，宇宙飞船终于抵达暗宇宙中对应太阳系的坐标。

这里的空间坐标被陨墨星主人用空间秘法给完全掩盖住了，所以其他宇宙飞船想要去地球，只能通过虫洞，而后在宇宙中经过漫长的飞行。

而罗峰他们可以直接进行宇宙穿梭。

“10、9、8、……3、2、1！宇宙穿梭开始！”

暗宇宙中。

宇宙飞船停下来，而后直接被暗宇宙排斥出去，进行宇宙穿梭，回到原宇宙的太阳系。

2263年11月16日，22点08分。

一艘三角形宇宙飞船进入地球，抵达C国JN基地市的卫城Y城上空。

洪和雷神早在降临地球的时候，就被罗峰分别送到各自家中。

Y城，西湖别院。

“爸爸！”

“爸爸！”

当穿着一身合金战衣、脚踏战靴的罗峰，带着敖骨出现在城堡门口的时候，事先得到消息的家人早就在门口等待了。

特别是罗海和罗平，看到罗峰回来，兴奋地大叫，直接扑向罗峰。

“哈哈！平平，小海。”罗峰的脸上不由得洋溢着笑容。

“哇，你们可比上次重多了。”罗峰抱着两个儿子，笑呵呵的。

“爸爸，你这战衣好硬啊！”平平挥舞着小拳头，敲打着罗峰身上的合金战衣。

“你回来前也不换下衣服。”徐欣走过来，笑着说道，“还穿着这一身金属疙瘩。”

“我在外面穿习惯了，没来得及换。”罗峰一笑。

合金战衣的确穿了很久。其实，合金战衣外面看起来坚硬，里面还是很舒适的，当然不可能和那些纯棉的普通休闲服比，可时间久了，他自然习惯了。

“小峰，晚饭都准备好了，一直等你呢。”龚心兰笑道。

“真好！妈烧的菜最好吃。”罗峰笑道，“我先去洗澡、换衣服，马上过来吃饭。”

他换下合金战衣和战靴，穿了一身舒适的休闲服，和家人一起吃了晚餐。

在宇宙中闯荡了很久，的确很想家。

……

罗峰等三人归来，地球上五大强国的领导人很快就知道了此事。

第三天上午，五大强国的领导人派出十五位代表，来到罗峰家，和罗峰商谈关于宇宙移民的事情。

会议室。

洪和雷神也赶来了，他们三人和十五位代表商谈。这十五位代表了五大强国的各方势力。

“罗先生，我们心里都很清楚，宇宙中存在很多危险，可是，我们总不能等到危险降临再去面对吧，最好的办法是尽早和宇宙中的其他种群接触，做好各种应对的准备。”来自E国的某政党的一个女主席说道。

“没错！三位，各国都已经做好了战斗准备。”A国的新任总统道。

C国、I国、R国的代表们都看着罗峰等三人，想说的，他们刚才都说了。

罗峰、洪、雷神三人相视一眼，最后，罗峰点了点头。

显然，三人已经有了决定。

“我明白大家的想法。”罗峰看向坐在会议桌旁的五国代表，“我承认，你们说得很有道理。”

“你们想要进行宇宙移民，当然可以。”罗峰道。

五大强国的代表闻言，眼中有着一抹喜色。

“不过，我必须提醒大家注意三点。第一点，到了宇宙中的其他生命星球，我会给予移民基本的生活保障。可是，你们要明白，只有达到行星级，才能获得宇宙公民的资格，所以一旦移民离开我控制的地球，我将无法保证他们的安全。第二点，从地球离开很容易，可是要回来就很难了。从宇宙中的其他生命星球到地球，仅仅耗费在路途上的时间就是三年。第三点，关于地球的讯息，必须严格保密，不得有丝毫泄露。”

其实，地球上倒也没多少重要的讯息，唯一重要的是金角巨兽的相关讯息。可是，普通的地球人并不知道吞噬兽就是金角巨兽，而且，罗峰绝对不可能让他们带走金角巨兽的任何照片和视频。而罗峰控制的其他星球上的都是普通人，谁知道金角巨兽的存在？

“凡是泄露地球讯息的，将视为犯了背叛地球全人类的罪行，直接枪毙。”罗峰郑重地道。

“没问题！”

“同意！”

“罗先生，你们从宇宙回到地球，不需要三年时间吧？”A国的女国务卿看向罗峰等三人。

罗峰眉头一皱，紧紧地盯着她。

那女国务卿感觉到无形的精神压力，额头上满是冷汗。

“第一次宇宙移民很重要，这代表我们地球人和宇宙中的人类第一次接触，我不想出任何意外。一旦出意外，那么你们将是地球的罪人。同意我刚刚说的三点，我可以答应移民，否则，你们自己努力建造宇宙飞船，而后再进行宇宙移民吧。”罗峰冷冷地道。

“对不起，罗先生，我只是好奇，并没有其他意思。”那名女国务卿连忙解释道。

“移民半年后出发。这半年的时间，你们好好选人吧。记住，若是日后想回来，需要三年。”罗峰说道。

五大强国的十五位代表没有异议，都离开了。

“这也好，我们总不能将责任一直扛在自己肩上，也该让他们去外面吃点亏。一直在我们的保护下，地球人进步会很慢。”洪说道。

“嗯。”罗峰点点头，“那些人应该捅不了多大的娄子。更何况，你也说了，泄露地球的讯息，就是背叛地球，他们心里有数的。就算真泄露了讯息，一切都在我的控制中，毕竟很多星球都是我的地盘。”

罗峰现在有上百个星球领地，不过，为了给地球人进行宇宙移民，罗峰准备专门去购买几个星球领地。对现在的他而言，购买几个星球领地的确很轻松。

在地球待了几天，罗峰就乘坐宇宙飞船前往火星了。并且，通过虚拟宇宙网络订购了营养舱。

“先生，你确定购买这个E级营养舱？这可是最高等的E级营养舱，就连对界主级强者的身体都能起到修复、进化的效果。同时，它是战士进化舱，可以直接孕育出宇宙级强者，不过，它只是令战士的肉身进化到宇宙级，再往上突破，就需要感悟领域等等。单单靠进化舱是不行的，而且，容易造成基础不扎实，无法感悟领域，自然无法突破到域主级。

“并且，使用营养舱，消耗的时间和金钱极其惊人。一般来说，耗费上百年的时间，大量的金钱，才能培养出一个宇宙级强者，足够购买上百个宇宙级奴仆了。所以，把这个当作战士进化舱来用，是不值得的。

“界主级强者受伤，甚至体内的基因受到损害并发生改变，可以靠营养舱来修复，这是唯一实用的，它主要就是治疗效果很好。关于这一点，我们必须郑重提醒你。如果你觉得没问题，就在这里签字吧。

“购买E级营养舱，需要花费8600亿宇宙币。至于你需要的营养液，1吨就需要花费100亿宇宙币。1吨营养液完全能孕育出1个宇宙级强者，当然，100亿宇宙币可以购买超过100个宇宙级奴仆。这样算起来，你需要10吨营养液，明白吗？这是合同。”

界主级强者对战，有些是直接伤害灵魂，有些直接伤害基因，这时就靠营养舱来修复身体，所以营养舱是很贵的。

它有一个次要作用——可以作为战士进化舱使用，而罗峰之所以买这个，就是要用来推进自己地球人分身的进化速度。

“有金角巨兽作为根基，根本没有基础不扎实这一说。而且，你有钱，要买当然就买最好的，用了E级营养舱，进化速度是最快的。”这是巴巴塔对罗峰说的话。

罗峰带着营养舱驻扎在太阳系的火星上，开始了第一次长时间的闭关。

他的金角巨兽即将突破到宇宙级，而要突破到宇宙级，有许多很重要的问题要处理，当然要选择在没人打扰的火星上进行。

在雷霆世界中，金角巨兽就达到了恒星级九阶。从恒星级九阶突破到宇宙级，一般需要50多年的时间，而罗峰购买了金属组合，使得金角巨兽的进化速度加快了89倍，所以，半年多的时间，金角巨兽的修为就达到了突破的临界点。

现在罗峰的修为也到了突破的临界点。

第367章

跨入宇宙级

太阳系，火星。

这是一颗荒芜的星球，一艘黑色的飞碟形宇宙飞船停在了直径达数百米的深坑之中。

这是罗峰的备用宇宙飞船之一，现在成了罗峰在火星上的闭关基地。

宇宙飞船的巨大静室中，有一个通体呈深青色的营养舱，营养舱长21.6米，宽8.3米，表面有着很多复杂的花纹，还有几个简单的按钮。

在浩瀚的宇宙中，E级营养舱堪称顶尖的营养舱，单单购买价就达到8600亿宇宙币，相当于三四个便宜的星系了。

它表层的深青色金属是堪比赤混铜母的一种F8级金属，名为青炫石母，价格极其昂贵。

当然，罗峰的赤混铜母残片虽然只是一小片，但是价格同样惊人，因为它的材质十分特别，刃口极其锋利。须知，要将赤混铜母这种无比坚硬的金属变得无比锋利，是非常难的。等级越高的金属，加工制作就越难。不朽级强者一拳砸过去，也只能在上面留下一个小印。

当年，陨墨星主人为了在飞船的边缘打造出三角环状的刃边，的确花了很大的代价。故而，陨墨星号飞船无比强悍，在加速的情况下，切割行星或者陨石都是轻而易举的。

因为外壳是用青炫石母打造的，所以就算是不朽级强者，也得花费很大的力气才能破坏营养舱。

舱内。

一个全身赤裸，身材比例堪称完美的年轻男子躺在深灰色的营养液中，一股股充满生机的能量正沿着毛孔迅速渗透到他体内，那富含生命之力的奇异能量渗透到细胞的基因物质后，立即开始推动基因物质进行改善，而后进化。

他的黑发不断变长，皮肤变得更加晶莹，骨骼更加密实，肌肉纤维密度更大，爆发力更强。

“关闭！”罗峰用意识对营养舱中的智能下了命令。

“哧哧！”营养液迅速流失。

营养舱迅速变得空荡荡的，而且无比干燥。

一股股热浪拂过罗峰的身体。随后，营养舱内自动加入清水，清水冲刷着罗峰的身体，而后，营养舱再次变得干燥。

罗峰站起身，从足足有三米高的营养舱中跃出，同时身体表面自动形成一套深红色战袍，脚下出现一双战靴。

罗峰脚踏战靴，踩在宇宙飞船的合金地面上。

“不愧是E级营养舱，进化效果果真惊人。”罗峰看着眼前的长方体。

“进化效果再好，你也得劳逸结合。你在营养舱内躺了近半个月，起码得休息半个月，才能再次进去。对了，罗峰，你的万剑魂印秘法练得怎么样了？”

巴巴塔的问话声回荡在宇宙飞船中。

“我现在能一次性发出226道剑魂印了。”罗峰回道。

修炼万剑魂印秘法是大事，罗峰当然不会松懈。

“修炼速度太慢了，距离发出1万道剑魂印，还有很长一段时间，更别提练成万剑合一了。”巴巴塔没好气地道。

“我明白。”罗峰点点头。

这半个月来，罗峰的身体不断进化，加上苦修，显得很疲倦。

当即，他走出了宇宙飞船的外舱门，飞出深坑，来到火星的地表。

红色的沙砾一望无际，远处隐隐有着冲天而起的尘暴。

身穿摩云战衣的罗峰环顾大地。忽然，远处冲天的尘暴中出现了一个无比庞大的影子，那影子迅速靠近，那是宛如山脉的巨大怪兽，身体表面尽是黑色鳞片，头上的两根尖角上满是金色秘纹，脖子和背部也有一片金色秘纹。

“呜——”金角巨兽发出一道吼声，冷冷地看向远处的罗峰。

罗峰也看着金角巨兽。

“它的修为也该突破到宇宙级了。”罗峰眉头微皱。

金角巨兽和地球人分身可以同时出现在外界，也可以单独出现。两者都不在外界时，原核将会出现在外界。

无论如何，原核是肯定会在外界的，因为其无法进入体内世界。至于身体，不管是金角巨兽，还是地球人分身，就算受了重伤，都能修复。

对于罗峰而言，他的生命核心其实是那颗包含了他的灵魂的原核。也就是说，原核就是他的死穴，他自然不敢放任原核一直待在外界，那纯粹是找死。

之前战斗时，金角巨兽出现，地球人分身躲进了体内世界，是因为罗峰不想地球人分身和金角巨兽的关系被别人发现。至于现在，整个太阳系都被布置了防御系统，他自然不担心有人会发现他和金角巨兽都在火星上。

“也该突破了。”罗峰喃喃自语。

而后，他摇摇头，一挥手，各种珍贵的金属出现在地面上。

随即，他化作一道流光，飞向远处的宇宙飞船。

金角巨兽庞大的身躯蹲在沙漠上，伸出蹄爪，盖住那一堆金属。周围的空间发生扭曲，那堆金属迅速缩小，而后消失在它的爪心。

……

火星上一如既往很是宁静。只是，多了两个生命，一个是躲在宇宙飞船中的罗峰，一个是藏在沙漠地底的金角巨兽。

时间一天天过去。

罗峰虽然心里很焦急，但是只能默默地等待着。

2263年12月26日。

“呜——”一阵充满兴奋的兽吼声响彻天际。

而后，罗峰迅速从宇宙飞船中飞出，悬浮在半空中，遥看远处的金角巨兽的老巢。

他一脸喜色，惊呼道：“金角巨兽的体内世界终于突破了！”

金角巨兽的体内世界中，金色雾气笼罩着大陆，大陆的长宽都达到90千米。此刻，整个大陆猛地颤动起来，四周的金色雾气疯狂向大陆涌去。

大陆不断地吸收金色雾气，开始扩张范围。长宽不断变大，高度不断增加，大陆变得更加的厚实，而金色雾气急剧减少。

短短数个小时，大陆的长宽都达到1000千米，面积扩大了100多倍。

金角巨兽的核心是原核，原核的核心是体内世界。金角巨兽吞噬了大量金属，就是为了让体内世界不断扩张，只有体内世界扩张，它才能突破。

此刻，在极短的时间内，其体内世界的长宽都突破到1000千米，完成了极大的提升。

火星沙漠深处，一直受到压制，修为停留在恒星级九阶巅峰的金角巨兽没有了体内世界的限制，终于发生了根本的变化。

随着一声兴奋的嚎叫，金角巨兽的身躯开始缓缓变大，骨骼更加粗壮，鳞甲更加坚硬，额头上渐渐冒出第三根尖角。覆盖了它的大半身体的金色秘纹发出神秘的光芒，并且不断地渗透到其体内。

原核中。

巨塔内有九个无比炽热的火球，它们正按照奇异的轨迹相互环绕，形成了奇异的天体结构。这就是罗峰的灵魂实质构成。

当失去体内世界的压制，宇宙中精纯的能量顿时被吸收，已经达到极限的九个火球开始震动起来，体积迅速变大。

几乎一瞬间，火星上空的宇宙能量都被吞噬了，形成了可怕的能量旋涡。

如此惊人的能量，使九颗微型恒星的体积迅速变大，短短片刻，体积就是之前的十倍。

九个火球微微颤抖，刹那间，其中最大的一颗微型恒星的体积达到了极限。

“砰！”最大的微型恒星猛地爆炸。

“砰——”

其他八颗微型的恒星接连爆炸，化为无数星辰碎片，甚至形成了大量的灰尘星云。

许久后，一切恢复平静。

原核中，大爆炸后产生的大量星云、星团、尘埃，以及很多微小的星球，形成了一个巨大的旋涡星系，这个旋涡星系核心的微小星辰繁多，以千万计。同时，整个旋涡星系有着八条旋臂。

密度最大的旋涡星系核心有一个极小的黑暗区域，那是旋涡星系的第一个黑洞，这个微小黑洞正缓缓吞噬周围的星辰等，同时产生了一道道精纯的力量。

“哧哧——”一道道念力出现在巨大旋涡的周围，令整个星系笼罩了一层光晕。

组成光晕的薄雾力量就是宇宙级精神念师的倚仗——无比精纯的念力。

金角巨兽正式跨入宇宙级！

第368章

领域和法则

荒凉的火星地底深处。

罗峰脸上满是激动之色，迅速朝地底钻去。

“突破到宇宙级，才算真正进入强者行列。作为宇宙中具有高贵血统的金角巨兽，达到宇宙级，才能表现出它逆天的天赋。”

“唰！”罗峰整个人消失了，进入了金角巨兽的体内世界中。

金角巨兽的身体逐渐变大，体长超过一千米，三根尖角、头部、脖颈、背部、双翼、蹄爪、尾巴这些上面的鳞甲自出生就有的金色秘纹，此刻正隐隐散发着光芒。

迷蒙的金色领域笼罩在金角巨兽周围。

“这，这就是领域？”

罗峰的灵魂能够清楚地感觉到这股奇异的能量。金角巨兽刚才突破到宇宙级后，在金色秘纹的帮助下，其念力、原力、意志、身体自然而然达到一种无比美妙的和谐状态，能量融合，融合后的金色能量竟然能对周围空间有着控制的效果。

“金角巨兽的血脉传承是一直进行的，它就算吃了睡，睡了吃，在漫长的成长过程中，也能自然拥有领域，并且领域不断提升，达到一重、二重，直至九重，最后突破，拥有世界之力，跨入界主级，甚至能得到宇宙本源中的金之本源法则承认，达到界主级巅峰。”巴巴塔说道。

“金角巨兽的传承记忆诚不欺我啊！”罗峰心情很激动。

“罗峰，你兴奋什么？洪和雷神达到行星级的时候，就拥有了领域。你的金角巨兽达到了宇宙级，才拥有领域。至于法则，在巨斧斗武场时，哈克斯和盖奇大战，哈克斯都感悟出了一丝宇宙本源法则。还有，上次在杀戮场决战空间，你和雷神都被一个白袍女子给轻易击败了，那白袍女子才达到恒星级一阶，就已经感悟出宇宙本源法则了。宇宙中的天才极多，但天赋高，并不代表最终的成就就高。

“金角巨兽一代代传承下来，成就差距很大。有的金角巨兽纯粹吃老本，达到界主级巅峰，经过漫长岁月，最后只能老死；有的金角巨兽一开始纯粹仗着天赋高，疏于修炼，之后经历挫折才醒悟，刻苦修炼，可惜之前浪费了太多时间，很多都无法成为不朽级存在。

“只有极少数金角巨兽很早就明白，天赋高是一方面，本身努力也很重要。它们会将绝对空间、九重撕空等秘法练到极高的境界，从而跨入不朽级，有些能自创出一些秘法，成为金角巨兽种群中的超级强者。

“界主级巅峰强者和不朽级超级强者，你想成为哪一个？如果仅仅想成为界主级巅峰强者，你就天天玩吧。当年你拼死一战，夺得了金角巨兽的身躯，成为界主级巅峰强者并没有难度。而若想成为不朽级强者，就得刻苦修炼，不朽级超级强者可是比你的老师还要强的，需要你足够勤奋，悟性也要高。”

听到巴巴塔所说，罗峰顿时惊醒。

巴巴塔说得没错，洪和雷神达到行星级时就拥有了领域，当初轻易击败自己的白袍女子才达到恒星级一阶，就感悟了宇宙本源法则。

论天赋，或许人类不及金角巨兽。可是，宇宙中的人很多，总会诞生一些悟性极高的天才。

“金角巨兽的天赋很高，我拥有金角巨兽，就得和宇宙中的天才去比。”罗峰双眸发亮，“老师当初仅仅夺舍隆科族少年的肉身，我却夺舍了金角巨兽的肉身，而老师当年创出了魂印一道秘法，我却拥有金角巨兽和陨墨星两脉秘法的底蕴，我还有很强的毅力，悟性也不差，起码可以成为不朽级强者，而后，成为不朽级超级强者，比当初杀了老师的不朽级强者还要强。”

金角巨兽藏身在火星地底，全身鳞甲上附着的奇异秘纹令罗峰静下心来，他隐隐能够感应到一种奇异的波动。

那是宇宙本源的一种波动！

不过，这种奇异波动极为神秘，令罗峰感应起来很是吃力。

即使如此，巴巴塔都惊叹不已。正常情况下，达到八九重领域，才能模糊感应到这种波动。而罗峰仅仅达到一重领域，就能模模糊糊地感应到了。

金角巨兽在体内世界的金属大陆中感应到了金之本源法则，那种宇宙本源法则的波动此时竟然变得更加清晰了。

时间飞快流逝。

地球五大强国的最早一批移民加起来有8万多人。罗峰在银蓝帝国银河系买下了一颗星球，名叫碧虹星，碧虹星上原先就有数亿居民，现在地球最早一批移民就被安置在碧虹星。

处理完此事，罗峰一心沉浸在修炼中。

地球人分身专心修炼万剑魂印秘法，同时耗费部分精力研究《遁天梭》秘籍。至于金角巨兽，则完全沉浸在对领域和法则的感悟中。

一晃就已经到了2265年。

10月25日，火星，修炼基地。

宇宙飞船宽敞的静室中，深青色的营养舱静静地摆放在那里，忽然，营养舱的门自动开启，露出了里面的人。

那是一个全身赤裸，仅仅留着三寸黑色短发的男子，正是罗峰。

下一瞬间，罗峰的身上迅速出现战衣，脚上出现战靴，而后飞出了营养舱。

“两年的时间，总算跨入了恒星级七阶。”罗峰笑道，“这E级营养舱的确不错。”

“你的空间秘法修炼得怎么样了？”宇宙飞船中响起了巴巴塔的问话声。

“没有丝毫头绪。”罗峰摇摇头，“空间秘法实在是太难了，我一点进步都没有。”

两年多前，罗峰在界中界开始修炼万剑魂印秘法，万剑魂印是陨墨星一脉魂印秘法中比较基础的，可是，依旧耗费了罗峰两年多的时间，才练到了万剑归一的大成地步。

练成了万剑魂印，再练奴役魂印，很容易就成功了。

这时，巴巴塔交给罗峰一套秘法，说了这么一番话："罗峰，你的老师虽然没有将空间本源法则完全领悟，可是得到了空间法则的承认，在空间秘法上有很大成就，甚至能够穿梭暗宇宙，直接掩盖宇宙坐标。不朽级强者中只有极少数才能做到。

"你虽然拥有金角巨兽，但是只能感应到金之本源法则，更何况，空间本源法则本来就是宇宙中非常难感悟的，它和时间本源法则并列为深不可测的两大本源法则。

"你现在修炼魂印秘法小有所成，万剑魂印和奴役魂印秘法也修炼成功了，又拥有自己的领域，勉强可以开始参悟这本《空间秘法》了，从最简单的开始修炼吧，从入门开始，每一步都非常难。不过，你修炼过金角巨兽的绝对空间秘法，或许，参悟这本《空间秘法》能容易一点。努力吧！宇宙本源法则才是大道！金角巨兽修炼金之本源法则，你以后可以主修空间秘法。"

巴巴塔无比期待。

它认为罗峰拥有金角巨兽的极高天赋，修炼空间秘法应该会容易一点。可惜，修炼了数月，罗峰一无所成，连入门都没做到。

"巴巴塔，空间秘法极难修炼，连入门都很难。"罗峰说道。

"别灰心，几个月练不成，那就几年，几年不行，那就几十年乃至几百年，慢慢来。"巴巴塔笑道，"或许我对你太苛刻了。一般来说，这空间秘法是界主级强者才比较容易修炼的，不过你越早修炼，将来的成就越大。"

"明白。"罗峰点点头。

"对了，罗峰，按照时间推测，诺岚山家族的人马应该会在最近十天内到达地球。算上时间误差的话，他们那艘宇宙飞船最近几天随时可能出现在太阳系。"巴巴塔提醒道。

第369章

罗峰和百卡罗

“诺岚山家族？”罗峰微微一笑，“我等他们好久了。”

早在两年八个月前，他就知道诺岚山家族的人马穿越虫洞，正朝地球而来。

这么久的时间，罗峰早就做好了充足的准备。

“看来你信心十足。”宇宙飞船中回荡着巴巴塔调侃的声音，“对了，罗峰，现在我们该回地球了吧。”

“不急。”罗峰摇头一笑，“金角巨兽正在修炼本尊天地秘法，不能停，再等等。我趁机去杀戮场决战空间练练手，有段日子没去了。”

“杀戮场决战空间对如今的你没有挑战性吧？”

“我可以越阶战斗，那就有挑战性了。”罗峰微微一笑。

随即，他盘膝而坐，闭上眼睛，意识接上虚拟宇宙网络。

虚拟宇宙，黑龙山岛屿，杀戮场，决战空间。

一望无垠的沙漠上站着两个男子，其中一人脸上有着青色鳞片，额头上有着一根尖角，背上有着两把交叉的战刀。

他冷冷地盯着远处的对手，对手是一个穿着白色战袍，有着一头银色长发和银色双眸的俊朗男子。

“百刀！”银发男子嗤笑一声，“你竟然敢越阶战斗，我这就让你见识见识，宇宙级九阶强者和宇宙级八阶强者的不同之处。”

“哼！”青鳞男子冷哼一声。

银发男子脸色一沉。

“轰！轰！”

同一时间，两个男子化作两道流光，瞬间撞击在一起。

……

杀戮场的某个静室中。

穿着深绿色战衣的诺岚山正和穿着灰色长袍的男子交谈，他们面前同时浮现出了一块屏幕，屏幕上播放着青鳞男子和银发男子对战的场景。

“百卡罗的实力比过去强很多啊！”灰色长袍男子面带笑容，夸赞道。

“百卡罗的天赋、毅力、悟性都很不错，他是我麾下几大弟子中最优秀的。”诺岚山得意地道，“我虽然得到了巨斧武者的称号，但是当年我达到宇宙级八阶时，都不一定有他现在的战斗力。”

“你对他的评价这么高？！”灰色长袍男子惊讶地道，“那你认为他这一战能赢吗？”

“他能赢！”诺岚山点点头。

“他的对手可是宇宙级九阶强者。”灰色长袍男子说道。

“你看着就是！”诺岚山信心十足。

屏幕上，百卡罗和对手厮杀得极为激烈。

青色狂风环绕在周围，百卡罗宛若一个陀螺，不断地旋转着，双手中的战刀更是化作一道道雪亮的刀光，不断地袭向银发男子。

而银发男子身影飘逸，身体射出道道白色光线，整个人好像太阳。他操控着一件丝状的念力兵器，不断地袭向百卡罗。

“十刀！”百卡罗一声低喝。

一道刀光顿时化作十道刀光。

“五十刀！”又是一声低喝响起。

刀光大盛。

一道道刀光合在一起仿佛一朵莲花，每一道刀光都成了莲花的花瓣。

那丝状兵器在周围狂舞，一次次袭向百卡罗。

“百刀！”百卡罗怒喝一声。

“轰隆隆——”

一瞬间，一道道雪白的刀光仿佛形成了冲天的巨浪，瞬间将银发男子完全淹没了。

银发男子的眼眸中有着难以置信的神色，随着砰的一声，他瘫倒在地，当即丧命。

百卡罗冷哼一声，消失在决战空间中。

……

“干得漂亮！”灰色长袍男子露出惊喜之色。

“怎么样，我说得没错吧！”诺岚山笑道。

“的确，你这弟子实在是太厉害了。”灰色长袍男子赞叹不已，“他的刀法和风之领域完美地结合在了一起。并且，刀速竟然越来越快，越往后，他的攻击力越强，最后直接将那个宇宙级九阶强者给击杀了。”

“没错。”诺岚山点点头，“百卡罗的优点就是刀法奇特，随着不断施展，威力越来越强。不过，缺点也很明显。刚开始施展刀法的时候，威力不算强，如果对手抓住这个时机，随时有可能将他击杀。”

“哈哈！你别太严格了。你这弟子用的是双刀，而且有风之领域，身法灵活，对手想要刚开始就击杀他是很难的。而他的刀法一旦施展开来，对手就完了。”灰色长袍男子笑道，“不错，百卡罗的实力非常不错。”

“能过关吧？”诺岚山看着他。

“没问题。回头我将这个视频送给大人看，相信将百卡罗列为我们百虎楼的特等精英是没问题的。”灰色长袍男子笑道。

诺岚山满意地点点头。

片刻后，静室中只剩下诺岚山一人。

“咚咚咚！”一道敲门声响起。

“进来。”诺岚山道。

门开了，只见身穿黑袍的百卡罗和双耳尖尖的德温一道进来了。

“族祖！”

“老师！”

德温和百卡罗躬身行礼。

“嗯。”诺岚山抬头，看了面前的两人一眼。

百卡罗黑袍下露出那张布满青色鳞片的脸，显得整个人很是冷漠。

诺岚山微微一笑，道：“百卡罗，我已经向百虎楼推荐，将你定为特等精英来培养。”

“多谢老师。”百卡罗再次躬身行礼。

“嗯。”诺岚山随即看向德温，“德温，你和百卡罗现在应该快到达地球了吧？”

“族祖，我们现在离地球很近了，预计3天后就能抵达地球。”德温双眸中有着期待。

两年八个月，他们终于快到达地球了。

“很好。”诺岚山有些激动。

“百卡罗。”诺岚山看向百卡罗。

“老师，您有何吩咐？”百卡罗恭敬地问道。

“记住，你们此次前往地球，第一目标是得到机械族宇宙飞船，所以先别惊动地球人，更别惊动罗峰。”诺岚山的表情很是严肃，“等得到机械族宇宙飞船，有机会再解决罗峰。”

“是！”百卡罗和德温都恭敬地应道。

“去吧，我等你们的好消息。”诺岚山笑道。

百卡罗和德温立即离开了。

杀戮场，决战空间。

“破！”

罗峰遥看对手，金色剑鱼已经疾速掠过对手的脑袋。

“疯子”胜！

……

“破！”

弥漫着金光的领域之下，金色剑鱼兴奋地跳动着，而后尾巴一甩，立即化作无比诡异的弧线。

罗峰轻易地从那看似严密的防御中找到一丝缝隙，金色剑鱼直接插入，刺入对手的眉心。

“疯子”胜！

……

在黑龙山岛屿的杀戮场，罗峰，也就是“疯子”，名气非常大。

他是有着九颗星评价的超级强者，现在每次都是越阶战斗。前段时间，他还是恒星级六阶精神念师时，就已经横扫恒星级六阶强者，当他成为恒星级七阶精神念师后，在极短的时间内，迅速得到九颗星评价。他不断和同阶无敌强者对战，就算是越阶战斗，也有超过99%的胜率。

他的实力无比强大。

黑龙山星域的不少势力都注意到了这个绝世天才，无论是四大组织，还是两大圣地，都向这个绝世天才递出了橄榄枝。可是，这个叫“疯子”的天才根本没理会他们。

“结束了，不玩了。”罗峰微微一笑，消失在决战空间中。

火星，宇宙飞船。

盘膝静坐的罗峰睁开了眼睛。

“此次在黑龙山岛屿的杀戮场中还真的没有碰到多大的挑战啊！”罗峰感慨一声。

“罗峰，你得意什么？你凭借金角巨兽就拥有四重领域，而且对金之本源法则有所感悟。要知道，即便在巨斧斗武场，对战双方其中一人感悟到了一丝宇宙本源法则，就能立即获胜。

“此外，你的意识强度远远超过同阶对手，因为你的意识强度和金角巨兽的是一样的。你的领域、金之本源法则、意识都无比强大，在黑龙山星域的同阶强者中堪称无敌，这有什么好得意的？有本事的话，就跟乾巫宇宙国中的天才比，或者跟整个宇宙中的天才比！”

巴巴塔最见不得罗峰得意，经常会打击他。

罗峰咧嘴一笑，直接飞出了宇宙飞船，站在火星地表上。

“轰隆隆——”

远处，一头无比庞大的布满黑色鳞甲的怪兽破土而出，它紧紧地盯着罗峰，随即，凭空消失了，进入了罗峰的体内世界。

“这本尊天地秘法还真是难修炼，幸亏我在界中界获得了惊人的财富，这才买得起那些无比珍贵的材料。难怪很多金角巨兽一辈子最多将本尊天地秘法的第一层练成而已。”罗峰摇摇头，而后迅速飞向宇宙飞船。

“轰隆隆——”

宇宙飞船当即起飞，离开火星，向地球飞去。

第370章

主人

地球，C国，Y城。

罗峰收起宇宙飞船，而后直接朝下方的西湖别院降落。

此时正是傍晚时分，西方的天空悬挂着红通通的太阳，阳光映照在枯黄的草坪上。草坪上搭建了一个超大的合金擂台，合金擂台上的两个男孩都手持战刀，化作两道幻影，进行战斗。

“轰！轰！”两人的速度极快，甚至产生了音爆。

“停！”擂台旁，一个敦厚的光头男子喝道。

他的光头上有着奇异的符文，类似于地球上的一些奇奇怪怪的符号。

两个男孩当即都停了下来。

光头男子对来人微微躬身，显得很是恭敬：“主人。”

“狄梵，麻烦你了。”罗峰降落下来，站在擂台上。

“爸爸！”

“爸爸！”

罗海和罗平欢喜地跑向罗峰。

罗峰看着两个儿子，不由得笑了。

两年多过去了，两个儿子的实力都变强了。因为罗峰早就打定主意要好好培养儿子们，加上有陨墨星一脉和金角巨兽传承记忆中的一些秘法，自然能令两个儿子的实力大幅提升。

论战力，他的两个儿子都算得上高等战神。在地球上，这或许有些夸张，可若是在宇宙中，根本算不上什么。

在宇宙中，六七岁的孩童，血统比较好的，就算得不到精心培养，也能跨入行星级。

“最近这两个小子表现得怎么样？”罗峰看向旁边的狄梵。

“两位小主人挺努力的，刀法基础也很扎实。”狄梵夸赞道。

“爸爸，你听到了吧！”

“我们很努力的。”

两个孩子得意扬扬地道。

罗峰笑了，道：“你们先去玩吧，我和你们狄梵叔叔有事情要谈。”

“嗯。”两个孩子都点点头。

两人相视一眼，眼眸中都有着兴奋，连忙奔向城堡。对他们而言，能够进入虚拟宇宙，玩一会儿虚拟游戏，就非常开心了。那里面有很多和他们差不多年纪的孩童。

“狄梵，最近修炼得怎么样？”罗峰问道。

“主人传给我的秘法魂刀斩的确是深不可测，最近修炼小有所成，不过，我有很多不解之处。”狄梵恭敬地回道。

“你说。”罗峰说道。

“请主人指点。”狄梵恭敬地道，“魂刀斩秘法第一层中，念力虚化并聚合成刀……”

狄梵不断提问，罗峰则负责回答。准确地说，是巴巴塔在回答。魂刀斩秘法是陨墨星一脉秘法中极为强大的，是陨墨星主人当年在某一个遗迹中偶然得到的，其实修炼起来并不难，并无特殊的苛刻要求，不像魂印秘法需要灵魂转换之后才可以修炼。可是，对于狄梵来说，还是有难度的。而巴巴塔早就记录下了修炼魂刀斩秘法的经验，故而由它解答是最合适的，罗峰则负责口述。

罗峰看着狄梵，不禁陷入了沉思，心中感叹：“我能买到这名奴仆，真是走大运了。”

没错，狄梵是罗峰买来的奴仆，而且是宇宙级九阶强者！

在浩瀚宇宙中，靠生物芯片植入大脑的方法，最多能控制宇宙级九阶强者，一旦突破到域主级，域主级强者完全能毁掉自己脑袋内的芯片而不死，所以，外面贩卖的实力最强的奴仆就是宇宙级九阶强者。

宇宙级一阶奴仆，价格在1000万－3000万宇宙币。

宇宙级四阶奴仆，价格在1亿－3亿宇宙币。

宇宙级七阶奴仆，价格在10亿－30亿宇宙币。

宇宙级八阶奴仆，价格在30亿－100亿宇宙币。

宇宙级九阶奴仆，价格在30亿－100亿宇宙币。

宇宙级八阶奴仆和宇宙级九阶奴仆的价格之所以差不多，是因为购买宇宙级九阶奴仆是有风险的。虽然宇宙级九阶奴仆突破到域主级非常难，概率很小，但是还是有可能的，说不定某天宇宙级九阶奴仆就突破了。

一旦突破到域主级，不受生物芯片的控制，就能自动恢复自由。一怒之下，很可能将一直控制他的主人给杀了。

在宇宙中，宇宙级九阶奴仆突破后，疯狂屠戮的事情发生过很多次，这就导致宇宙级九阶奴仆的价格和宇宙级八阶奴仆相当。

狄梵是宇宙级九阶奴仆，能够修炼到宇宙级九阶，可见其天赋极高。

当初罗峰通过奴隶商人直接买下狄梵，奴隶商人还劝说罗峰："先生，宇宙级九阶奴仆可是具有危险性的，一旦他突破到域主级，可没有谁能控制得了他。要不，先生购买宇宙级八阶奴仆吧，虽然修为低一阶，但是比较好控制，相对比较安全，待宇宙级八阶奴仆突破到九阶，你再将其卖掉，一点都不亏。"

"不！我就买他！"罗峰没有丝毫犹豫。

买下狄梵后，罗峰变成金角巨兽，通过金角巨兽，对其施展了刚刚修炼成功的奴役魂印，并且命令狄梵不得反抗。作为奴仆，狄梵自然不会反抗。

就这样，罗峰将奴役魂印种入了狄梵灵魂深处，融入其灵魂。从那一刻起，狄梵就成了罗峰最忠诚的奴仆。

"通过奴役魂印来控制人，对你的灵魂也是有影响的，你的老师实力那么强，仅仅能控制九名不朽级奴仆，所以，你得重视奴仆的实力，别想着买更多的奴仆。”巴巴塔提醒道。

“明白。”

罗峰修炼魂印秘法时，仔细阅读过使用奴隶魂印的注意事项，当然清楚，选择奴仆得无比慎重，因为这是要通过灵魂去控制奴仆，二者灵魂有着密切的联系，主人能完全控制奴仆，奴仆也会影响到主人。

“狄梵很早就成了奴仆，身为奴仆，修炼的客观条件极差，却能修炼到这个程度，很是不错。我查过他的履历，他有资格成为我的灵魂奴仆之一。”

狄梵是罗峰麾下第一名灵魂奴仆。

诺岚山家族的宇宙飞船随时可能抵达地球，所以罗峰这几天没有再进入营养舱，而是默默地在地球等待着。

2265年10月28日，太阳系边缘地带。

一艘斧头形状的D3级宇宙飞船正朝太阳系飞来。

宇宙飞船内部的控制室中，穿着黑袍的百卡罗和身穿蓝色战袍的德温并肩站立，宇宙飞船正进行外景模拟，他们可以清楚地看到远处美丽的太阳系，耀眼的恒星周围有一颗颗转动的行星，其中一颗很不起眼的蔚蓝色小星球吸引了他们的目光。

“那是地球！”百卡罗笑道。

“是的，我们就快到地球了。”德温的脸上浮现笑容，转头看向百卡罗，“你还记得老师说的话吧，我们先别惊动地球人，悄然去夺取机械族宇宙飞船。”

“我记得。”百卡罗冷冷地道。

看到百卡罗冷淡的反应，德温心中不快，表面上却微笑着。

此刻，能看到太阳系边缘地带的一些小行星伪装成了卫星。其实，在整个太阳系中，这样伪装的探测仪器很多，可以说，整个太阳系戒备严密。除非是机械族宇宙飞船，否则外来的宇宙飞船会轻易被这些探测仪器发现。

一颗伪装成卫星的小行星。

“嘟——”小行星迅速将拍摄到的画面传输到了地球的星球防御系统总指挥中心，也就是罗峰的城堡。

诺岚山家族的D3级宇宙飞船的行踪完全被探测得一清二楚。

地球，晚上7点左右。

天早就黑了。

Y城仍旧很是繁华，灯光璀璨。

罗峰的居所西湖别院中笑声阵阵。他们一家人正围在桌旁，吃着晚饭。

罗洪国、龚心兰、罗华夫妇及其孩子，还有罗峰和妻子、两个儿子，当然罗峰麾下的第一奴仆狄梵也在。

“狄梵叔叔，我下午真的修炼了一个小时的刀法，对吧？”罗海道。

“是的。”狄梵笑着点点头。

“妈妈，你听到了吧？”罗海眉毛一挑，看向旁边的徐欣。

罗峰不禁笑了。

忽然，他手臂上的护臂发出了声音。

“嗯？”罗峰脸色微变。

这是他早就设定好的警示声，星球防御系统一旦出现大问题，警示声会立即响起。

罗峰低头一看，护臂的屏幕上出现了动态视频，视频中，一艘斧头状的宇宙飞船正在太阳系边缘的星空中往地球疾速飞行。

“诺岚山家族的人来了。”罗峰眼中闪过一道精光。

“爸、妈，你们先吃饭，我有事要去处理一下。”罗峰笑笑，当即起身。

“你的事真多。”罗洪国无奈地道。

罗峰歉然一笑，同时拍了拍两个儿子的脑袋，握了下妻子的手，低声道：“徐欣，我出去一趟，估计明早才能回来。”

“小心点。”徐欣叮嘱道。

家人们都清楚，罗峰总有重要的事情要去处理，有时候一闭关就是半个月，所以一起吃饭算是很难得的。

此次罗峰突然说要出去，他们早已习惯了，只是，饭还没吃完，罗洪国心里不悦。

“狄梵。”罗峰向狄梵递了个眼神。

狄梵当即站起身来。

两人迅速离开城堡。

“嗖！嗖！”两人冲天而起。

天空中突地出现了一艘黑色的飞碟形的宇宙飞船。

两人进入宇宙飞船后，立即换上了合金战衣和战靴。

“嗖！”宇宙飞船当即加速，直接冲向大气层，迅速离开地球，飞往太空。

战斗即将发生，而太空是最合适的战斗地点。对于地球而言，宇宙级强者的战斗是具有毁灭性的。

罗峰显然很清楚这一点，所以他带着狄梵，乘着宇宙飞船直接向太空飞去。

第371章

太空激战

黑色的宇宙飞船化作一道流光，迅速冲破地球大气层，进入外太空。

宇宙飞船的控制室中。

罗峰面无表情，站在控制台屏幕前，他的身后站着狄梵。在控制室的光线的照耀下，两人身上的合金战衣反射出奇特的光泽。

“他们大概需要多久才能到地球？”罗峰问道。

屏幕上出现了巴巴塔的头像。

“以那艘D3级宇宙飞船现有的速度，大概要8小时49分，才能抵达地球。”

“8小时49分？”罗峰微微一笑，“太慢了，我们迎上去吧！”

“是！”宇宙飞船立即开启加速模式。

虽然宇宙飞船的速度非常惊人，但是宇宙飞船内部的自动引力调节系统，可以使得宇宙飞船的引力一直保持着一个单位的地球地表引力。

宇宙飞船朝太阳系之外飞去，而诺岚山家族的前任族长德温和诺岚山最优秀的弟子百卡罗乘坐的D3级宇宙飞船朝地球飞来。

二者的距离迅速缩小。

D3级宇宙飞船的控制室中。

“师兄，你通知老师了？”百卡罗冷冷地道。

“是的，族祖知道我们抵达了太阳系，非常开心。”德温那俊美的脸上浮现一丝笑容，“族祖还说，他会一直保持虚拟宇宙网络在线，等我们的好消息。”

“嗯。”百卡罗点点头。

“嘀——”刺耳的声音在控制室中响起。

顿时，德温脸色微变。

“警告！警告！导航探测系统发现一艘宇宙飞船正朝我们飞来！”一道响亮的声音回荡在控制室中。

“什么？”德温脸色大变。

“宇宙飞船？！”百卡罗也大惊。

宇宙浩瀚，宇宙飞船的体积都很大，但是，在太空中如果距离太遥远的话，就跟尘埃差不多，百卡罗和德温根本无法通过肉眼发现远处的宇宙飞船。

另一边。

罗峰看着眼前的控制台屏幕，极为冷静。

“轨道炮启动。”罗峰说道。

“明白！”屏幕上的巴巴塔当即启动轨道炮。

顿时，宇宙飞船正前方的上侧出现了一层能量罩，在能量罩的覆盖下，那合金构成的船体表面自动凹陷，露出一条银灰色的很粗的炮管，炮管朝前方伸出，直接伸出了船体能量光罩之外。

“嘟——”

炮管的管口发生了细微变化，管口深处隐隐有着一丝光芒，而且周围空间隐隐发生了扭曲。

“能量启动，倒计时，60、59、58……10、9、8、7……3、2、1。启动完毕！”

提示声从控制台中发出，回荡在控制室中。

“巴巴塔，抓住机会，一举摧毁它！”罗峰下令。

“哈哈！交给我吧！”屏幕上的巴巴塔很是嘚瑟。

轨道炮是罗峰为诺岚山家族的人马准备的“礼物”之一。经过事先探测，罗峰得知此次来到地球的是一艘D3级宇宙飞船。

最近，罗峰花费2600亿宇宙币，购买了一台D5级的轨道炮。

达到C级的科技武器就属于限制级了，通过一般的渠道很难买到。并且，科技类武器的价格非常高，虽然通过即将举行的拍卖会购买这种科技武器付出的费用很可能少一点，可罗峰等不及了。所以，他通过一个很有背景的超级公司奇物斋，花费2600亿宇宙币，买了一台D5级轨道炮。

在一个星系中，比如银河系，科技类武器的卖价达到2600亿宇宙币就算不错了，由此可见罗峰的资产不少。

罗峰曾经在奇物斋进行过巨额消费，这才令奇物斋愿意帮忙购买D5级轨道炮，否则，奇物斋根本不会出手帮罗峰弄这种限制级武器。

那些巨额消费，正是罗峰为了修炼本尊天地秘法而购买了一些无比珍贵的材料。购买那些珍贵的材料，耗费的宇宙币可比购买D5级轨道炮要多得多。

许多金角巨兽直到死，仅仅修炼到本尊天地秘法的第一层，可见修炼本尊天地秘法的难度很大。

金角巨兽一般都能达到界主级巅峰，而且有三个分身。所以，罗峰能够通过人类世界购买到那些材料，金角巨兽当然懂得弄出人类分身，然后去人类社会购买金属。以其达到界主级巅峰的实力，财富何等惊人，但一般也就修炼到第一层而已。

修炼本尊天地秘法是让金角巨兽身体得以缩小，而筋骨密度、肌肉密度等等急剧增加，从而实力得到飙升。

越是幼兽，修炼反而越容易，这就跟小孩身体的柔韧性强，锻炼比较容易，是一个道理，越是庞大的肉身，缩小的难度越大。

所以，宇宙级的金角巨兽修炼起来，难度要低一点。可是，就算这样，要完全修炼成第一层，需要大量的珍贵材料，罗峰依旧还缺两种珍贵材料。

这些材料真的很昂贵，而且无比稀少。罗峰为了购买这些珍贵的材料，在奇物斋不惜巨额消费。

奇物斋当然很重视这个超级大客户，所以才愿意帮忙弄到一台D5级轨道炮。

“D5级轨道炮发射！”控制室中响起了巴巴塔兴奋的吼声。

星空中。

D3级宇宙飞船中的人发现黑色宇宙飞船不断地逼近。

“那是一艘C9级宇宙飞船。”德温眉头微皱，“我们能摆脱它吗？”

“主人，我们是飞向地球，而它是从地球的方向飞来的，无论我们怎么改变方向，它都能轻易地逼近我们，我们根本无法摆脱。”控制室屏幕上传出了智能光脑的声音，“而且，我们要改变D3级宇宙飞船的速度，需要很多的时间。”

宇宙飞船虽然能够达到光速，但是，那是经过长时间不断加速，才最终达到这个极限速度，而要转向加速或者减速等等，是不可能瞬间做到的。

这种情况下，对方很容易逼近。

“如果我们不去地球，就可以甩掉它。”智能光脑说道。

“别管那艘宇宙飞船！”百卡罗冷冷地道，“一艘C9级宇宙飞船根本影响不到我们。”

“这艘C9级宇宙飞船应该是那个罗峰的。”德温微微皱眉，“现在他们已经知道我们来了，这下该怎么办呢？族祖可是命令我们悄然得到机械族宇宙飞船的。”

“既然已经被发现了，我们就没必要隐藏了。”百卡罗依旧冷冷地道，“继续朝地球前进。”

百卡罗和德温刚刚结束争执，两人的脸色都不好看。

“轰！”一道难以察觉的轨道炮冲击波在星空中留下一丝空间波纹，便瞬间击中了D3级宇宙飞船。

在毫无防备的情况下，在轨道炮的光速袭击下，D3级宇宙飞船的导航探测系统信号传输也达到了光速。

D3级宇宙飞船在接收到探测信号的瞬间，就被轨道炮给击中了。

“砰！”

D3级宇宙飞船的侧部裂开了，出现了一个大的口子。

本就保持疾速飞行的D3级宇宙飞船瞬间断裂开来，大量合金残骸朝四面八方迸射而去，令太阳系的星空中多出了很多宇宙垃圾。

一截飞船碎片残骸中迅速飞出两人，两人悬浮在太空中。

正是德温和百卡罗。

“怎么可能？”德温眼睛瞪得滚圆。

“D3级宇宙飞船都被击毁了，还有什么不可能？”百卡罗怒喝道。

“超过D3级宇宙飞船光速的远程武器，这，这绝对算是限制级武器，价格堪比五阶念力兵器。要知道，就算是界主级强者，一般都不会购买性价比不高的D级轨道炮，这简直是浪费钱。”德温难以置信，“地球上怎么会有界主级强者都不会买的D级轨道炮？”

对于界主级强者而言，虽然能买得起D级轨道炮，但是并没有必要，因为界主级强者随手一击，威力就超过了D级轨道炮。

而那些没有界主级强者的实力，却买得起D级轨道炮的，更是少之又少。

“不可能的！”德温脸上满是焦急之色。

“别纠结这个了。D3级宇宙飞船被毁，我们要飞到地球恐怕需要大半年的时间。”百卡罗没好气地道。

“嗖——”远处有一道流光迅速逼近。

“德温，敌人来了！”百卡罗连忙传音说道。

“嗯？”德温抬头看去。

只见一艘黑色的飞碟形宇宙飞船迅速飞了过来，诡异的是，这艘宇宙飞船不断减速，最后在距离他们仅仅数百千米处停了下来，同时宇宙飞船的舱门自动打开了。

一人从舱门中迅速飞出，朝他们疾速飞来。

数百千米的距离，对方在眨眼的工夫就到了。

这是一个穿着黑色战衣，光头，厚嘴唇，看似纯朴的男人。

“速度好快啊！”德温心中大惊。

“嗖——”

一道银色刀光疾速袭来，速度极快，就连宇宙级六阶强者德温都来不及闪躲，眼睛瞪得滚圆。

“啊！”德温哀嚎一声，当场丧命。

银色刀光的速度不减，直接袭向百卡罗。

第372章

刀锋族

百卡罗身上的黑袍迅速融入体内，露出了强壮的身躯。

他穿着一套青色的合金战袍，战袍表面有着一层层鳞片，脸上则布满青色鳞片，头上是青色的头皮，没有一根头发。额头上长着一个宛如弯刀的尖角，从头到脚都是青色的，背着两把交叉的战刀。

“锵！”百卡罗闪电般地移动，疾速取出战刀，瞬间劈在袭来的银色刀光上，使得银色刀光的速度锐减。

C9级宇宙飞船控制室中，通过外景虚拟，罗峰能清楚地看到两人交手，当百卡罗露出真面目的时候，罗峰吓了一跳。

“刀锋族的人？！”巴巴塔惊呼道。

“刀锋族？！”罗峰也很是惊讶。

“没错，是刀锋族！这个人应该是诺岚山麾下的最强弟子百卡罗。虚拟宇宙网络上有刀锋族的详细信息。刀锋族的人都非常崇拜强者，早先的时候，刀锋族所属的星球是一颗土著星球。可是，当宇宙文明国度发现这颗土著星球的时候，发现这颗星球上竟然有一个域主级强者和十二个宇宙级强者，刀锋族族人只要成年就能达到行星级。

“这是一颗势力非常强大的星球。因为没有大力发展科技，所以他们没有宇宙飞船，一直住在那颗土著星球上。随着渐渐融入宇宙，刀锋族迅速崛起。

“融入宇宙之前，刀锋族有冒险历练的传统，每一个成年的族人都要在星球上闯荡。而踏入宇宙后，每个成年的族人都会进入宇宙闯荡，进行生死历练。

“刀锋族的人几乎不追求权势和享受，个个都想成为强者。或是拜入超级强者门下，或是加入某方势力学习秘法，因此刀锋族中涌现出了不少超级强者。

“在刀锋族的历史上，不朽级强者和界主级强者都是有的，所以刀锋族在宇宙人类族群中算是很有名气的。”巴巴塔介绍道。

“哦？”罗峰有些惊讶。

“只需成年，即可达到行星级，在人类族群中不算多么厉害。而刀锋族之所以有那么大的名气，主要是因为族人的性格。”巴巴塔继续说道，“他们生性坚毅，努力追求变得更强，所以才诞生了那么多强者。”

罗峰惊叹刀锋族强大的同时，狄梵和百卡罗正在激烈地厮杀。

狄梵站在星空中，遥控念力兵器，而百卡罗周围出现了青色狂风，导致身影变得模糊，他的两把战刀已经快到极致，融入那狂风领域中，形成了连绵不绝的刀浪。

“锵锵锵！”那道银色刀光和数道雪白刀光接连撞击。

看到这一幕，狄梵的脸上露出一丝惊色。

眼前这个刀锋族男子显然只达到宇宙级八阶，可竟然靠着两把战刀硬是挡住了他的念力兵器的攻击。

“百刀！”百卡罗大喝一声。

“轰隆隆！”

数道雪白刀光重叠，形成了滔天的刀光巨浪，瞬间淹没了狄梵。

砰的一声，那刀光巨浪崩塌。

狄梵脸色苍白。

“嗯？”百卡罗露出惊色。

对方竟然接住了他的绝招。

“这家伙不简单……”狄梵瞳孔一缩，低喝一声，“魂刀斩！”

无形的念力瞬间化为一把肉眼看不到的战刀，迅速穿进百卡罗的识海。

百卡罗眼神变得黯然，随即眼中闪过一道精光，死死地盯着狄梵。

“他竟然抵挡住了。”狄梵无比震惊。

罗峰眼睛一亮。

这百卡罗是真正的天才！

宇宙级八阶强者能够靠着两把战刀硬抗宇宙级九阶强者的念力兵器，本来就很了不起。

不过，罗峰只是赞叹，并没觉得震惊。因为狄梵本就不擅长念力兵器，他擅长的主要是灵魂攻击。罗峰赞叹则是因为，狄梵修炼了魂刀斩秘法，虽然只是略有所成，可是威力已经很是惊人了。

宇宙级九阶精神念师施展魂刀斩，竟然被一个宇宙级八阶强者给抵挡住了。

巴巴塔很是兴奋。

“百卡罗的意志实在是太惊人了！他是宇宙级八阶武者，也是宇宙级八阶精神念师，可是狄梵的魂刀斩威力极大，同阶对手都很难抵挡得住，百卡罗竟然抵挡住了。

“罗峰，快，快用奴役魂印将他拿下，这绝对是比狄梵还要厉害的奴仆！”

“拿下？”罗峰一怔。

每收一名奴仆，必须得无比慎重。

“我敢肯定，他的实力绝对是巨斧武者级别的，跟他的老师诺岚山相比，同级同阶的情况下，诺岚山都不一定是他的对手。他的领域高、刀法强，这些都不算什么。最重要的是，他的意志无比惊人，说明他的决心非常强，绝对有成为超级强者的潜质，只要你好好培养他，日后一定会有大成就。”

“罗峰，机会难得，快点动手啊！他的实力堪比巨斧武者，有50%概率能够踏入域主级，更何况，他有这么惊人的意志，加上我们陨墨星一脉的秘法等等，踏入域主级更加有把握。”巴巴塔大声说道，“而且，你也缺一名武者奴仆。”

罗峰微微点头。

狄梵更擅长灵魂攻击，自己麾下的确缺一名武者奴仆。

星空中。

“你的精神攻击很强。”百卡罗眼神冷厉，咬牙切齿地道，“可是，最终赢的会是我！”

百卡罗一闪身，他的身体周围顿时环绕着青色狂风，而后，两把战刀直接劈向狄梵。战刀中蕴含的原力、力量、意志达到了完美的契合程度。

“刀——轮回！”

百卡罗双眸中尽是疯狂，两把战刀化作两道雪白的刀光，朝狄梵袭了过去。

一道道雪白的刀光不断累积，很快就形成了一个巨大的光轮，巨大的光轮滚动着，一次次压向狄梵。

“噗！”念力兵器崩飞开去。

狄梵吐出一口血，双眸中掠过一丝怜悯，而后施展出了罗峰为他准备的最强绝招。

“砰！”一道深蓝色流光瞬间撞碎了巨大的光轮，直接令光轮崩溃。

深蓝色流光当即反弹，好似赤混铜母残片。这锋利的残片划过一道弧线，袭向百卡罗。

“饶他一命！”一道声音在狄梵的识海中响起。

魂印植入灵魂，令罗峰和狄梵的灵魂有所联系，可以直接进行意识交流，犹如智能光脑和人类的交流，也好比摩云藤和罗峰的意识交流。

“嗖！”深蓝色流光瞬间转而袭向百卡罗的手。

手断，战刀落。

星空中一片寂静，远处的宇宙飞船残骸飘落，德温的尸身还飘浮在远处的空中，百卡罗则愣愣地站在星空中。

“毁掉他的智能光脑。”罗峰命令道。

“呼！”深蓝色刀光直接劈在百卡罗的护臂上，轰碎了他的智能光脑。

百卡罗盯着远处的狄梵，传音道：“你为什么不杀我？”

“是我主人命令我这样做的。”狄梵看着他。

“主人？”百卡罗眉头微皱。

远处的飞碟形宇宙飞船的舱门自动开启，一人迅速飞来，正是穿着摩云战甲的罗峰。

“罗峰？！”百卡罗瞳孔一缩。

“百卡罗，你输了。”罗峰看着眼前的百卡罗。

百卡罗的断腕正在缓缓生长，他却死死地盯着罗峰，显然意识到这次自己输了，而且输得很惨。

“没想到，你竟然有宇宙级九阶的仆人，我的老师也没想到。此外，你还有D级的远程光速武器，我输得不冤。”百卡罗冷笑一声，“罗峰，要杀就杀吧！你有这么强的仆人，我根本没有反抗之力，我想逃都逃不掉。”

茫茫星空中，他没有宇宙飞船，怎么逃？

“我很欣赏你。”罗峰看着百卡罗，“我现在给你两条路：一是，臣服我；二是，死。你选吧。”

“臣服？哈哈……”百卡罗大笑起来，“罗峰，你在说笑吗？你只是区区恒星级强者，竟然想让我臣服于你。如果是那个光头让我臣服，我还会考虑考虑，因为他的实力很强，最后一招就轻易击败了我。可是，你竟然想要让我臣服……”

“你想清楚再回答。”罗峰声音冰冷，“一旦你拒绝，那就必死无疑。你若是死了，一切成空，你的追求，你想要成为超级强者的梦想，都没了。”

“最后问你一次。”罗峰声音冰寒，“死亡，还是臣服？”罗峰紧紧地盯着百卡罗。

第373章

罗峰的强大

星空无边无际，三人站在星空中。

“罗峰，你真的要杀他？”巴巴塔的声音响起，“他绝对有成为超级强者的潜质。”

“哼！他有骨气，我很是佩服，可我不至于舰着脸去哄他。他是来杀我的，本来我就该杀了他。”罗峰表情冷漠，“我欣赏他，给了他臣服于我的机会，可是，如果他不识相，只能将他给杀了。他有成为超级强者的潜质又如何？在宇宙中，界主级强者，乃至不朽级强者，都有很多。”

罗峰看着百卡罗，等待百卡罗的答复。

百卡罗眉头紧锁。

“一旦你拒绝，那就必死无疑。你若是死了，一切成空，你的追求，你想要成为超级强者的梦想，都没了。”

罗峰的话不停地在百卡罗的脑海中回荡，令百卡罗不由得回忆起这些年的刻苦修炼。

那颗美丽的星球，他的家乡，还有那条宽阔的河，在他的梦中不知道出现过多少次。

“爷爷，我走了。我回来那天，一定会名列圣殿，我会让我们铁石山一脉以我为傲！”

那个傍晚，年轻的百卡罗告别他的爷爷，踏上了远行的路。

离开家乡，进入宇宙。

在一个个星系中流浪，他的实力不断提升。

当看到诺岚山在巨斧斗武场中战斗的视频，他的心中生出敬佩之情，慕名拜入诺岚山的门下。

诺岚山是严厉的实战派，要求门下弟子一开始就要进行生死战斗。

百卡罗非常拼命，很快就成为众多弟子中最优秀的。终于，他的修为突破到宇宙级，拥有了领域。

而后，他自创刀法，修为不断提升，甚至他的老师诺岚山也无法再指导他，因为他的战斗经验、技巧等丝毫不亚于诺岚山了。

他成为诺岚山家族中地位仅次于诺岚山的存在。然而，他并没有沾沾自喜，耽于享受，他全身心地研究刀法、领域……

“圣殿！我刀锋族的圣殿！”百卡罗心中低吼，“我一定要名列于刀锋族圣殿！我要让铁石山一脉以我为傲！我会成为刀锋族铁石山一脉的传奇！”

圣殿是所有刀锋族男儿梦想的地方，名字永久刻在圣殿中，是最大的荣誉。

然而，想要名列圣殿是非常难的。随着刀锋族不断涌现出强者，名列圣殿的要求也越来越高。

土著星球时代，成为宇宙级强者即可名列圣殿。

当刀锋族的很多强者都踏入宇宙级后，很快，只有成为域主级强者才有资格名列圣殿。

数亿年前，名列圣殿的要求再次提高。只有成为界主级强者，才有资格名列圣殿。刀锋族的界主级强者很少，要过很久，才会有一个界主级强者的名字镌刻上去，这是刀锋族族人最荣耀的时刻。名列圣殿，则会被称为刀锋族的传奇。

“名列圣殿！成为传奇！”百卡罗抬头，看着眼前身穿深红色战袍的罗峰。

“你考虑好了吗？”罗峰看着百卡罗，眼神冷厉，“臣服，还是死亡？”

百卡罗跪在虚空中，低头，道：“刀锋族百卡罗拜见大人！”

“大人？”罗峰眉毛一挑。

“嗯！待大人的实力超过我，我会甘愿称呼大人为主人。”百卡罗恭敬地道，“现在我愿成为大人麾下的士兵或者保镖。”

“哦？”罗峰饶有兴致地看着百卡罗，“你现在就可以称呼我为主人了！”

百卡罗眉头微皱。

“哈哈！”罗峰朗声大笑。

忽然，罗峰消失了。

与此同时，一头巨大的怪兽出现在星空中，它的鳞片极大，鳞片边缘更是锋利如刀，身长6000多米，四个蹄爪有两三千米高，仿佛传说中的天柱。

那条长长的尾巴在星空中微微甩动，一双暗金色眸子很是奇异，俯视着宛若小不点的百卡罗。

“金……金……”百卡罗瞪大眼睛，“金角巨兽！”

“没错，是我。”在强大的原力灌输下，一道响亮的声音宛如波浪传递开去，回荡在百卡罗的耳边。

下一瞬间，金角巨兽消失了。

罗峰出现，似笑非笑地看着百卡罗。

刹那间，罗峰又消失了，金角巨兽再次出现在星空中。

“你明白了吗？”金角巨兽声音如雷，双眸射出两道光芒，照耀百卡罗。

按理说，虚空中是无法传播声音的，然而，那无比强大的原力就是传播介质，金角巨兽凭借那强劲的原力使得声音在星空中回荡。

“你、你是……”百卡罗无比震惊，“原来你是金角巨兽！”

“准确地说，我夺舍了金角巨兽。”

金角巨兽消失了，罗峰站在星空中，看着百卡罗。

之前罗峰命令狄梵毁掉百卡罗的智能光脑，就是为了这次现身，金角巨兽的存在是保密的，自然不能大意。至于此次让金角巨兽现身，就是为了让百卡罗信服自己，从而对其施展奴役魂印。

“竟然是这样，这……”百卡罗呆呆地看着罗峰，“你的实力一定会超越我的，可现在你那金角巨兽的实力应该比我弱吧！”

“比你弱？”罗峰笑了。

“百卡罗，连我都不是主人的对手，若你对战主人，只有挨打的份。”旁边的狄梵念力传音。

“什么？！”百卡罗连连摇头，“不可能！”

“你试试就知道了。”罗峰咧嘴一笑。

他又一次消失了，星空中再度出现了金角巨兽，金角巨兽如今达到了宇宙级六阶。

两年前的12月，金角巨兽突破到了宇宙级。而现在是10月底，过去了整整22个月。这22个月内，罗峰不惜耗费巨额财富，购买无比珍贵的金属组合，让金角巨兽吞噬金属组合，从而让体内世界成长。不过，宇宙级的最佳组合，进化效率提高到56倍。

金角巨兽达到恒星级之后，修为突破各个级别的时间是不同的。

一阶到三阶，需要超过1年的时间。

四阶到六阶，每次突破需要2年，一共需要6年。

七阶到九阶，每次突破需要12年，一共需要36年。

而从九阶突破到宇宙级，需要50多年。

整个恒星级阶段，大概持续近百年的时间，宇宙级阶段则持续近千年。

一阶到三阶，需要约15年。

四阶到六阶，每次突破需要20年，一共需要60年。

七阶到八阶，每次突破需要120年，一共需要360年。

最后从宇宙级九阶突破到域主级，需要500多年。

这就是金角巨兽的进化速度。

而罗峰凭借最佳金属组合，大大加快了金角巨兽的进化速度，相当于正常进化93年，现如今金角巨兽已经达到宇宙级六阶。

作为天赋极高的金角巨兽，在恒星级七阶时，就有独自击杀恒星级九阶武者的能力。

星空中。

金角巨兽猛地一挥蹄爪，蹄爪仿佛巨型战刀直接劈向百卡罗。

百卡罗低吼一声，周围的青色气流舞动，随着他灌注原力，两把战刀化为数十米长的雪白刀光，直接迎向金角巨兽的攻击。

“轰！”

气浪碎裂，强烈的冲击力化为惊人的冲击波，朝四面八方辐射而去，将远处德温的尸身都震得抛飞起来，宇宙飞船残骸都被震得四处乱飞。

“你，是不错！”金角巨兽声音洪亮。

而后，它的三根尖角发出刺眼的金色光芒，随即，金色流光沿着那些奇异的金色秘纹蔓延至全身，双翼、蹄爪、尖角、尾巴都发生了细微的变化，连鳞甲似乎都更密集了，蹄爪变得更加锋利。

“三大天赋之一——强化！”金角巨兽的实力瞬间飙升。

“轰——”

只见四个蹄爪猛地踩下来，在强化状态下，冲击力无比强悍，令百卡罗根本无法正面抵挡。

“呜！”金角巨兽发出兴奋的低吼。

“嗡——”

金角巨兽全身出现奇异的能量波动，诡异的是，它的身体正在迅速缩小，全身的每一片鳞甲都在缩小，同时，鳞甲发生了奇异的变化。

它的骨骼也在迅速缩小，原本五六千米长的脊椎缩短到两三千米长，密度急剧增加，令脊椎骨发生了奇异的变化。

头部的三根尖角也在缩小，密度变得更大。

本尊天地秘法第一层初步练成！

若是第一层完全练成，身体长度会缩小三分之二，实力会提升三倍。而现在金角巨兽凭借罗峰消耗巨额财富买的珍贵材料，刻苦修炼，使得身体仅仅缩小一半，实力提升两倍。

在金角巨兽蹄爪的攻击下，百卡罗直接吐出一口血，身体抛飞。

它的尾巴闪电般抽过去，速度快到百卡罗根本来不及闪躲，直接将百卡罗抽得双刀抛飞，手臂受伤。

幸亏金角巨兽手下留情，没有攻击他的要害，否则可以轻易杀了他。

而后，金角巨兽又消失了。

罗峰出现在星空中。

“狄梵，”罗峰看向悬浮在星空中，身受重伤的百卡罗，“去，将他送到营养舱养伤。”

“是！”狄梵的脸上露出一丝奇异的笑容。

他可是被主人当作对手，切磋过好多次，也被打伤过很多次。现在总算有个同伴来替他分担了。

“强化天赋和本尊天地秘法同时施展，能让狄梵和百卡罗一点反抗之力都没有。”罗峰摇头一笑，“而且，我还没施展出蕴含金之本源法则的攻击。”

在同阶强者中，自然成长的金角巨兽号称无敌。放眼浩瀚宇宙，若是有人能与之匹敌，那绝对算是能够纵横诸多宇宙国的超级天才。

“主人。”被扔进营养舱的百卡罗心服口服。

“好了，赶紧疗伤。”罗峰道。

等他的伤痊愈后，罗峰还要对他施展奴役魂印呢。

第374章

魂印秘法

虚拟宇宙，黑龙山岛屿，豪奢庄园的会客室。

“德温和百卡罗怎么这么久都没有一点回音？”

仅仅披着长袍的诺岚山眉头紧锁，泛着红光的双眸盯着眼前的屏幕。

“给我再次联系他们两个。”

“是，主人。”诺岚山肩膀上的虚拟助手应道。

“嘟——”

“不对劲。他们不敢这么久都不接我的通话邀请。”诺岚山眼眸中浮现惊恐，“难道……”

“不可能，以百卡罗的实力，他们绝对不会出任何问题。”诺岚山摇摇头，“绝对不会！”

一直待在虚拟宇宙中，时刻在等待德温和百卡罗消息的诺岚山隐隐察觉到出了问题。可是，他对百卡罗很有信心，百卡罗可是他最优秀的弟子，对付地球人这种简单的事，绝对不会出问题。

时间一分一秒过去。

五分钟，十分钟，半个小时……

一个小时，两个小时……

诺岚山的脸色越来越难看。刚开始，他心里还抱有希望，可超过两个小时，两个弟子都没有一点反应，这说明他们出事了。

“啊！”诸岚山发出一声愤怒的嘶吼。

他猛地一挥手，将面前桌上的酒杯等器具一扫，那些器具朝四周飞去，或是砸在墙壁上，或是砸在装饰的壁画上，或是砸在椅子上，顿时碎裂开来。

“罗峰！”诸岚山咬牙切齿，挤出这两个字。

“你够狠！你竟然能找到宇宙级九阶强者，乃至域主级强者当帮手。”诸岚山双手紧握，指甲陷入了掌心。

诸岚山这次败得够惨的，一是失去了重要的帮手德温和百卡罗；二是罗峰能够轻易解决百卡罗，诸岚山根本没希望得到地球上的宝藏。

“能够解决百卡罗，对方起码是宇宙级九阶强者，而宇宙级九阶强者完全能够轻易弄走那艘机械族宇宙飞船。”诸岚山越想越恼怒，“我就算耗费近三年时间，抵达地球，恐怕也只是白忙活一场。更何况，地球上还有那玩意儿……”

太阳系，火星。

“不要反抗！”一道响亮的声音在沙漠上空回荡。

金角巨兽那庞大的身体悬浮在高空中，俯瞰着下方的百卡罗。

“是！”百卡罗恭敬地站在那里。

金角巨兽开始施展陨墨星一脉的魂印秘法，渐渐地，一滴晶莹的液体从金角巨兽的左眼中飞出，开始朝下方迅速降落。若是仔细看，会发现水滴中有一个个复杂的印记。

忽然，水滴落在百卡罗的眉心。顿时，融入眉心，进入其识海深处。

识海中。

这是一个浩瀚的微型星系，是百卡罗灵魂实质化的体现。这微型星系不断旋转，而星系的八条旋臂也随之旋转。水滴突兀出现，而后直接落入星系，顿时一道流光迅速传递开来，而后进行渗透，一切都是自然而然发生的。

半个小时后，百卡罗睁开了眼睛，他看向眼前巨大的金角巨兽，眼神中有着发自内心的尊崇。

“主人。”百卡罗躬身行礼。

金角巨兽的暗金色双眸变得暗淡，施展奴役魂印，对它的灵魂伤害挺大的。

“嗖！”金角巨兽消失，罗峰出现。

“奴役魂印的确神奇。”罗峰看着眼前的刀锋族战士百卡罗，清楚地感觉到对方打心底对自己崇敬，“老师能够创造出奴役魂印，的确了不起。”

“狄梵、百卡罗，走，回地球。”罗峰说道。

“是，主人！”狄梵和百卡罗同时恭敬应道。

黑色的飞碟形宇宙飞船从火星飞往地球。

宇宙飞船的控制室中，罗峰和两名奴仆正交谈着。

“主人，那宇宙飞船残骸中的智能光脑我带回来了。”百卡罗恭敬地道，“它绝对不会泄露金角巨兽变身的场景。”

“嗯。”罗峰点点头。

小心驶得万年船，金角巨兽的秘密不能暴露。

“百卡罗，那诺岚山有什么底牌？他知道关于地球的什么讯息？”罗峰道。

“底牌？”百卡罗摇头，“诺岚山并没有什么底牌。事实上，整个诺岚山家族根基浅薄，若非诺岚山实力强大，诺岚山家族根本没有这么大的声势。这次他派我和德温来地球，一是想要弄走机械族宇宙飞船，二是想要顺便杀了主人。这个浑蛋竟然想杀主人，该死！”

百卡罗话语中满是杀意。

如今他是罗峰的灵魂奴仆，灵魂深处很是尊崇罗峰，罗峰就是他生命中最重要的人。想到诺岚山曾经派他来杀罗峰，他很是愤恨。

“哈哈！那诺岚山就是个跳梁小丑。”罗峰笑道。

“对了，你刚才提到了机械族宇宙飞船。”罗峰眼睛一亮。

这两年，他沉浸在感悟宇宙本源法则中，都快忘了地球上的百慕大区域还有一艘机械族宇宙飞船。

“是的，诺岚山对机械族宇宙飞船一直念念不忘，那艘机械族宇宙飞船的价值估计比整个诺岚山家族的资产还要大。”百卡罗恭敬地道。

“哈哈！”罗峰笑了，“我们暂时不回家，回地球后，先去百慕大区域，得到那艘机械族宇宙飞船。”

“明白！”巴巴塔兴奋地应道。

很快，宇宙飞船冲入地球大气层，直接飞向百慕大海域，而后，宇宙飞船凭空消失了。

罗峰等三人化作三道流光，进入海域深处。

幽冷的海底，隐约有一道巨大的白色影子。

“嗯？”罗峰不断靠近。

一座巨大的银白色金字塔悬浮在海中，高度达1200米，比地球上的任何一座摩天大厦都要高得多，周围的磁场都完全扭曲了。

“机械族宇宙飞船！”狄梵双眸发亮。

“我是第一次在现实世界中看到机械族宇宙飞船。”百卡罗惊叹一声，“机械族的科技实在太发达了，从外表根本无法判定这艘宇宙飞船到底是什么级别的。”

相较于机械族的科技，人类的科技的确差得多。

人类建造的宇宙飞船可以清晰地从外表判定属于哪一个级别，甚至于只需扫描一下，就能判定是什么合金材料。

“诺岚山跟我说过，这艘机械族宇宙飞船至少是D级。”百卡罗遥指金字塔下方开启的三棱柱形通道，“那通道的防御就达到了C级，所以这机械族宇宙飞船最低也是D级。它的价格非常昂贵，很多域主级强者都买不起。”

“哦？”狄梵惊讶地看向百卡罗，“这么贵？”

“嗯！它的体积如此大，如果是E级，那简直太惊人了，绝对比之前轰动整个黑龙山星域的界中界宝藏还要惊人。”百卡罗摇摇头，“不过，它是E级的概率很低。”

“它就是E级宇宙飞船。”罗峰肯定地说道。

“啊？”狄梵和百卡罗都惊讶地看向罗峰。

狄梵忍不住道：“主人，这艘机械族宇宙飞船从外表根本无法判定级别。”

“它是E级，我很确定。”罗峰看着眼前的巨型金字塔，随即看向狄梵二人，“你们穿的战衣分别是什么级别？”

“主人，我里面穿的是三阶原力战衣，外面穿的则是D3级合金战衣。”狄梵说道。

“我里面穿的是三阶原力战衣，外面穿的是D5级合金战衣。”百卡罗道。

罗峰微微点头。

原力战衣类似于黑神套装，是可以随主人心意覆盖全身的，不过，原力战衣的防御程度取决于原力的强弱，原力越强，原力战衣防御越强。原力战衣非常昂贵，和念力兵器之类相当。

合金战衣的技术含量很低，类似于大盔甲，优点是价格便宜，缺点也很明显，合金战衣有很多漏洞，不可能将身体百分百保护好。

“百卡罗，你进入机械族宇宙飞船吧！”罗峰下令，“这是智能芯片，进入控制室后，你将智能芯片插入其中即可。”

“是，主人。”百卡罗恭敬地从罗峰手中接过芯片，而后转头飞向通道。

机械族宇宙飞船的通道中立即射出三色光芒。

百卡罗速度几乎不减，直接冲入其中。

“机械族宇宙飞船！”罗峰看着眼前的巨大金字塔，心中感慨，“这艘宇宙飞船的主人可是那个机械族不朽级强者啊！”

第375章

蒙了

“机械族不朽级强者！”仅仅想想，罗峰就感到压力很大。

不朽级强者实力极强，足以颠覆整个黑龙山星域。

其肉身达到光速，能够穿梭宇宙。对他们来说，在原宇宙或者暗宇宙中闯荡，很是容易。

“巴巴塔，我们现在想将不朽级强者的宇宙飞船弄到手，会不会遇到困难？”罗峰用意念问道，“身为不朽级强者，应该不会轻易让他人夺走自己的宇宙飞船吧？”

“没错！就拿陨墨星号飞船来说，如果我强行关上闸门，就算是界主级强者，都无法闯进陨墨星号飞船。”巴巴塔缓缓说道，“能不能得到这艘机械族宇宙飞船，就要看你的运气了。其实，机械族不朽级强者和其他种群的不朽级强者是有区别的。”

“区别？”罗峰闻言一怔。

“嗯！罗峰，我问你，一般用来控制宇宙飞船的是什么？”

“智能光脑。”罗峰回道。

“没错，智能光脑。你的老师就是用我这个智能光脑来控制陨墨星号飞船。然而，机械族都是智能生命，比任何一个智能光脑都先进得多，机械族中最伟大的不朽级强者可是比我还要强的智能生命。你说，机械族不朽级强者的宇宙飞船还需要专门弄一个智能光脑吗？”

“你的意思是……”罗峰眼睛一亮。

“机械族不朽级强者的宇宙飞船不需要智能光脑，只需要使出它亿万分之一的操控能力，就能轻易控制一艘宇宙飞船。”巴巴塔说道。

“它死了，也就没有人控制这艘机械族宇宙飞船了。”罗峰笑道。

“嗯！现在就看你的运气好不好了。如果这艘机械族宇宙飞船从舱门通往控制室的其中一道关卡是关闭的，比如控制室的大门是关闭的，而且很难打开，那就麻烦大了。如果一路畅通无阻，那你就走大运了。”

罗峰和狄梵看着眼前巨大的金字塔，默默等待。

五分钟后——

“主人，成功了。”一道意念传来。

“太好了！”罗峰眼睛一亮。

“我的附属智能开始侵入机械族宇宙飞船的控制程序，嗯，侵入成功！切断舱门能源供应，成功！”巴巴塔欢呼起来，“罗峰，走，可以进入宇宙飞船内部了，不用担心通道里会存在攻击。”

“狄梵，走！”罗峰一声令下，当先飞向机械族宇宙飞船的入口。

入口的通道处于机械族宇宙飞船靠下方的位置，足足有数十米宽。

罗峰的身上是合金战衣，里面则是摩云战衣，将全身覆盖得无比严实。

他心念一动，一根藤蔓伸入通道中。

“果然安全。”罗峰直接飞入通道。

狄梵则紧随其后。

“好奇特的布局！”

罗峰进入机械族宇宙飞船中，惊讶地发现，里面的布局不同于人类宇宙飞船的正常布局。飞船内有一条主要的通道，通道足足有30米宽，呈环形，不断环绕着往上，好像环山公路。

控制室呈圆形，地面的材质奇特，显得晶莹剔透，控制室中竟然没有操控台，只是，控制室中央的上方悬浮着一颗巨大的水晶球。

“主人！”百卡罗看向罗峰。

“你做得不错。”罗峰笑道。

“巴巴塔，查看这艘宇宙飞船。”罗峰道。

“是！”巴巴塔当即探察起来。

“能量护罩完好！天哪！能量护罩的级别竟然这么高，即便不算上整艘宇宙飞船本身的防御，单单能量护罩，就能抵挡E9级宇宙飞船的攻击。也就是说，如果修为没达到不朽级，根本破不开这层能量护罩。”巴巴塔的声音回荡在控制室中。

罗峰、狄梵、百卡罗都愣住了。

“这，这到底是谁的宇宙飞船？”百卡罗忍不住问道，“这简直太惊人了。宇宙中卖的E9级宇宙飞船的防御也没这么强。”

“它的主人是一个不朽级强者。”罗峰说完，补充了一句，“机械族的不朽级强者！”

百卡罗和狄梵眼睛瞪得大大的。

机械族不朽级强者？！

不朽级强者实力都很强，而且无比尊贵。机械族有着无比先进的科技，机械族的不朽级强者该是何等强大的存在啊！

“攻击性武器完好！”巴巴塔朗声说道，“这艘机械族宇宙飞船上竟然有三台歼星炮、九台E3级镭射炮。这里的科技武器比你老师的那艘宇宙飞船上的还要厉害，不愧是以科技闻名的机械族。”

罗峰蒙了。

歼星炮？这可是传说中的顶级科技武器，一炮就能毁掉一颗星球。论威力，完全可以和不朽级强者相媲美。当然，歼星炮也有缺陷，一是辐射范围广，无法像不朽级强者那样将攻击力凝聚；二是消耗的能量惊人。不过，就算有两个缺点，也挡不住宇宙人类对它的渴望。

“动力系统，完好！罗峰，你赚了，这机械族宇宙飞船的动力系统太强了。难怪宇宙飞船的廊道是环绕式结构，原来这艘机械族宇宙飞船的核心几乎都是动力系统。这艘机械族宇宙飞船高1200米，竟然超过三分之二的地方都是动力系统舱室。而且，瞬间加速、躲避等机动性绝对不比陨墨星号飞船差。

“按照机械族宇宙飞船中的资料，其制造材料是合金，达到E级巅峰，具有自我修复功能。加上能量护罩叠加，绝对属于E级巅峰宇宙飞船，机动性惊人，故而无比昂贵。这还没有计算歼星炮等武器的价值。

“罗峰，你这次真的发达了。单单这艘机械族宇宙飞船，就比界中界的宝藏都要珍贵。”

罗峰不像刚开始那般激动，而是一脸疑惑。

“虽然它很珍贵，但是也只是E级宇宙飞船。而陨墨星号飞船是F9级的，一般的域主级强者使用的是D级宇宙飞船，界主级强者使用E级宇宙飞船，不朽级强者应该使用F级宇宙飞船吧。这艘机械族宇宙飞船毕竟只达到E级巅峰，没你说的那么夸张吧？”

“错，错得离谱。”巴巴塔没好气地道。

“主人，不是这样的。”百卡罗也说道。

罗峰很是疑惑。

旁边的狄梵也一头雾水。

“罗峰，你竟然说出如此愚钝的话，以后千万别说是陨墨星一脉的传人，简直丢你老师的脸。狄梵过去是奴隶，傻乎乎的也就算了。我平常让你多看书，多了解宇宙的常识，可是，你嫌那些资料太多……”巴巴塔开始批评罗峰。

“我错在哪里？”罗峰打断巴巴塔的话。

“首先，人类的宇宙飞船之所以不算昂贵，就是因为材料是合金。纯金属的宇宙飞船被视为奢侈品，合金的宇宙飞船不算什么，你知道吧？”巴巴塔道。

“我明白，合金比较便宜，性价比高。”罗峰点点头。

同样是C5级，纯金属比合金要贵百倍。

“宇宙中，最强的合金也就达到E9级。不管是人类，还是更加先进的机械族，制造出的最先进合金也就达到E9级，想要制造一艘F级的宇宙飞船，所用的材料只能是纯天然的金属，比如你老师用的赤混铜母，因为根本没有F级合金。

“F级的纯金属也极为稀少，比如赤混铜母，有时候一座赤混铜矿挖掘下来，得到的赤混铜母可能就只有一两吨。想要凑到能够制造出巨大的宇宙飞船的赤混铜母，这简直是不可能的事。

“大多数不朽级强者用的是E级巅峰宇宙飞船，这比界主级强者用的E级巅峰宇宙飞船的体积更大，动力舱更大，机动性更强，价格相差更大。

“你的老师是不朽级强者中的超级高手，所以用得起陨墨星号宇宙飞船，即便如此，他也耗费了大量资产和无数宝物。而这个机械族不朽级强者使用的宇宙飞船比人类族群中的很多不朽级强者使用的宇宙飞船还要先进，主要是其机动性更强。

“我给你估算一下，普通的界主级强者用的是E级飞船，大概1万亿宇宙币，相当于1混元，而不朽级强者用的E级巅峰宇宙飞船一般需要数百万亿宇宙币，相当于数百混元，这艘机械族E级巅峰宇宙飞船却价值一两千混元。你之前在界中界得到的所有宝藏加起来才价值11混元，所以界中界的宝藏都比不上这艘机械族宇宙飞船。”

第376章

乾巫拍卖会

准确的数字对比，最能清晰地表明这艘机械族宇宙飞船的珍贵。

“天哪！”百卡罗眼睛瞪得滚圆。

他的梦想是名列刀锋族圣殿。

成为界主级强者，即可名列圣殿。

“就算是界主级强者，也买不起这样的宇宙飞船啊！”百卡罗心中暗道。

“这，这足够买下多少宇宙级奴隶啊！”狄梵张大了嘴巴。

两个宇宙级强者都失态了，如此昂贵的机械族宇宙飞船，足以令不朽级强者心动，足以令界主级强者疯狂，更别说域主级强者和宇宙级强者了。

单单机械族宇宙飞船上的歼星炮，就足以令宇宙中等文明国度眼热，这绝对属于战略级的极具威慑性的大杀器。

“罗峰，你可别暴露了这艘机械族宇宙飞船。这就跟你的陨墨星号飞船一样，是要秘密保存的宝物。当然，单单看外表，是判断不出其真正价值的，大多数人会认为这是D级机械族宇宙飞船。即便如此，你区区一个恒星级强者，却拥有一艘D级机械族宇宙飞船，也会惹人眼红。

“这艘机械族宇宙飞船对于你的大用处有三点：其一，保命。在生死时刻，你躲进这艘机械族宇宙飞船中，就连界主级巅峰强者都破不开，你可以乘着它逃命。其二，杀敌。你可以凭借这艘机械族宇宙飞船上的歼星炮和E3级镭射炮对付敌人。此外，机械族宇宙飞船极其灵活，能够迅速靠近敌人，而后近距离靠着镭射炮发起攻击，就连域主级强者都抵挡不了，必死无疑。其三，卖钱。万不得已的情况下，你可以将其卖掉，换取巨额财富。

“第一项和第二项都有缺点，一旦使用，就会让人知道你拥有E级机械族宇宙飞船，很容易引起界主级强者，乃至不朽级强者的注意。所以，不使用则已，一旦使用，就必须将觊觎的人全部杀了，一个不留。

“至于第三项，需要钱的时候，可以通过你老师的五星级账户将其卖掉。不过，卖掉之后，你想要再买回来很难，因为配有歼星炮的机械族宇宙飞船完全可以拿去中等拍卖会进行拍卖，而中等拍卖会的客户最低等级是四星级。罗峰，你就算卖掉这艘机械族宇宙飞船，也算不上四星级客户，想要成为四星级客户，最低存款要达到1万混元，四星级客户几乎都是不朽级强者或者一些大势力的巨头，所以，一旦卖掉，短时间内买不回来了。”

罗峰点点头。

“不卖！我现在不缺钱。反正这是抢手货，随时能够轻易卖掉。而且，我把这个放在身边，也算是得了一张王牌。若哪天实在缺钱了，我再卖掉。”

忽然，罗峰眼睛一亮：“巴巴塔，这艘机械族宇宙飞船上的歼星炮能拆下来吗？反正有三台歼星炮，卖掉两台也好。”

“你想得美！这机械族宇宙飞船的制作工艺高超，整艘宇宙飞船是完美的整体，连歼星炮、镭射炮都是其中的一部分。虽然材料不如陨墨星号飞船，可是制作工艺比陨墨星号飞船高超得多。陨墨星号飞船主要强在材料，还有那无比锋利的边缘，一个加速冲击，切割星球简直轻而易举，至于其他技术方面，就要低一等了。”

“不能拆就不拆吧，反正暂时钱够用。”罗峰笑道，“巴巴塔，你将这艘机械族宇宙飞船收进你的储物空间，我们回家。”

虽然得到了一艘机械族宇宙飞船，但是这机械族宇宙飞船轻易用不得，一旦使用，很容易暴露，所以罗峰只能让巴巴塔将它收进储物空间中。

“机械族宇宙飞船至少没有损坏，是完好的。陨墨星号飞船虽然比机械族宇宙飞船贵很多，可是它是损坏的，无法使用。”罗峰嘴里念叨着。

后面的狄梵和百卡罗相视一眼。

主人真的太敢说了！

要知道，在不朽级强者的座驾中，机械族宇宙飞船算是不错的，而陨墨星号飞船是绝大多数不朽级强者只能眼馋却买不起的。F级宇宙飞船无比昂贵，更别提这是F9级的宇宙飞船。

“有个厉害的老师就是好。”狄梵看了百卡罗一眼，意念传音，“百卡罗，你怎么拜诺岚山为师啊？诺岚山区区宇宙级九阶强者，根本没前途。你看主人多厉害啊，他的老师在不朽级强者中都属于顶尖高手，而且，殒身了，刚好将财产全部传给主人，若是那超级强者还活着，说不定主人还捞不到多少好处呢。”

百卡罗瞥了狄梵一眼，意念传音：“你这说的什么话！滚！”

“开玩笑！别生气！”狄梵讪讪一笑。

时间飞快流逝。

当初，罗峰等人在虚无区域的虫洞就探测到，前后有三艘宇宙飞船飞来了地球。第一艘是诺岚山家族的D3级宇宙飞船，第二艘是D1级宇宙飞船，第三艘是C8级宇宙飞船。

他们解决了入侵地球的诺岚山人马，得到机械族宇宙飞船后不久——

2265年11月12日，那艘D1级宇宙飞船抵达地球。

地球的外太空。

穿着战衣的狄梵站在外太空中，遥看前方的深紫色飞碟形宇宙飞船。

“这位大人，您好，我们是来自黑龙山帝国波特雷家族的使者……”

十二个恒星级强者飞了出来，其中十个是恒星级九阶强者，还有两个分别是恒星级三阶和五阶强者，其中那个恒星级五阶强者是一个魁梧的青年。

波特雷家族是黑龙山帝国十六大家族之一。

“波特雷家族？哼！地球是我们三斧山辖下的一颗星球，禁止外来者进入。”狄梵的声音在念力传输下，传到那十二个人的耳边。

“三斧山？”魁梧青年脸色微变。

三斧山可是四大组织之首，就连两大圣地面对三斧山也得客客气气的。

“你们如果闯入地球，就别怪我不客气。”狄梵怒喝一声，随即掉头，直接飞向地球。

那十二个人彼此相视一眼。

“大人，怎么办？”

“还能怎么办……”魁梧青年无奈地道，“对方随便派出一人，就是宇宙级九阶强者，我们若是执意闯入地球，不是去送死吗？”

当即，这艘D1级宇宙飞船灰溜溜地离开了。

六天后，那艘C8级宇宙飞船抵达了地球，被狄梵用同样的方法给吓走了。

这两艘宇宙飞船只是两大家族派出来探测的，怎敢招惹宇宙级九阶强者？

至此之后，罗峰的生活变得无比平静。

不过，他一直在等待很关键的日子——12月16号。

正是三年一度的乾巫拍卖会举行的日子。

虚拟宇宙，黑龙山岛屿，九星湾。

茶室中。

罗峰坐在椅子上，右手端着一个玻璃杯，玻璃杯中盛满了琥珀色的茶水。

“明天就要举行乾巫拍卖会了，乾巫拍卖会的最低级别客户都是三星级客户。”罗峰闻了闻茶香，继续道，“之前有过几宗消费，我的账户资金已经不足10混元，账户资金低于三星级客户的最低界限，当初乾巫拍卖会发送给我的邀请函还有效吗？”

“罗峰，你的想法错了。你的账户里之前有11万亿宇宙币（即11混元），你就成了三星级账户。现在你消费了几笔，账户里的资金变少了，难道就不是三星级账户了？

“要知道，有些金融大富豪账户里面的资金是经常流动的，今天资金可能有200混元，明天可能用得只剩下1混元，后天，他的账户里可能又增加了300混元，难道他一会儿是三星级客户，一会儿是二星级客户？”

罗峰闻言一愣。

“就拿你的老师来说，当初为了得到陨墨星号飞船，账户里的资金几乎消耗光了。有时候，他卖掉一件宝物，账户里的资金急剧增多，一会儿多，一会儿少，这是很正常的。”巴巴塔笑道，“银行是不会轻易给客户降级的。”

“只有你账户里的资金长期低于最低界限，才会被降级。”巴巴塔又道，“账户级别越高，期限越长，比如五星级账户，就算其账户里面的钱用光了，1亿年内，等级都不会降低。”

罗峰点点头。

巴巴塔说得很有道理。

他慢慢啜饮着茶水，心中暗自期盼着。

三年一度的乾巫拍卖会将吸引乾巫宇宙国无数界主级强者，乃至不朽级强者参加，参加的最低等级客户就是三星级客户。而且，各种各样平常买不到的限制级的物品都会一一出现在拍卖会上。

“为了购买营养舱、D5级轨道炮、修炼本尊天地秘法需要的珍贵宝物，耗费了约5个混元，我还给了罗华2个混元去投资，所以我就剩下4万多亿宇宙币了。”罗峰暗自盘算，“明天去参加乾巫拍卖会，也不知道能买到什么宝物。回头去问问罗华，经过这两年，不知道他投资得怎么样。”

第377章

乾巫宇宙国

黑龙山岛屿，九星湾。

罗峰住处的旁边有一座木制别墅，罗峰沿着楼梯来到别墅的三楼，三楼楼梯口房间的玻璃门紧闭。

“吱呀！”罗峰推门而入。

近百平方的房间里有数张电脑桌，每一张电脑桌上都放着一台笔记本电脑，男男女女们坐在电脑桌前，不断地敲击着虚拟键盘，查看各种资料。

房间内一共有21名工作人员。

最靠后的位置，摆放着最大的电脑桌，桌旁坐着一个长相酷似罗峰的青年，只是此人瘦弱一些。

“哥！”罗华看到罗峰，惊讶地喊道。

“你这里挺热闹的。”罗峰环视整个工作室，笑道。

“罗先生，你好！”

“罗先生！”

一名名工作人员都恭敬行礼。

这都是一直跟着罗华的投资人员，因为配合得很好，罗华将他们都带到了虚拟宇宙中。虽然有智能光脑可以辅助，但是智能光脑和人还是有区别的。

“哥，你怎么来我这里了？走，我们到旁边聊。呃，等一下。”罗华迅速回到电脑前，输入指令，而后才跑回来，“走！”

工作室旁边就有一个茶室。

罗峰和罗华坐了下来。

“哥，你竟然在我工作的时候过来了，很少见啊。”罗华笑道。

“是这样的，明天是三年一度的乾巫拍卖会举行的日子。”

“乾巫拍卖会？”罗华一愣，随即露出喜色，“是不是传说中乾巫宇宙国的最高档次的拍卖会？我上次和一个投资者聊天的时候，听他提起过，听说参加乾巫拍卖会的人的账户等级很高。”

“嗯！等级最低的都是三星级客户。”罗峰点点头。

罗华瞪大眼睛，道：“三星级客户？这拍卖会的档次确实够高的！”

整个黑龙山星域，三星级客户少得可怜。

看来，参加乾巫拍卖会的都是大人物啊！

罗峰笑道：“我来你这里，是想问问，两年前给你的2万亿宇宙币还有多少？”

“在宇宙中的投资市场，或者在很多投资板块上，2万亿宇宙币都算得上是一笔大资金了。大资金有好处也有坏处，好处是能够进行一定程度的操控，坏处是不够灵活，有时候抛售不了。

“去年，刚开始赚了50%，可也有亏的时候，总体来说，没赚没亏，算是积累了操作大资金的经验，完善了投资策略。今年，收获最大时，资产达到3.6万亿宇宙币。不过，最近行情不好，只剩下3万亿宇宙币了。不过，也不用着急，行情是时刻变化的，我现在就等着行情出现转机。”罗华笑道。

罗峰点点头，道：“我现在需要钱用，你能拿出多少？”

“你需要钱的话，那就必须抛售，毕竟我手里的都不是现钱。”罗华郑重地道，“可是，现在抛售，说实话，并不划算。我最近半年布局完毕，现在就等着行情转变，大赚一笔。不过，哥如果急着用，一天内就能抛售掉，可是，如此一来，容易引起价格下跌，估计弄到2.8万亿宇宙币就算不错了。”

“不急，这场拍卖会要持续10天，如果我手头的钱不够，再联系你。”罗峰说道。

“好的。”罗华点点头，“哥，我随时在线。你如果需要筹钱，立即通知我，我会立马抛售股票，换取现金。如果实在着急，我已经跟一位朋友谈好，到时候可以紧急拆借资金，用我投资的那些资本作为抵押。”罗华说道。

……

“罗峰，回头你可要将拍卖会的情况跟我说说，我对乾巫拍卖会也很好奇呢。”徐欣笑道。

罗峰点点头。

他和父母、妻子、弟弟等人告别，直接离开了九星湾小区。

随即，他招来了天马，乘坐天马来到传送点。

“传送！”罗峰站在传送点内，手持乾巫拍卖会的邀请函。

“嗖！”他瞬间离开了黑龙山岛屿，被传送到了乾巫大陆上空的悬空城。

这是一座悬浮在云雾中的雅致的城池。

那邀请函射出点点光芒，令悬空城自动打开通道，放罗峰入内。

悬空城中景色优美，花草随处可见，而最惹眼的就是那无比庞大的建筑物——拍卖厅。

三年一度的乾巫拍卖会都是在拍卖厅中举行。

“先生，你好，欢迎你参加这一届的乾巫拍卖会，这是你的座位号。”

“小姐，你好，欢迎你参加这一届的乾巫拍卖会，这是你的座位号。”

拍卖厅入口的人已经排成了两条长龙。

有的人穿着华丽，有的人则穿着朴素，有的长着蛇的身子，有的则是七八米高，各种各样的人前来参加乾巫拍卖会，好不热闹。

“这么多三星级客户？！”罗峰也在排队，心中讶异。

排在他前面的是一个巨汉，后面的则是只有一米高，却有着三只眼睛的矮个男子。可是，那自然散发的强者气势令罗峰莫名感觉到压力。

“三星级客户几乎都是界主级强者，极少数是大商人，或是一些有背景的年轻人。”巴巴塔的声音在罗峰的脑海中响起。

“几乎都是界主级强者？”

罗峰目光一扫，发现排队的有数千人。

这里有数千个界主级强者?

“这拍卖厅一共有16个入口，其他15个入口也有很多人在排队。现在在排队的界主级强者大概有10万人。”巴巴塔说道。

“10万？”罗峰瞪大了眼睛。

这里来了10万个界主级强者？！

“普塔，参加上一届乾巫拍卖会的超过131万人，你说参加这一届拍卖会的人会不会更多？”罗峰前面的全身仿佛燃烧着火焰的大汉沉声问道。

“嗯！肯定会超过。据说今年会有一个进入初始宇宙参悟的名额，这个名额是属于界主级强者的。很多不朽级强者都来了，想要买下这个名额。为了得到这个名额，这次来的界主级强者非常多。”大汉前面的全身罩在袍子中的男人用沙哑的声音说道。

罗峰闻言一惊。

排队的空当，他总是能听到周围的一些界主级强者低声议论。

听到这些界主级强者议论的话题，他感到迷惑，同时又很震惊。

比如——

“这次去星域秘境，我们一道去的有18个界主级强者，最后只有3个人侥幸出来了，其他15个人或许过几万年甚至几百万年会出来，也有可能永远出不来了。”

……

“你们托塔军团这次在域外战场立了大功，恭喜！”

……

旁边的界主级强者大多认识，都在谈论这些话题，唯有罗峰沉默不语。

“这位兄弟，你是哪个家族，抑或组织的？”罗峰身侧的独眼男子笑着打招呼道。

“没家族，也没组织。”罗峰直接回道。

“哦！”独眼男子点点头，没有追问。

单单看外表，其实就能看出很多人的实力。周围的一大群界主级强者轻易就发现罗峰的实力比较弱。不过，在这个场合，越是实力弱，就越不能得罪，因为实力弱都能成为三星级客户，背景一般都很可怕。

“先生，你好，欢迎你参加这一届的乾巫拍卖会，这是你的座位号。”

罗峰接过一块黑色令牌，看到黑色令牌上有着半透明的屏幕，屏幕上有着座位号——KND99286。

……

“这里好大啊！”进入拍卖厅，罗峰眼前一亮。

整个拍卖厅仿佛地球上的足球场，四周看台上的座位极多，密密麻麻的。

“这里一共有300万个座位，每个座位都是6米宽、10米高。”巴巴塔的声音在罗峰的脑海中响起。

罗峰点点头。

300万个座位，一环环排列下来，简直一眼看不到尽头。座位都设计得很大，主要是考虑到有很多体形大的客户。

“KND99286。”罗峰按照号码找到座位，便坐下来了。

拍卖厅中，人们议论纷纷。

“这么多界主级强者？！”罗峰惊叹一声。

“乾巫宇宙国有13000多个星域，其中的黑龙山星域就有近百个界主级强者，因为有很多不朽级强者的教导，乾巫宇宙国中产生界主级强者的概率更高，整个乾巫宇宙国的界主级强者有数百万之多。”

不愧是宇宙国度，势力实在是太强大了。

第378章

窒息

“乾巫宇宙国拥有无比庞大的势力，就连你的老师也无法与之相比。面对庞大的乾巫宇宙国，不朽级强者也只能低头，毕竟乾巫宇宙国人多势众。当然，像你的老师那样无牵无挂，实力超强的不朽级独行者，乾巫宇宙国不会轻易招惹，可是，若真的斗起来，只需付出一定代价，灭了你的老师也是没问题的。”巴巴塔感慨道。

罗峰点点头。

看着拍卖厅内的界主级强者们，罗峰就明白什么叫人多势众了。

三个小时后——

“各位！”一道清亮的声音回荡在拍卖厅中。

拍卖厅中的人顿时安静下来。

一个背着黑色龟壳的光头老者站在拍卖厅的中央，上空则出现了老者近千米高的三维虚影。

“欢迎大家来参加乾巫拍卖会，感谢虚拟宇宙公司、宇宙第一银行、宇宙星河银行、巨斧斗武场、宇宙佣兵联盟，还有乾巫宇宙国的鼎力支持。相信很多人都认识我，大家可以称呼我为老巴托，这次依旧是老巴托为大家主持这场拍卖盛会！

“上一届的乾巫拍卖会有1316038名参与者，参加此届乾巫拍卖会的人数刚刚统计出来了，大家知道有多少人吗？此次一共有1823959人，比上次超出了50多万人。”

顿时，拍卖厅内响起了议论声。

罗峰心中暗叹：“在黑龙山星域，我的实力大概能排在前100名，可是，在乾巫宇宙国……”

“废话不多说！这一届拍卖会很快就要举行了。在拍卖会正式开始之前，老规矩，我们先来拍卖一次，算是热场。”

老巴托指向一旁，旁边顿时出现了巨大的屏幕，屏幕上出现了一个精美绝伦的宇宙星系，一个个星系疾速掠过，每一个星系中都有很多生命星球，生命星球中的强者很多。

“这是塔纳星域！我们乾巫宇宙国有13000多个星域，塔纳星域是排名靠后的小型星域，整个星域一共有668个星系。这是一个不朽级强者的领地，那个不朽级强者准备进行一次生死冒险，所以要将塔纳星域脱手，所以，此次拍卖会热场的拍卖品就是塔纳星域。”老巴托高声说道。

在场的人再次议论纷纷。

罗峰很是震惊：“一开始就拍卖一个星域？”

须知，宇宙初等文明国度银蓝帝国也不过8个星系，塔纳星域虽然是小型星域，可也有600多个星系。

“热场的拍卖品就是一个小型星域，看来这一届乾巫拍卖会中很可能出现很多超高价的拍卖品啊！”

“早就听说此次乾巫拍卖会压轴的是前往初始宇宙参悟的一个名额。这次拍卖会绝对算是万年内数一数二的拍卖会了。”

周围传来了一些议论声。

乾巫拍卖会是三年举行一次。不过，每一届拍卖会都有所区别，数千年乃至上万年，会出现一场拍卖品等级较高的拍卖会。一般来说，根据热场拍卖就能看出这场拍卖会的层次了。

“塔纳星域是一个独立的星域，只要不建国，就可以受到乾巫宇宙国的保护。这么一个星域，绝对可以成为一个家族传承亿万年的根基，可以作为战士基地，可以打造成奴隶星系。整个宇宙国的星域就那么多，而用来拍卖的更是少之又少，现在大家开始出价吧，底价是300混元。”老巴托高声喊道。

顿时，旁边的大屏幕上出现了底价数字——300混元。

“400混元！”

很快，就有人出价了，价格还不低。

看到这一幕，罗峰很是疑惑：“巴巴塔，一个星系的价格是1000到10000宇宙币，这个星域一共有668个星系，按理说，两三百混元差不多就能买下了。”

“罗峰，你说的是星系单独售卖的价格，现在可是售卖整个星域，这是不一样的。星系分散开来，很容易遭到周边的势力欺压，很难发展，而星域是一个整体。”巴巴塔解释道，“星域内部相互支持，周边势力想压迫都很难，所以，星域单独售卖，价格很高。”

罗峰拿着黑色令牌，遥看中央的大屏幕，大屏幕上的数字不断刷新。

400混元，420混元，460混元……

眨眼的工夫，屏幕上的数字就变成了860混元。

861混元……868混元……876混元……

屏幕上的数字的上升幅度变慢了。

“1000混元！”

突然，屏幕上出现了一个数字。

拍卖厅一片寂静，再也没有人继续报价。

“1000混元，倒数三秒，3、2、1……恭喜编号KBR38293的客人，你拍下了塔纳星域，成为塔纳星域的主人。”老巴托的声音无比洪亮，“本届乾巫拍卖会倒计时开始，58、57……3、2、1！”

拍卖厅变得无比耀眼，光芒映照在周围的强者脸上。

“本届乾巫拍卖会正式开始！现在展出第一批拍卖品，各位都能在拍卖令牌上看到即将进行拍卖的1000件拍卖品，想要买下拍卖品的，请做好准备，准备出价。”老巴托朗声说道，“现在开始拍卖第一件物品——金属类生命伯纳族族人92个。”

“伯纳族金属生命可以和宇宙飞船融合，令宇宙飞船拥有自我恢复和自我升级的能力。”

此次拍卖的伯纳族金属生命一共有92个，底价为2000亿宇宙币，报价排名前92名，将会获得伯纳族金属生命。”老巴托介绍道。

顿时，拍卖厅中的很多人准备出价。

罗峰低头看看手上的黑色令牌，心中暗道：“一下子就拍卖92件，进程够快的。金属生命竟然能和宇宙飞船融合，金属生命实力提升的同时，能令宇宙飞船不断升级，有意思！”

罗峰看着不断上升的拍卖价，摇摇头，没有再出价。

……

一件件拍卖品很快就售罄了。

成交价最低的是数百亿宇宙币，一般的成交价都是数千亿宇宙币，毕竟最开始的热场拍卖属于个例。

能够出1000混元这个价的，估计是四星级客户。

……

“澜可果实是培育灵兽和植物生命的最佳物品。此外，如果你身受重伤，服用澜可果实，也有治疗效果。100颗澜可果实为一份，这里一共有39份澜可果实，每份澜可果实的最低报价为1000亿宇宙币。”

一个星系有数十万颗星球，价格就在1000亿到10000亿宇宙币之间。这里的物品随便拿出一件，一般都抵得上几万颗生命星球，乃至数十万颗生命星球。

“罗峰，买下一份，澜可果实对摩云藤有非常好的培育效果。”

于是……

罗峰分别花费1800亿、1810亿宇宙币，买下了两份澜可果实。

……

“机械族战衣的表层会自然形成一层能量罩，能量罩的能量来源是战衣内部的能晶。这是D8级的机械族战衣，穿在身上，防护效果极强。即便只是一个行星级强者，只要穿上它，就连域主级五六阶强者也休想破开，念力不能穿透。机械族战衣仅此一件，是送给心爱弟子或者子孙的最佳礼物，拥有了它，将会安全得多，底价为1混元！”老巴托高声喊道。

看到这件物品，罗峰惊讶不已。

不需要自身实力多强，只要穿上机械族战衣，就能抵挡外部攻击。罗峰是第一次见这玩意儿。

“天哪！拍卖价上升得好快。”罗峰看着屏幕上不断变化的数字，顿时目瞪口呆。

最终成交价是9.8混元，快接近10混元了。

“罗峰，机械族战衣的防御程度很强，是非常罕见的。别说D8级，连C级机械族战衣你恐怕都没见过。这种玩意儿是奢侈品，估计买下这件机械族战衣的是不朽级强者。”巴巴塔说道。

罗峰点点头。

各种拍卖品令人眼花缭乱，随便一件就足以令域主级强者疯狂。可是，这是乾巫宇宙国最顶尖的拍卖盛会，100多万个界主级强者汇集于此，甚至有一些不朽级强者，报价起来可是毫不犹豫。

三批拍卖品很快就卖掉了。

“接下来将展出第四批拍卖品。各位可以在拍卖令牌上看到即将进行拍卖的1000件物品，看到想要买下来的物品，请做好准备。”老巴托笑着说道。

“衍神兵！精神念师掌控者九大神兵之一的衍神兵！罗峰，这是最适合你的念力兵器，你一定要拍下。”

罗峰刚看向拍卖令牌，脑海中就响起了巴巴塔激动的大喊声。

第379章

衍神兵

“掌控者九大神兵之一？”罗峰看向手中的黑色令牌，黑色令牌的屏幕上有1000件拍卖品的详细清单。

“衍神兵最适合你，平常是很难买到的。罗峰，你一定得买下。”

“好的，我先看看。”罗峰点点头。

很快，他就找到了衍神兵。

他轻轻点击一下，就看到了衍神兵的详细讯息。

衍神兵乃精神念师掌控者九大神兵之一，全名“九重浑天衍”，普通形态为一根暗金色长棒，内含10081把薄如蝉翼的金色小剑，每一把金色小剑都蕴含了无比玄奥的本源法则秘纹。

精神念师掌控者有九大神兵，其中八件神兵是金、木、水、火、土、风、雷、光线这八大本源法则结合时间或者空间法则所制造出来的。

九大神兵的最后一件则融合了时间和空间这两大深奥的本源法则，而衍神兵是融合金、空间这两大本源法则的神兵，威力极大。

衍神兵一共分为九重形态，一重比一重威力大，同样，操控难度也是不断加大。

要练成衍神兵的九重形态是很难的。

对于恒星级强者而言，练成第一重形态很难。能施展出第一重形态的恒星级强者，堪称同阶强者中无敌的存在。

对于宇宙级强者而言，能施展出第三重形态，就能号称同阶强者中的无敌存在，在巨斧斗武场获得千场连胜都轻而易举。

……

对于域主级强者而言，能施展出第六重形态，绝对是域主级强者中的无敌存在。放眼乾巫宇宙国，乃至整个人类，能够施展出第六重形态的域主级强者，绝对是同阶强者中最厉害的，甚至能跟同阶的金角巨兽相媲美。

若是界主级九阶强者能施展出第七重形态，绝对算得上是界主级强者中的巅峰强者。

界主级九阶强者能施展出第八重形态，在整个乾巫宇宙国都能号称界主级强者中的无敌存在。

第九重形态乃最高形态。无数年来，宇宙中几乎没有界主级强者能施展出第九重形态，一般能施展出第九重形态的界主级强者早就突破到不朽级了。

……

衍神兵既是最强，也是最弱。

最强是因为它拥有九重形态，而且一重比一重厉害。

最弱是因为它的九重形态施展的难度太大，若是悟性差的人，使用一般的念力兵器的效果更好。

……

衍神兵一共九件，每一件的拍卖底价为5000亿宇宙币。

“九重浑天衍真不简单！”罗峰喃喃道。

这时，坐在罗峰左侧的黑鳞大汉沉声道：“这位兄弟，你看上九重浑天衍了？衍神兵可不是一般人能使用的。要知道，九大神兵操作起来很难，最是重视使用者对法则的感悟。若是没有能耐，还是购买一般的念力兵器，反而能发挥更强的威力。记住，购买兵器时，别买最好的，要买最适合自己的。”

“你说得有道理。”罗峰笑道。

黑鳞大汉咧嘴一笑，又道：“小兄弟，我说的可都是肺腑之言，有钱也不能浪费啊，购买最适合自己的就行了。”

“谢了。”罗峰不再说话，心中暗道，“衍神兵就是最适合我的。”

现如今他对金之本源法则都有了一定的领悟，至于领悟空间本源法则，虽然没有一点进展，可他一直在努力。

他有这么好的条件，当然要得到衍神兵。

“罗峰，那遁天梭的施展极限就是宇宙级。你现在的金角巨兽完全能施展遁天梭的威力了，它对于你没有挑战性。而衍神兵不同，不怕不够你施展，就怕你根本没能耐发挥出它最强的威力，它可有九重形态等着你突破呢。”

“明白。”罗峰连连点头。

“巴巴塔，据你估计，这衍神兵要多少钱？”罗峰问道。

“衍神兵一共有九件，在场的强者中，大概只有感悟金和空间这两大本源法则的精神念师掌控者会争着出价。不过，整个拍卖厅中的强者基数大，据我估计，这价格会冲得比较高，不过你的钱应该足够买下了。”

“嗯。”罗峰点点头。

他的账户余额39860亿宇宙币，拍下衍神兵，难度不大。

“衍神兵拥有九重形态。你若是能施展出第九重形态，可纵横浩瀚宇宙，不单单是在人类的诸多宇宙国，就是在机械族、妖兽族，乃至星空巨兽族群中，恐怕都难寻对手。”老巴托朗声说道，“好，现在开始竞价，一共有九件衍神兵，报价排名前九的将会中标，底价是5000亿宇宙币。”

顿时，很多人开始出价。

罗峰在拍卖令牌上输入自己的报价——6000亿宇宙币。

“天哪！”而后，罗峰瞪大了眼睛。

只见拍卖厅正中间的屏幕上的数字不断变化，屏幕一侧则显示出了排名第九的报价。

5500亿……6000亿……6600亿……7000亿……

价格飞速飙升。

“8000亿。”罗峰再次输入报价。

8900亿……9000亿……9600亿……

旁边的数字迅速超越罗峰的报价数字。

15000亿……

此时，屏幕上显示的报价猛地飙升。

“这些人都疯了吧！”罗峰惊呆了。

“罗峰，衍神兵的拍卖价很可能超过20000亿宇宙币。”巴巴塔的声音在罗峰的识海中响起。

果然——

20000亿……21000亿……21100亿……

下一刻，屏幕上的数字增速开始放缓。

“21800亿。”罗峰再次输入报价，而后盯着拍卖令牌上显示的排名第九的报价。

21900亿……26000亿……

“报价又变了。”罗峰急了。

拍卖会上，虽然能够看到一些平常根本买不到的宝物，但是拍卖会聚集的强者太多，说不定其中就有一些非常想要这件宝物的人，从而导致成交价极高。

此时此刻，价格在不断上升。

30000亿……30800亿……31000亿……

罗峰意念传音：“巴巴塔，这价格怎么涨得这么快？”

“拍卖会的报价是无法完全预测的。如果出现十几个人想要衍神兵，又很有资本，报价就被抬上去了，毕竟只有九件，拍卖完了，以后想要买衍神兵就得碰运气了，毕竟下一届乾巫拍卖会也不一定有衍神兵。”巴巴塔说道，“拍吧，一定得拍下。”

“好的！”罗峰看了一眼当前的报价，咬牙输入一个报价——32000亿。

可是，随着那惊人的涨势，价格很快就突破了32000亿。

“巴巴塔，给我弟弟发邮件，问他能够拆借多少资金。”罗峰道。

拍卖完，并不是立即交钱，1000件拍卖品为一批，每一批拍卖结束后，会统一进行扣钱。

“你弟弟回信了，说是只要一个电话，就可以立即让他的朋友转账，现在最多能转账20000亿宇宙币。”

罗峰心中一松。

现在报价增幅已经放缓，显然那些报价的人都有所保留了。

36081亿……36085亿……36090亿……

“36112亿宇宙币！”罗峰又一次输入报价。

屏幕上的数字以极为缓慢的速度上升。

终于，数字不再变化。

“排名第九的报价是36101亿宇宙币，倒数三秒，3……2……1……恭喜九位客人，你们成为衍神兵的拥有者！”老巴托高声说道，“继续，下一件拍卖品是……”

罗峰手中的黑色令牌屏幕上出现了一行字——恭喜你，编号KND99286的客人，你拍下了一件衍神兵，请在本批拍卖品拍卖结束后，进行签约并付款。

“罗峰，直到你踏入宇宙级、域主级、界主级，乃至突破到不朽级，衍神兵都会一直陪伴你，一万年、十万年，乃至更久。这将是你最重要的伙伴，陪你出生入死，你得用心修炼，发挥出它最大的威力。”巴巴塔鼓励道。

罗峰点点头。

一个小时后，这一批拍卖品全部卖完了。

罗峰付了款，约定了衍神兵在现实世界中的交货地点。

“接下来展出第五批拍卖品，各位在拍卖令牌上能看到即将进行拍卖的1000件物品，其中应该有你们想要的物品，请做好准备。”老巴托的声音回荡在拍卖厅中。

“生命果实？”罗峰低头一看，有些惊讶。

生命果实的底价为5000亿宇宙币，一共有12颗生命果实。

“我的余额是3748亿宇宙币，连底价都不够。”罗峰有些无奈。

第380章

拍卖尾声

“一颗生命果实的底价是5000亿宇宙币，不算高。不过，生命果实的治愈效果很强，甚至能拯救界主级强者的命，所以价格会冲得比较高，一般会超过20000亿宇宙币，如果争夺的人很多，价格可能更高。”巴巴塔说道。

“嗯，没法子。”罗峰摇摇头，只得放弃拍卖生命果实。

洪很想得到1颗生命果实，也是准备拿来培育摩云藤。实际上，用生命果实培育摩云藤，是一种浪费的行为，性价比远远不如其他物品，比如之前罗峰拍卖得到的澜可果实。

“当初，在界中界挖掘雷霆石，兑换宝物，你用生命果实去培育摩云藤，实际对于摩云藤并不好，生命果实的能量太强，摩云藤一次性吞下生命果实，会消化不了，浪费神奇的药效，而且生命果实的最佳用途根本不是用来培育植物。

“你不是买了200颗澜可果实吗？澜可果实就是用来培育灵兽、植物的，而且，药效比生命果实的要温和得多，摩云藤更加容易承受。摩云藤虽然也会消化不良，却不会像吞噬生命果实那样导致全身爆裂。

“每10天服用1颗澜可果实，3年，服用100颗，你大哥的摩云藤就能成长到宇宙级三四阶，比一次性吞下生命果实的效果要好得多。”

生命果实最后的成交价是28609亿宇宙币，比衍神兵的成交价要低一些，可也够夸张的。

接下来，一件件珍贵的宝物出现了。

罗峰很是眼馋，可是账户里已经没有足够的钱了。

“就算不买，看看也不错啊。”罗峰看着拍卖令牌上显示的宝物，随意地点击，察看其详细信息。

此次他简直大开眼界。通过这些宝物，知道了宇宙中许多隐秘的事情。

当罗峰参加乾巫拍卖会时，罗华则待在自己的工作室中。

九星湾别墅。

罗华斜倚在椅子上，面前的办公桌上摆着六台笔记本电脑，每一台笔记本电脑的屏幕上都出现了一个网页，监控着他重要的六个投资项目的动态。

“玩了半天虚拟搏击游戏，又玩了半天虚拟枪战游戏，无聊。”罗华喃喃自语道。

工作室的其他人正认真地做事。

作为金融投资家，悠闲起来，可能连续十天，半月，乃至半年，都没有一点事情。一旦行情发生变化，就会很忙。

“老大，XPHF000891－9279突然出现超大订单！”一个年轻女孩大声说道。

“哦！”罗华猛地坐直，盯着左侧第二台笔记本电脑的屏幕，屏幕上显示出了超大订单。

罗华咧嘴一笑：“不怕你兴风作浪，就怕你死水一潭，机会来了！”

在此项投资项目上，罗华当初砸下的本金极大，之所以这么做，是因为他对收益很有信心。

当初，他的本金是7000亿宇宙币，两年过去，本金变成了8000亿宇宙币。总体来说，赚得很少，可他一直没卖，他在等待机会。

“横的有多长，竖起来就有多高，就看谁的耐心足，希望这次是真行情。”罗华死死地盯着屏幕。

在宇宙的大投资行情上，别说他只拥有20000亿宇宙币，就连四星级客户，乃至五星级客户，都得小心翼翼地操作。越大的投资，越容易出现金融大鳄，说不定是某个宇宙国的投资部门，或者宇宙星河银行，或者宇宙第一银行，抑或是某些超级组织。一旦碰上那些大鳄，一不小心，不但得不到好处，自己可能血本无归。

“3倍杠杆，处于安全警戒线内。1组、2组、3组，盯住XPHF000891—9279，老规矩，行动。”罗华喝道。

“是，老大！”一群年轻人激动无比。

罗华做的这项投资的交易周期是12小时，每次交易持续4小时。

“老大，价格迅速上升，已经上升6%了，出不出货？”

“再等等。”罗华喝道。

“开始跌了，只剩下5%涨势，继续下跌！”

价格波动起来，的确令人担心，一旦下跌三分之一，以他们现在的情况，很可能会爆仓，到时候，7000亿宇宙币本金会全部归零。

罗华面无表情，依旧默默盯着眼前的屏幕。

“离收盘还有两分钟。”

“暴涨，开始猛地拉升。”

……

第一次交易周期，上升12%。

第二次交易周期，上升8%。

第三次交易周期，下跌6%。

第四次交易周期，处于震荡状态，下跌0.8%。

行情大变，就算是一些金融大鳄，也丝毫不敢大意。一旦狂跌，抛都抛不掉，大资金想要翻番，难度更大。

第五次交易周期，处于飙升状态，直线上升，一直达到最上限——15%。

“分批抛售30%存货。”罗华下令。

“老大，现在行情很好。”

“今天一直狂飙，很多小投资者明天定会疯狂买进，肯定有继续上升的空间。”几个年轻人这样说着，行动上却不敢迟疑。

对于老大的命令，他们可以提出自己的意见，但是必须执行。

关键时刻，晚一会儿，就可能损失惨重。

“1组抛售完毕。”

“2组抛售完毕。”

“3组抛售完毕。”

三名小组长高声说道。

办公桌前的罗华露出一丝笑容：“很好。”

……

第六次交易周期，价格继续上升，此次罗华似乎抛售得过早了。

“这笔投资的本金一共有7000亿宇宙币，抛售70%存货，剩下2100亿宇宙币，在3倍杠杆的作用下，今天继续上涨，我们少赚了两三百亿宇宙币。”那些年轻人悄声议论。

可是，议论归议论，对于罗华的命令，他们不敢违抗。

“抛售10%存货。”

“继续抛售10%存货。”

第七次交易周期，罗华竟然进行了两次抛售，而此次交易周期一直处于上升的行情。

第八次交易周期，刚开始是上升的，而后暴跌，最后直接封死在跌停上。

第九次交易周期，继续下跌。

“买进10%存货。”罗华下令。

……

在这种惊心动魄的变化中，罗华一次次做出了指令，看似冒险，可最后都赢利了。

第十二次交易周期，继续上涨，而后连续上升。

在这个过程中，罗华一直下令抛售。

“目标达到，将剩余的一点存货全部卖掉。”罗华下令。

“是！”

行情正处于火爆状态，罗华手上的存货却已经全部抛售。

“两年等待，半年布局，现在收割完毕。”罗华露出满意的笑容。

不管接下来会上涨多少，对于罗华而言都没有任何意义，因为他的目标已经达到了。

“最后交割，现金为46810亿宇宙币，本金为7000亿宇宙币，现金是本金的6倍多。”

罗华很是满意。

合理地运用杠杆，的确能赚取超额收益，不过，杠杆作用容易导致爆仓，属于双刃剑。

这项投资接下来的三个交易周期一直处于上升趋势，偶尔下跌，可整体保持一种平缓上升的趋势，这令宇宙中的无数投资者激动无比。然而，随着一次跌停，这项投资紧接着连续三次跌停，因为那些投资者都被吓得疯狂抛售，根本没人接盘。

“想抛都抛不掉，全部砸在手里了。”罗华感叹一声，“不知道多少人因爆仓而被逼得自杀。”

“老大厉害！”

“还是老大冷静！”

工作人员都后怕不已。

连续四个跌停，每个跌了15%，只剩下最高价的一半了。而且，短短四个周期，也就两天的时间，简直太要命了。

“有人赚，就有人亏。会买的是高手，然而，会卖的才是赢家。”罗华摇摇头，“达到自己的目标就成，不要贪心，本来我做好了心理准备，会剩20%－30%来不及抛售。没想到，情况比我预想的好。”

而后，罗华下令：“好了，这个价是合适的，可以建仓了，在1%的震荡区间内，建仓1000亿，不使用杠杆，在惯性的作用下，这个价还会下跌。”

“明白。”工作人员立即开始建仓。

明知下跌，依旧建仓，明知上升，依旧抛售，此种做法看似愚蠢，可是，每次交易完毕，那些工作人员都发现这些指令很高明。

“冷静！”

罗华很清楚，自己之所以能够取得成功，最主要的原因是保持绝对冷静。

“哥，我这有42000亿宇宙币。”

在第十三个交易周期开始时，罗华就将这笔资金直接转给了罗峰。

乾巫拍卖会一般持续十天，有时候持续时间略长，有时候持续时间略短。

每一批都有1000件拍卖品，拍卖的时间为3-6小时。

第十天。

拍卖厅里，界主级强者们端坐着，都看向中间的主持人。

“整整50批拍卖品，一共是5万件，全部拍卖完毕。”老巴托朗声笑道，“现在到了本次拍卖会的高潮，也就是100件压轴物品进行拍卖，这些压轴物品或是独一无二，或是无比珍贵，而且拍卖底价一律为0。”

“42000亿宇宙币？！”罗峰坐在一个不起眼的座位上，一脸惊讶，“罗华的信息中提到，这些都是利润，他的本金没有受到影响吗？”

十天前，罗华还没赚多少，现在竟然就赚了这么多。

罗峰蒙了。

“哈哈，罗峰，你弟弟投资的水准真高啊！就连我去操作，都比不上他。运营越多的资金，想要赚就越难，其他投资者不会轻易让他获利的。佩服！”巴巴塔赞叹不已，“你有了42000亿宇宙币，接下来的压轴物品拍卖环节，或许能插一手。”

第381章

第二分身

“下面是第一件压轴物品，在所有压轴物品中排第一，这绝对是我们本次拍卖会排名前三的珍贵物品——克拉斯古树的黄金叶一片。”老巴托高声说道。

同时，他旁边的屏幕上出现一片看似普通的金黄色叶子的图像，而叶子本身隐隐有一种奇异的魔力。

拍卖厅顿时喧闹起来。

“什么是克拉斯古树？”

“那黄金叶到底是什么东西？”

“不知道。”

在场的人大多一头雾水。

罗峰也很是疑惑：“巴巴塔，他说的到底是什么？”

“近万年来，历届乾巫拍卖会中，此届乾巫拍卖会堪称第一。”巴巴塔感叹一声，“在浩瀚的宇宙中，克拉斯古树的黄金叶是无比珍贵的物品。你的修为没达到不朽级，你就别问了，这里面牵扯的事情很多。”

……

“传令，让帝国投资部门将资金尽量汇给我。”一个长发长眉的中年男子透过虚拟助手下令。

……

“天哪！克拉斯古树的黄金叶！这次我来这里，只是为了得到进入初始宇宙参悟的名额，没想到竟然看到了克拉斯古树的黄金叶。”一个穿着奇异铠甲的胖墩墩的男子道。

他站在那里，仿佛有无数雷电汇聚全身，自己则好似本源法则的化身。

……

“听说过黄金叶的，自然明白它的价值很高。不知道的，就算了。上面有要求，我不能细说。”老巴托大声说道，“开始拍卖，底价为0。”

“1000混元！”

拍卖令牌上出现了第一个报价。

罗峰倒吸一口凉气，心中暗道：“一开始报价就是1000混元，未免太高了吧！”

这么一笔巨款，都能买下几百颗生命果实，或者一个小型星域了。

“2000混元！”

2200混元……2800混元……3300混元……

价格不断上升，令在场的人都惊呆了。

对不朽级强者而言，这也是一笔巨款。

“神主，帝国的国库已经没钱了。”

“浑蛋！”一个俊美的高大男子低骂一声。

此时，报价已经达到5000混元。

“太不可思议了！”罗峰震惊。

“四星级客户的门槛是账户余额1万混元，这算是不朽级强者中比较富有的。”巴巴塔说道，“现在争相出价的，应该都是不朽级强者。”

罗峰点点头。

卡布界主的资产能媲美一般的不朽级强者，也就两三百混元。而现在报价达到5000混元，界主级强者们都傻眼了。

“压轴物品拍卖环节的第一件和最后一件都非常珍贵。”巴巴塔道。

“8900混元！还有没有更高的？”老巴托高声问道。

这个价已经在举办方期待价之上了，若是没人报出更高的价，举办方会当即拍板。

“8950混元！”

又一个新的高价出现了。

“8960混元！”

很显然，越往后，提价幅度越小。

“各位，8960混元，还有没有更高的？”老巴托环顾四周，“倒计时，10、9……3、2、1！恭喜编号BUE52522的客人，你得到了无比珍贵的克拉斯古树的一片黄金叶。”

罗峰惊叹不已。

他得到的E级机械族宇宙飞船也就价值一两千混元，克拉斯古树的一片叶子竟然价值8960混元，足够买下五六艘E级机械族宇宙飞船了。

随着物品一件件售罄，罗峰变得很淡定。

“22000宇宙币！倒计时，3、2、1。恭喜编号YPR20445的客人，你得到了这颗‘天络晶’。

“接下来的拍卖品极为稀罕，就算是各个宇宙国的拍卖会也很难看到此等物品——魔杀族的皮肤。”老巴托高声喊道。

话音刚落，拍卖厅顿时沸腾起来。

“是的，魔杀族的皮肤，你们没有听错。”老巴托无比激动。

他身侧的屏幕上出现了一块奇异的黑色皮肤，黑色皮肤上有着暗金色的奇异秘纹。

“人类、妖兽族等都属于血肉类生命，而魔杀族属于能量类生命，只要晶核不灭，魔杀族就不会死。即便身死，也只是能量消散，剩下一个碎裂的晶核。要彻底毁灭他们是非常难的，想要得到他们的皮肤，更是难上加难。

“身为擅长暗杀的种群，身为空间的宠儿，他们的皮肤上蕴含着空间本源法则秘纹，由此可知他们的皮肤是多么珍贵。

“罗峰，如果说金角巨兽具有感悟金之本源法则的天赋，那魔杀族就具有感悟空间本源法则的天赋。你用魔杀族的皮肤在自己的体内世界孕育第二分身，简直就是完美的操作。”巴巴塔激动地道。

罗峰闻言一怔。

金角巨兽一辈子可以孕育三个分身，第一个分身是地球人分身。现在金角巨兽达到了宇宙级，的确可以孕育出第二个分身。

不过，一共只能孕育三个分身，罗峰不敢大意。若是不能孕育出好的分身，他宁愿暂时空缺。

“魔杀族的皮肤？”罗峰默念一声，心中有些不确定。

“浩瀚宇宙中，种群繁多，血肉类生命算是最强势的，不过，其他生命也不可小觑。比如具有永恒生命的奇异种群、金属生命、能量生命、灵魂生命、植物生命等等，金属生命有千万种，植物生命则有亿万种。

“每一类生命中，都有一些是宇宙的宠儿。能量生命中，魔杀族属于顶尖的族群，被称为最强暗杀者族群，唯一的缺点是成长缓慢，可是，一旦成长起来，就会是最可怕的暗杀者。他们天生擅长操纵空间，故而他们的出现无比诡异，防不胜防。

“罗峰，你若是有了魔杀族分身，那么，你靠着魔杀族分身来修炼空间秘法，将会事半功倍。”

罗峰点点头。

巴巴塔说得有道理。

金角巨兽能够孕育三个分身，自然要选最好的东西进行孕育，魔杀族的皮肤极其珍贵，的确适合用来孕育分身。

“魔杀族最珍贵的就是皮肤，因为属于能量生命，死亡时，身体会如同能量般消散，只剩下残缺的晶核。只有在特殊情况下遭到击杀，才会保留身体，所以皮肤特别珍贵。对了，魔杀族皮肤的拍卖价估计会冲得比较高，数百混元不算什么，你根本买不起。”巴巴塔又道。

罗峰哑口无言。

“其实我不需要那么多皮肤，只需要一点点。”罗峰心中暗道。

可是，他明白，拍卖到魔杀族皮肤的强者不可能会分一点给他。

“不过，我很遗憾地告诉大家，这块魔杀族皮肤是残缺的。”老巴托指着旁边屏幕上的蕴含奇异暗金色秘纹的黑色皮肤，“这仅仅是魔杀族族人身上的一小半皮肤，其他的在争斗中被撕裂，或者被毁了。”

“哼！这不是耍人吗？这种金色秘纹参悟起来本来就很难，万人中都难得有一个人参悟成功，能够略有启发就不错了。而这是残缺的，几乎没有参悟成功的可能。”

“真是空欢喜一场。”

在场的人议论纷纷。

“残缺的皮肤很好啊。”罗峰眼睛一亮。

巴巴塔点点头，道：“嗯！残缺皮肤的价格比完整的要低很多。据我估计，两三混元就能将其弄到手。不过，如果某个不朽级强者也想要，随便出手，就可能将报价提高到10混元，乃至更高。”

罗峰哑然。

现场有一百多万名与会者，其中确实有一些不朽级强者。不朽级强者若是出手，的确会令报价变高。

对于不朽级强者而言，10混元的确不算什么。

“他们应该不会和我争吧。”罗峰心中暗道。

“这得看运气了，大多数不朽级强者不会争夺残缺的皮肤，可是，说不定会有人心动呢？”巴巴塔说道。

“拼了！看运气吧！”罗峰暗自做了决定。

魔杀族族人的皮肤非常适合用来孕育第二分身，作为能量生命中的佼佼者，又是最强暗杀者，魔杀族族人只比金角巨兽差一点。单单其皮肤就很珍贵，界主级强者们倾家荡产也买不起，可见有多珍贵。

“魔杀族皮肤上面的空间秘纹的确很难参悟，但是还是有可能参悟出来的。更何况，魔杀族族人的皮肤无比稀罕。魔杀族族人极少，其皮肤绝对是最珍贵的收藏品。单论收藏价值，也够高的。”老巴托高声说道。

“好了，现在开始拍卖，底价依旧为0。”

“1混元！”

第一个报价出现在所有人的拍卖令牌的屏幕上。

魔杀族皮肤的拍卖正式开始！

第382章

初始宇宙

魔杀族是能量类生命中的巅峰族群之一，拥有“最强暗杀者族群”的称号。

魔杀族族人虽然不比金角巨兽稀少，可是，魔杀族皮肤的珍贵程度丝毫不亚于金角巨兽的尸身。

可惜，此次拍卖的是残缺的魔杀族皮肤，本身的修炼价值很低，主要是具有收藏价值而已。不过，罗峰还是很满意。

“希望不朽级强者们别头脑发热，争着报价。”罗峰心中暗暗祈祷。

1混元对于界主级强者是大数字，若非特殊情况，界主级强者不会出价，现在就怕一些不朽级强者会出价。

11000亿宇宙币……11500亿宇宙币……

拍卖令牌屏幕上的数字不断变化。

15000亿宇宙币……15100亿宇宙币……15600亿宇宙币……15900亿宇宙币……

数字不断上升，仅仅片刻，就破了20000亿宇宙币（2混元）。

“残缺的皮肤而已，有必要报这么高的价吗？”罗峰没好气地道。

“那可是有着空间本源秘纹的魔杀族族人的皮肤。”巴巴塔道。

“可它是残缺的！”罗峰咬咬牙，输入了一个数字。

报价不断变化，中途偶尔有几次大跳跃，报价迅速超过了30000亿宇宙币。而后，报价上升的幅度明显下降，毕竟，再珍贵，这也只是残缺的魔杀族族人的皮肤。

“3混元，报价再高，就不合理了。”一个穿着奇异的银色盔甲，有着白色眉毛，白色瞳孔的光头男子笑道。

“3.6混元！如果拍下来了，这魔杀族皮肤就放在我的修炼室中吧。”一名有着银发的黑袍老者看到报价突破36000亿宇宙币，摇摇头，停止报价。

……

“够了，够了，别再往上升了。”罗峰盯着拍卖令牌的屏幕，急切地道。

“39000亿。”罗峰一咬牙，再次输入数字。

别人可以不买，可是他得抓住机会买下魔杀族族人的皮肤。

输入数字后，他紧紧地盯着拍卖令牌的屏幕，屏幕上显示的数字依旧是39000亿，过了一会儿，都没有变化。

罗峰不禁兴奋起来。

“39000亿！还有没有更高价？倒数三秒，3……2……1。恭喜编号KND99286的客人，你得到了魔杀族族人的残缺皮肤。”老巴托的声音回荡在拍卖厅中。

“呼！”罗峰看着拍卖令牌上显示的讯息，不由得舒出一口气。

“哈哈！罗峰，你成功了。”巴巴塔很兴奋。

“运气好，我好担心报价会超过我的承受范围。”罗峰笑道。

他参加这场乾巫拍卖会，见识了数万件珍贵物品，同时购买了不少重要物品。澜可果实是给大哥的摩云藤服用的，而衍神兵是将来很长一段岁月里自己的贴身兵器，魔杀族皮肤则是给金角巨兽用来孕育第二分身的。

金角巨兽要孕育的第二分身就是魔杀族族人！

“现在我只担心一点……”罗峰道。

“你担心什么？”巴巴塔问道。

“我担心魔杀族皮肤原主人的实力等级很高。”罗峰意念传音回道，“金角巨兽是无法孕育出实力超过自己的分身的，现在金角巨兽达到了宇宙级六阶，那么其孕育出的第二分身的实力最强就是宇宙级六阶，我希望这残缺皮肤的原主人的修为不要超过宇宙级六阶。”

此次乾巫拍卖会吸引了乾巫宇宙国内超过大半的强者，甚至还有来自其他宇宙国的一些不朽级强者。

一些帝国的皇帝，某些组织的首领，乃至于某些神国的不朽级强者，他们参加这届拍卖会，最主要的目的是得到最重要的压轴拍卖品。

“各位，本届拍卖会进行到现在，压轴拍卖品已经售出99件，只剩下最后1件压轴拍卖品了，这件拍卖掉后，本届乾巫拍卖会就正式结束了。相信大家都等不及了……”老巴托的声音突然变得高亢，“现在我郑重宣布，最后1件压轴拍卖品就是进入初始宇宙参悟的界主级强者名额。在场的所有人心里应该都很清楚，这样一个名额是何等珍贵！”

虽然举办方早就放出了风声，但是此时听到老巴托如此说，现场的人都激动不已。

“传说中的初始宇宙啊，如果能够进去看一看，就算达到大限死去，也值了。”

“听说初始宇宙和我们所属的原宇宙不一样呢。”

“进入初始宇宙的名额早就被五大巨头给霸占了，就算是各个宇宙国，都很难弄到一个名额，更别说是得到进入机会的界主级强者的名额了。这下有好戏看了，拍卖价一定很高。”

……

“巴巴塔，进入初始宇宙参悟的界主级强者名额，这是什么意思？初始宇宙又是什么地方？”

“罗峰，我们现在生活的宇宙浩瀚、广阔，种群繁多，这被称为原宇宙。原宇宙是非常完善的，想要参悟本源法则非常难。不过，初始宇宙不一样，既然被称为初始宇宙，那就意味着是处于宇宙进化过程中的初期。

“传说，初始宇宙中没有诞生任何生命，因为不够完善，所以天灾不断，正因如此，更加容易感悟其本源法则。

“在原宇宙中，一些超级组织，比如虚拟宇宙公司、宇宙星河银行、巨斧斗武场等偶尔会派一些精英去初始宇宙进行参悟，因为在初始宇宙中参悟更加容易进步。”

罗峰听了，依旧很是疑惑。

“初始宇宙是从哪里冒出来的？怎么进去？”

“不知道。”巴巴塔道。

此时，老巴托再次高声说道：“界主级巅峰强者进入初始宇宙，突破到不朽级的概率较高，因此名额无比珍贵。现在拍卖正式开始！底价依旧为0！”

1000混元！

在场的人的拍卖令牌上浮现这个数字。

下一刻，数字陡然一变。

1万混元！

拍卖厅中一片死寂！

界主级强者们都傻眼了。

拍卖会进行到现在，第一次出现1万混元的高价。这可是成为四星级客户的门槛，不朽级强者中，拥有1万混元的算是混得不错的。

花费1万混元，只为得到一个界主级强者进入初始宇宙参悟的名额，的确很夸张。

“天哪，这只是进入初始宇宙参悟的界主级强者名额，如果是不朽级强者的名额，那报价得多高啊？”罗峰瞪大眼睛。

“进入初始宇宙参悟的不朽级强者的名额根本不会出现在初等拍卖会上，一般是出现在中等拍卖会上，而且是作为压轴拍卖品，也有可能出现在高等拍卖会上。罗峰，就算你的老师倾家荡产，也买不起。”巴巴塔道。

“嗯？”罗峰一愣。

“你的老师当年去参加过中等拍卖会，最终倾尽财力也没买到。”巴巴塔摇摇头，“所以，你的老师也没去过初始宇宙。”

“老师也没去过初始宇宙？”

“嗯！不过，这也没什么。初始宇宙就是一个特殊的地方罢了。初始宇宙是处于宇宙进化的初始状态，远远小于原宇宙。原宇宙中有无数种群，人类只是原原宇宙中无数生命之一。

“原宇宙才是真正的核心，秘境、神国、世界、初始宇宙，以及一些特殊地方很多都是依附于原宇宙的，或者说，很多地方只是原宇宙的一部分。”

“一部分？”罗峰不解。

“现在和你说这个，你也不懂。其实，我知道的也不多。你的老师虽然算是不朽级强者中的高手，可是，浩瀚宇宙，强者如云，比你老师强的有不少。

“而且，宇宙辽阔，就算是不朽级强者耗费亿万年，也很难探索一遍整个宇宙，所以，你的老师对于宇宙也仅仅知道一星半点，我知道的就更少了。你若是想要知道更多，就得靠自己了。”

罗峰无奈一笑。

他现在仅仅在黑龙山星域中闯荡，都没进入乾巫宇宙国，更别说探索整个宇宙了。

“36530混元！有没有更高的？咦，37000混元，现在报价是37000混元！”

老巴托的声音再次响彻拍卖厅。

“还有没有更高价？现在开始倒计时，啊！37500混元！新的高价出现了，最后时刻，错过了，就很难再遇到了！10……9……8……恭喜编号TUF49903号客人，你得到了进入初始宇宙参悟的界主级名额一个！”老巴托声音洪亮，“所有拍卖品拍卖完毕，感谢大家的支持。我郑重宣布，本届拍卖会正式结束！”

第383章

寒冬腊月

乾巫宇宙国境内有一颗无比美丽的淡红色星球，名叫“弗拉星球”，颇有名气，因为这是一个不朽级强者的老巢，而这个不朽级强者在虚拟宇宙公司有一定的地位。

此外，隶属于虚拟宇宙公司的一个宇宙战士军团也驻扎在这里，这个军团中，普通士兵实力最弱的都是宇宙级强者。

“快点！乾巫拍卖会就要结束了，之前赢得决斗的100个兄弟赶紧进入虚拟宇宙，准备迎接那些大人物。”

“哈哈！乾巫拍卖会终于结束了，兄弟们都等急了。”

一时间，军营中响起了嘈杂声。

“二哥，听说乾巫拍卖会聚集了我们宇宙国几乎所有的大人物，我还听说那里聚集了上百万个界主级强者，还有一些不朽级强者，以及有大背景的年轻人。你可得好好看看，回头跟我们说说。这次我们去域外战场一趟，也没看到几个不朽级强者。”

“放心！回头跟你们慢慢说。”

“兵役期结束，回到星球领地前，没想到，我竟然有机会去见识见识大场面。听说参加乾巫拍卖会最低等级的都是三星级客户，我们可能一辈子都没机会参加，这次上面安排我们军团选100人去提供后续服务，我真是走运啊！”

“三星级客户要满足什么要求啊？”

“听说存款要达到10万亿宇宙币。”

“天哪！10万亿宇宙币！我的领地只有数百颗生命星球，即便都卖了，连零头都不够。”

这群宇宙级士兵议论纷纷。

随后，其中的100名优胜者进入了虚拟宇宙。

虚拟宇宙，乾巫大陆上方。

其中一座浮空岛内部的主体建筑就是超大的拍卖厅，此刻，岛上接连出现一道道人影，而后迅速分布在岛上的一些重要地点，足足有数千人，其中实力最弱的都是宇宙级强者。

“卡特，听说这里的客人几乎都是界主级强者，总共有上百万个界主级强者。”

“是的！我这辈子都没见过这么多界主级强者。”

两个穿着礼服的男子站在小桥旁，低声讨论。

宇宙级强者虽然能够在某些星系称王称霸，但是在整个星域的地位就低多了，如果是在宇宙国境内，那就什么都不是。要知道，单单乾巫宇宙国就有上亿个星系，宇宙国境内有上百万个界主级强者。在大量界主级强者的教导下，宇宙国境内产生宇宙级强者的概率大得多。

士兵们心里都很清楚，他们在整个宇宙国内只能算是底层，而参加乾巫拍卖会的客人才是这个宇宙国的高层。

“乾巫拍卖会正式结束，所有客人会接连离开拍卖厅，所有引导人员必须谨记自身职责，你们的表现将和贡献值挂钩。”一道冷冷的声音迅速传到浮空岛所有服务者的耳边。

之前低声交谈的两个男子立即站得笔直。

下一刻，只见远处拍卖厅的各个出口开始涌出人流。

“先生，这边可以前往传送点，其他地方则是通往浮空岛的。”服务者们面带微笑，无比恭敬。

“嗯。”三个高大的男子并肩走去，同时看了一眼服务者。

服务者们心中暗惊："这还是在虚拟宇宙之中，如果是在现实世界中，界主级强者们的一个眼神就能令我们的灵魂崩溃。"

在虚拟宇宙中，界主级强者不是最强的，偶尔会出现一些比界主级强者更可怕的存在，虽然都是有着普通的身体，但是身体中蕴含着属于不朽级强者的意志，那沟通宇宙本源法则的强大意志，令服务者们更加恭敬。

"界主级强者好多啊！刚才走过去的两位太可怕了，一定是不朽级强者。"

"又来了一个年轻人，看样子不像是界主级强者，更不像是不朽级强者，估计是有超级背景的年轻人。"

服务者们窃窃私语。

当看到远处的黑发年轻人走近时，一名服务者面带微笑，恭敬地说道："先生，这边通往传送点，其他方向则可以去参观浮空岛。"

"哦！"黑发年轻人微微点头，笑着看了服务者一眼，就朝传送点的方向走去了。

"他竟然对我笑了！这年轻人一点都不高傲呢！"服务者很是激动。

他见惯了那些冷漠的界主级强者，此刻碰到一个对他笑的，心中暖暖的。

罗峰顺着服务者指引的方向走去，很快就走到传送点。

"这里的客人几乎都是界主级强者，界主级强者都有着极强的意志，虽然是在虚拟宇宙中，但是依旧很可怕。这些服务者最起码是宇宙级强者，否则一定会失态的。"巴巴塔道。

"我没觉得多可怕啊！"罗峰笑道。

"一来，你的意志也很强，你夺舍的金角巨兽达到了宇宙级六阶；二来，那些界主级强者看到你，会平等看待，不会对你颐指气使。毕竟在宇宙中有两种人不能得罪，一是超级强者，二是有超级背景的。"巴巴塔缓缓说道，"而来到这里的，不是实力强的，就是很有背景的。"

罗峰点点头。

"先生，欢迎您参加本届乾巫拍卖会，感谢您对我们的支持。"一个有着棕红色长发的少女笑道。

那一笑宛若蕴含着奇异的诱惑力。

随着少女甜美的声音，罗峰步入了传送点，而后，他回头看了浮空岛一眼。

“此次来到这里，我长了不少见识呢。”罗峰粲然一笑。

话音刚落，他就消失了。

对罗峰而言，参加了一次乾巫宇宙国的最高盛会乾巫拍卖会，就仿佛做了一场梦，梦里那些宝物的价值堪比银河系，而现在梦醒了，他要回到自己的家乡，也就是乾巫宇宙国黑龙山星域银河系中不起眼的一颗小星球——地球。

乾巫拍卖会结束的第十五天后，罗峰和狄梵乘坐一艘宇宙飞船前往白兰星。

白兰星依旧白雪皑皑。

罗峰走在前面，狄梵跟在后面，他们踩着积雪，走向远处美丽的宇宙飞船，那是属于虚拟宇宙公司的宇宙飞船。

“客人身份已确认，可以交易。”一道电子音响起。

虚拟宇宙公司的工作人员将一个个大箱子放在地面上。

罗峰一招手，直接将这些大箱子收进空间戒指。

“尊敬的客人，感谢你对我们虚拟宇宙公司的支持，多谢！”

罗峰和一个银色短发中年人握手。

随即，罗峰和狄梵迅速飞回宇宙飞船。

“东西到手，立刻回地球！”罗峰下令。

宇宙飞船冲天而起，冲出白兰星的大气层，而后进行宇宙穿梭，进入暗宇宙，朝地球对应的暗宇宙坐标前进。

……

宇宙飞船的控制室中。

一个个大箱子摆放在那里。

“我花了足以购买数十个星系的财富才弄到这些宝物。”罗峰感叹一声。

旁边的狄梵笑道：“投入的多，收获的才多。这次主人耗费了如此多的财富，相信以后能得到百倍乃至千倍的财富。”

“哈哈！”罗峰笑着大步上前，准备打开箱子。

“啪！”第一个箱子打开了，箱子里面摆放着一个个晶莹剔透的盒子，每个盒子中都有一颗表面有着露珠的鲜嫩果实——澜可果实。

澜可果实虽然不及生命果实珍贵，但是1颗澜可果实抵得上千颗生命星球。

“啪！”第二个箱子打开了，依旧摆放着大量的盒子，盒子里也存放着澜可果实。

第三个箱子打开后，罗峰眼睛一亮。

这个箱子中存放着一根暗金色的长棍，正是精神念师掌控者一脉九大神兵之一的衍神兵。

罗峰蹲下身来，伸手抚摸暗金色长棍，顿时感应到一股冰冷感从暗金色长棍中传递过来，不由得心生期待。

这件衍神兵将陪伴自己千年乃至万年。

“啪！”罗峰转身打开最后一个箱子，箱子中放着布满暗金色奇异秘纹的残缺的黑色皮肤。

“孕育第二分身！”想到这个，罗峰激动起来。

在宇宙中，努力和悟性固然重要，可是，天赋和资源也非常重要。

一个既有悟性又很努力的人，或许能在一个星系称霸。可是，那些有天赋、有后台、有丰富的资源，同样无比努力，又有悟性的人，成就当然更高。

“我的目标是成为不朽级强者中的超级强者，甚至实力要超越老师，根基自然是越坚实越好。”罗峰心中暗道。

有了魔杀族族人的皮肤，金角巨兽就能孕育出第二分身，一旦成功，到时候金角巨兽主修金之宇宙本源，第二分身则主修空间本源法则，罗峰的地球人身体则研究使用衍神兵的技巧。

三者结合，日后他的成就不可限量。

“不想这些了。对了，已经是腊月了，离春节没有几天了，该想想给平平和小海带什么礼物了。”罗峰暗自思忖。

第384章

始动

洪宁基地市。

“老三，你怎么想起来我这里了？”洪依旧一身黑衣。

“大哥，你上次不是让我购买生命果实吗？”罗峰坐在洪的对面，拿起面前的茶杯，喝了一口，“嗯，好茶。”

“生命果实？”洪露出期待之色。

当初他可是看到罗峰的摩云藤吞噬了生命果实后，顿时实力大增。

“生命果实我没有买到，不过，我买了100颗澜可果实。”罗峰连忙解释道，“这澜可果实的药性比较温和。你的摩云藤服用澜可果实后，肯定能得到很大的进化。这里有100颗澜可果实，每十天服用1颗，只需3年，你的摩云藤能达到宇宙级三阶，甚至四阶。”

“哦！”洪很是惊喜。

他的摩云藤先天就比罗峰的要差。但即便是罗峰的摩云藤，服用生命果实，也就达到宇宙级二阶而已。

“大哥，这次我去参加了乾巫拍卖会，一开始为了购买念力兵器，花费不少宇宙币，没有足够的宇宙币购买生命果实。”罗峰歉然道，“当然，论培养植物生命，这100颗澜可果实加起来，功效不比生命果实差。”

“我明白。”洪笑道，“我们兄弟就别说这么见外的话了，我感谢你还来不及呢。”

罗峰也笑了。

随即，他的手一翻，手中出现了一个箱子。

他直接将箱子放在面前的桌上。

“啪！”箱子打开，里面存放了100颗澜可果实。

“看起来就不一般，不愧是宇宙中的珍奇果实。”洪眼睛一亮。

“那是当然，这100颗澜可果实的卖价都比得上一个星系的价格了。”罗峰说着，眉头一皱，“对了，怎么没看到二哥？”

“雷神得到了卡布界主的传承，近两年一直在接受雾大人的训练。”洪的脸上露出一丝笑容，“他的实力提升得挺快的，幸亏我有你给的陨墨星一脉武者修炼的秘法，最近两年也有所突破，否则怕是已经被老二超越了。”

罗峰恍然。

陨墨星一脉武者修炼的秘法并不差。须知，陨墨星主人麾下可是有九大不朽级强者，其中大半都是武者，不朽级强者的秘法传承岂会差？

唯一的区别是，雷神有智能生命雾大人的教导，或许还能得到一些宝物的辅助，而洪只能靠自己参悟。不过，洪的悟性很高，这对他来说并不算什么。

当初冥昱评判的时候，说罗峰和雷神都属于三级精英，而洪属于一级精英。

当然，两年多过去了，特别是金角巨兽达到宇宙级后，罗峰参悟金之本源法则，进步很大。

“对了，老三，最近杀戮场决战空间中的高手多了起来，不知道是怎么回事。”洪皱眉道。

罗峰闻言一怔。

最近他去参加乾巫拍卖会了，还真不清楚杀戮场决战空间中的情况。

“嗯！过去我能轻易击败很多人，可现在，一下子冒出一大群强者。而且，这些人过去很少现身杀戮场决战空间。突然出现一两个强者就罢了，一下子冒出那么多强者，我觉得有事情会发生。”洪担忧地道。

“哦？”罗峰也很是疑惑，却不知道原因。

然而，他并没有闲工夫去探察此事，而是让金角巨兽立即孕育第二分身。

浩瀚的金属大陆上方弥漫着金色雾气，大陆周围也有着浓郁的金色雾气。

半空中，突然出现了一小块奇异的黑色皮肤，这是罗峰从自己买下的魔杀族皮肤上面切下来的小部分。

“天赋——分身孕育！”

他意念一动，整个大陆震颤起来。

“哧！”

那奇异的黑色皮肤直接汽化，只留下一滴奇异的液体，而金色雾气不断朝中央聚集，几乎瞬间就将黑色皮肤汽化后凝聚的液体给包裹起来，片刻后，化为一颗椭圆形的金蛋。

“孕育第二分身开始了，也不知道要多久才能孕育成功。”罗峰心中暗道。

罗峰拍下黑色皮肤，付款时，和拍卖方交流了一下，得知黑色皮肤的原主人是一个宇宙级二阶的魔杀族族人。

金角巨兽一生只有三次施展天赋秘法分身的机会。

现在是第二次。

“孕育魔杀族族人分身比孕育地球人分身难万倍，乃至十万倍。当初，金角巨兽的体内世界达到了恒星级一阶，现在体内世界达到了宇宙级六阶，强大了不止万倍。”罗峰心中盘算着，“等孕育一天后，就能推测出孕育成功需要的时间。”

按理说，原主人的血统越高贵，实力越强，孕育起来，耗费的时间越多。

不过——

“真奇怪！本来我猜测孕育第二分身需要数十年，乃至上百年，没想到，仅仅三年九个月，即可孕育成功。”

一天后，罗峰根据金角巨兽体内世界反馈的讯息，对于魔杀族族人分身的孕育进度完全了解清楚了。

魔杀族并非血肉生命，套用血肉生命孕育的规律是行不通的。作为能量生命，只要其体内世界孕育出生命晶核，就算孕育完成。生命晶核可以自动释放出能量，能量化为人形。此外，其具备能量生命的特性，不但可以化为人形，还可以化为其他形状，千变万化都是轻而易举的。

“孕育出生命晶核即可，这魔杀族族人倒也奇特。”罗峰心中暗道。

天赋秘法分身一旦开始孕育，就不需要罗峰费心思了，他只需耐心等待。

寒冬腊月，很快迎来春节。

C国很是热闹，就算经历了大涅槃时期，经历了金角巨兽的袭击，C国子民依旧不会忘记最重要的节日——春节。

罗峰难得停止修炼，陪在家人身边。

正月初九，清晨。

天蒙蒙亮，JN基地市荒野区破败城市的28层高楼天台上突然出现一个人。

此人穿着深红色的战甲，脚踏战靴，背着一根奇异的暗金色长棍。

这根暗金色长棍超过两米，棍身较粗，需要双手合拢才能勉强抓住。暗金色长棍隐隐散发出让人心悸的气息，吓得很多怪兽逃窜开去。

“我背着衍神兵，感觉就像是背着一座大山。”罗峰感觉到衍神兵给自己带来了压力。

普通一阶、二阶、三阶念力兵器可以直接使用，可是，高等兵器就不同了，就拿五阶兵器衍神兵来说，想要发挥其威力，首先就要好好地进行精神孕养，在上面种下自己的精神印记。

“好好孕养，等孕养完毕，衍神兵会将你当成主人。而后，你再开始修炼。”巴巴塔道。

“明白！”

罗峰担心在家孕养衍神兵，不小心会波及家人，所以专门来到荒野区。

“九重浑天衍！”罗峰盘膝而坐，将暗金色长棍放在自己的膝盖上，“按照我现在的实力，应该能练成第一重。”

衍神兵分为九重，一重比一重威力大，很难驾驭。如果不是真正的天才，还不如使用一般的念力兵器。

第一重名为幻剑式；

第二重名为刺天式；

第三重名为天剑式；

第四重名为大巧不工；

第五重名为空间切割；

第六重名为自成世界；

第七重名为一棍轰天地；

第八重名为金剑斩虚空；

第九重名为不朽亦可敌。

当罗峰得知衍神兵九重的名字，特别是看到第九重名为不朽亦可敌时，无比激动。因为无论是根据金角巨兽传承的记忆，还是巴巴塔教导的一些常识，界主级到不朽级是非常大的关卡，这是灵魂的一种蜕变，是超级大跃迁。

不朽级强者可以轻易打败界主级巅峰强者。

就算是界主级巅峰的金角巨兽面对不朽级强者，也得低头。

可是，衍神兵第九重竟然名为不朽亦可敌，简直逆天了。

“可惜，想要练成第九重，是非常难的。整个人类族群，都没几人能够练成第九重，练成第九重的难度比达到不朽级更大。”罗峰感慨道。

现在他仅仅领悟到金之本源法则的一点皮毛，空间本源法则更是连门都没入，还需要慢慢努力。

当罗峰潜心修炼衍神兵时，黑龙山帝国的帝都星发生了一些不寻常的事。

帝都星，悬浮的宫殿。

“查到罗峰的资料了吗？”穿着皇族服饰的九皇子坐在王座上，冷冷地问道。

“没有，当初在界中界，罗峰跟随三斧山大军离开。我们只查到他是以三斧山冥昱手下的身份进入联军的，其他就查不到了，也不知道他现在在哪里。”一名侍者恭敬地回道。

“滚！”布罗林怒喝道。

最近布罗林心情很不好。

界中界一役，他的外公哈格雷夫是最大的输家，不但没得到传承水晶球，反而连身家都近乎赔光了，还得罪了圣地黑龙山中的不少界主级强者。

在界中界时，布罗林掌控了22万大军，这些大军是哪里来的？还不是圣地黑龙山中的一群界主级强者支持哈格雷夫，所以将麾下的人马交给布罗林调遣。

那些界主级强者支持哈格雷夫，并非没有条件，之前布罗林可是对他们许下过承诺的。

布罗林虽然将自己得到的D6级轨道炮等宝物都给了外公，让他帮忙摆平那些界主级强者，但是，当初支持哈格雷夫的界主级强者有十余个，而布罗林得到的宝物太少，根本不够分。

哈格雷夫自身近乎破产，心情本来就不好，这群界主级强者还来索要之前布罗林承诺过的好处，他一怒之下，就和他们吵起来了，闹得很不愉快。

这样一来，哈格雷夫在黑龙山圣地中就失势了。

当然，哈格雷夫并不在乎，他本身势力极大，这对他根本没什么影响，却影响到了外孙布罗林在黑龙山圣地的地位。

“哼！”布罗林冷哼一声，“大哥、三哥他们也想跟我争，做梦！”

想起这段时间的遭遇，布罗林火气更大了。

第385章

圣地黑龙山

在诸多皇子中，布罗林是最强势的，一是他有钱，二是他有后台。

可是，现在他的后台哈格雷夫在黑龙山圣地失势，而且，他在界中界得到的宝物都给哈格雷夫去弥补那些界主级强者了。

“有钱就能让界主级强者低头，没钱就什么事都干不成。”布罗林眼中闪过一道精光，“帝国的一些情报系统和公民总信息库极为严密，禁止我们这些皇子使用，如果我有足够的钱，也能让人铤而走险，帮我利用情报系统、信息系统去查罗峰的相关讯息。”

帝国的法律非常森严。因为帝国皇帝寿命很长，所以一般都会防着皇子，整个帝国的公民总信息库和情报系统是绝对禁止皇子使用的。

不过，法律是人设置的，也是由人去执行的，只要有足够的金钱，就能让人铤而走险。

“当初我攻击三斧山的人时，用镭射枪射杀12个强者，其中11个强者当场丧命，只有罗峰没死。”布罗林心中暗道，“罗峰在古堡中兑换了宝物，还有能够存放宇宙飞船的空间戒指，他被C2级镭射枪射中，却没有死，他的身上肯定有不少奇特的宝物。”

布罗林想弄到钱，可一般的小钱看不上，自然想到了罗峰。据他推断，罗峰本身的宝物就有不少，还得了界中界内的宝物，随便一件可都值天价。

“只能这么办了。”布罗林暗暗做了决定。

布罗林换了一身普通衣服，离开自己的宫殿。

帝都星上空，悬浮着一座城市，城市中有一座座宫殿，皇宫内外戒备森严。

“布罗林殿下！”皇宫门口的守卫恭敬行礼，而后让开。

布罗林直接往深处走去，来到一处宽阔的庭院，庭院的边缘有着看似普通的石碑。

他直接走向石碑，顿时石碑表面泛起波纹。

刹那间，他进入了石碑。

高耸入云的山峰之上，水浪波纹荡漾，一个人走了出来。

“布罗林殿下，你来圣地干什么？”一道低喝声响起。

一股让人心悸的气息弥漫开来，背上长着一对翅膀的精瘦男子瞬间出现在山峰上，泛着绿光的眸子紧紧地盯着布罗林。

布罗林心中一惊，连忙说道：“我有事想要见外公。”

“让他过来。”一道声音忽然传来。

长着翅膀的男子看了布罗林一眼，冷冷地道：“记住，直接前往哈格雷夫大人所在处，其他地方禁止乱闯。”

“是！”布罗林恭敬地应道。

黑龙山圣地是帝国皇族背后最大的靠山。帝国的开国皇帝，也就是现如今黑龙山圣地的神主，当初沟通了宇宙中的空间和体内世界，使两者融为一体，形成了伟大的神国——圣地黑龙山。

“神国！”

布罗林疾速飞行，映入眼帘的是一眼看不到尽头的大海，大海的上空有一颗太阳。

其实，那是一颗恒星，是不朽级强者从外界弄来神国的。

开天辟地，摘落星辰。

这说的就是不朽级强者！

“黑龙山圣地比外面的帝都星不知道大了多少倍。”布罗林飞行途中，仰头看向天空中的恒星，“一颗恒星都能放进来，不朽级强者实在是太厉害了。如果有一天，我能成为不朽级强者……”

想到这里，布罗林便摇摇头，苦笑起来。

整个黑龙山星域的界主级强者不到100人，按照目前的情况，这些界主级强者估计全部会老死。想要突破到不朽级，实在太难了。

界主级强者的寿命有限，不朽级强者才是永恒的存在。

布罗林心念一动，从空间戒指中放出了自己的宇宙飞船。

“嗖！”

他乘坐宇宙飞船，迅速朝外公所在处飞去。

宇宙飞船的飞行速度极快，飞行了近百万千米后，他就看到了神国中最雄伟的山脉——一座悬浮在海洋上方的十万多千米高的巨大山脉。

整座山脉呈黑色，宛如一头有着双翼的黑色巨龙。

这就是传说中的黑龙山。

“黑龙山！”布罗林默念道。

虽然他来过数次，此时看到黑龙山，依旧感到震撼。

靠近黑龙山后，肉眼根本看不到黑龙山的顶部。

“来我这里。”一道声音在布罗林的耳边响起。

“是！”

布罗林乘坐宇宙飞船飞到黑龙山后，连忙收起宇宙飞船，直接飞向一座豪奢的宫殿。

宫殿前方悬崖边缘站着一名秃顶老者，他周围空间的温度似乎低了几分。

正是黑龙山圣地中排名前三的界主级强者——哈格雷夫。

“外公。”布罗林连忙飞奔过去。

“嗯。”哈格雷夫看向布罗林，脸上难得浮现一丝笑容，“阿布，今日怎么来我这里了？”

“外公，我这些日子不好过啊！”布罗林苦着脸。

“我明白。”哈格雷夫见外孙这样，心中有些愧疚。

界中界一行，布罗林做得很好。只是因为传承水晶球的缘故，才落得不好的结果。而且，布罗林将在界中界得到的宝物全部给了他。

“外公，无论在帝都星办什么事，都离不开钱。”布罗林无奈地道，“在界中界时，有一个修为只达到恒星级的家伙得到了不少宝物，可是我无法利用帝国情报系统或者帝国公民总信息库调查那家伙的下落，明知有宝物，却得不到。”

“哦？”哈格雷夫眼睛一亮，“你确定？”

“我非常确定。”布罗林点点头，“我确定他在古堡中兑换了宝物。此外，他有一枚能够存放宇宙飞船的空间戒指。而且，他被我的C2级镭射枪射中，却没有死。”

“他叫什么名字？你还知道关于他的哪些讯息？”哈格雷夫追问。

界中界一役，哈格雷夫近乎破产，普通的界主级强者的资产一般都有10混元，可他现在连1混元都拿不出。

“那家伙叫罗峰，在界中界时，他是以三斧山冥昱属下的身份进入联军的。”布罗林说道，“我只知道这些，没法查到更多详细的信息，我区区一个皇子，没有多大权力。”

“我来查。”哈格雷夫直接说道。

与此同时，他的一丝意识直接进入虚拟宇宙，开始下达命令。

哈格雷夫虽然在黑龙山圣地失势了，但是他毕竟是黑龙山圣地中实力排名前三的界主级强者，不但可以使用帝国公民总信息资料库，还能通过黑龙山圣地的特殊情报系统去调查，仅仅几分钟，他就得到了答复。

“嗯？”哈格雷夫眉头微皱。

“查到了？”布罗林有些期待。

“嗯，查到了。罗峰的确是冥昱的手下，界中界一役后，他得到了冥昱赐予的100颗星球领地，冥昱则得到了一件五阶原力兵器，名唤斩空刀，可他转手就将斩空刀卖给了三斧山的一位将军，估计斩空刀就是罗峰在界中界得到的宝物。

"罗峰辖下早就有一颗星球，名叫地球。前往地球很麻烦，需要通过虫洞，而后飞行近三年才能抵达。圣地的情报组织探察到，波特雷家族曾安排一个小队，耗费了近三年的时间，前往地球。然而，地球上竟然有宇宙级九阶强者，吓退了波特雷家族派出的小队，并且宣称地球是三斧山的势力范围。"

布罗林愣住了。

"外公……"可他还是不甘心。

"要对付罗峰并不容易。"哈格雷夫摇摇头，"一、不知道罗峰现在是否在地球；二、前往地球要耗费近三年的时间；三、地球上至少有宇宙级九阶强者，要去地球的话，起码要派出域主级强者，而我麾下仅仅三个域主级强者；四、罗峰得到的斩空刀已经献了出去，估计没什么珍贵的宝物了；五、这是最重要的一点，地球是三斧山的地盘。"

三斧山可是四大组织之首，黑龙山圣地都不愿意轻易和三斧山交恶的。

"此事暂时到此为止，我会安排黑龙山圣地的情报系统重点调查罗峰。"哈格雷夫郑重地道，"最近我也很忙，要尽心培养麾下的一群弟子。"

"明白。"听到哈格雷夫这么说，布罗林知道没办法了。

"外公，你刚刚说要培养弟子？"布罗林很是惊讶。

哈格雷夫可是界主级巅峰强者，最多偶尔指点一下弟子，哪里用得着尽心培养弟子？

"嗯！这是圣地安排给我的任务。"哈格雷夫感叹一声，"如今，诸多宇宙国、神国、组织都在全力培养弟子，就连那些独行的强者都在培养弟子，毕竟时间不多了。"

"什么意思？"布罗林愈加不解。

"巅峰决战即将开始……"哈格雷夫提醒道。

"啊！"布罗林瞪大眼睛，"外公，你是说……"

想到这个，布罗林的呼吸变得急促。

"那是巅峰天才之战，还是巅峰强者之战？"布罗林问道。

"巅峰天才之战。"哈格雷夫回道。

浩瀚宇宙，弱肉强食，人类族群是宇宙诸多族群中的厉害族群之一。可是，现在人类族群虽然很厉害，不代表永远厉害，所以，人类族群的各大势力都在努力培养精英。

宇宙人类有两大顶级的选拔决战：一是“宇宙人类——巅峰天才”选拔战；二是“宇宙人类——巅峰强者”选拔战。

巅峰天才选拔战面向众多宇宙国恒星级强者，只要是恒星级强者，都可以参加，巅峰强者选拔战则面向所有宇宙国的宇宙级强者，宇宙级强者即可参加。

“各大宇宙国的无数恒星级强者在绝对公平的情况下进行对战，最后能够胜出的，绝对是无数星系中的绝世天才。”哈格雷夫感叹道，“修为达到恒星级时，就能看出一个人的天赋和悟性。在所有宇宙国范围内进行选拔，我们黑龙山星域的第一天才不知道能不能排进前100万名。”

第386章

悬空榜文

“不至于吧。”布罗林忍不住道，“我们黑龙山星域有八千多个星系，恒星级强者数以亿万计，黑龙山星域第一天才的实力想必很强，还能进不了宇宙前100万名？”

“很难。”哈格雷夫摇摇头，“乾巫宇宙国辖下有13000多个星域，其中属国就有近千个，我们黑龙山帝国只是乾巫宇宙国的一个属国而已，论强者人数，比乾巫宇宙国直属星域的要少得多。”

“黑龙山帝国第一天才想跻身乾巫宇宙国前1万名都很难，更何况，整个宇宙人类族群有上千个宇宙国。”哈格雷夫说道，“就拿上一届天才战来说，乾巫宇宙国前1万名中就没有来自黑龙山星域的。”

布罗林瞪大眼睛。

“耻辱，这是黑龙山帝国的耻辱，也是我们黑龙山圣地的耻辱！”哈格雷夫气势汹汹，周围的温度顿时急剧下降，空气冻结，凝结出了一些冰花。

“外公！”布罗林感到刺骨的寒冷，连忙喊道。

哈格雷夫心念一动，周围的温度顿时恢复正常。

“好了，我还要培养那一群弟子，你先回去吧。”哈格雷夫道。

“是，外公。”布罗林不敢多说，当即离开了。

此次他想请外公派人对付罗峰的计划算是泡汤了。

2266年3月9日。

虚拟宇宙，黑龙山岛屿。

这里同样有黑夜和白天，甚至天空模拟出了一颗恒星。此刻，正是黑夜，黑龙山岛屿的许多地方都有着点点灯光，酒吧等场所更是灯光璀璨，一切都和过去一样。

忽然，黑龙山岛屿上空出现了一卷发散着光芒的黑色榜文，黑色榜文上有一个个发出耀眼白光的大字。

“五千年一度的宇宙人类——巅峰天才战即将举行！这是由虚拟宇宙公司携所有宇宙国共同举办的。你是天才？在同级同阶强者中找不到对手？那就参加‘巅峰天才战’吧，在这里，会有来自诸多宇宙国的亿万天才进行激战！请通过虚拟助手进入虚拟宇宙网络官网浏览详情。”

夜空中突然出现巨大的榜文，长宽都超过百万米，黑龙山岛屿有亿万人，在岛屿上，抬头就能清楚地看到榜文。

“巅峰天才战要开始了！哈哈！有热闹看了。”

“所有宇宙国中的亿万天才对战？”

“这可是整个人类族群的一场大盛会啊！”

“听说，若是能跻身宇宙总排名前一千名，会得到惊人的奖励。”

“嗯，这一届是虚拟宇宙公司举办的，奖励肯定极丰厚。”

“巅峰天才战每一万年会举行两次，一次由虚拟宇宙公司举办，一次由巨斧斗武场举办。”

“赶紧去官网看看。”

……

在虚拟宇宙中，代表宇宙国的大陆和代表宇宙中等国度的岛屿上空都出现了一卷卷巨大的榜文，每一卷榜文都是在宣传宇宙人类——巅峰天才战即将举行的消息。

仅仅一夜时间，这个消息就传遍了整个人类族群的所有宇宙国。

传播速度极快，由此可见虚拟宇宙网络的先进性。

杀戮场，杀戮空间。

这是一片广袤的沙漠，沙漠上有数千名黑衣人，每一名黑衣人都是恒星级五阶强者，最前方站着一个身穿白袍的光头男子，他手持原力战刀，刀锋隐隐透出冰冷的光芒。

“杀——”

数千名黑衣人大喝一声，而后闪电般朝光头男子这边冲来。

光头男子微微一笑，周围隐隐有雷电闪烁着。

当最前面的一群黑衣人冲来时，光头男子身体一闪，手中的战刀陡然动了。

“噗！”刀快如闪电，瞬间击杀了一名黑衣人。

“唰——”

光头男子的步伐看似不快，可是每次移动得都很诡异。

那把战刀不动则已，一旦挥出，快如闪电，一击毙命。

他的步伐和刀法形成了非常玄妙的节奏，快慢结合，将大量同级同阶的对手击杀。

“哧——”一条长鞭抽中光头男子的左臂，顿时令其左臂鲜血淋漓。

此时，围过来的其他黑衣人趁机偷袭。

光头男子顿时丧命。

只见周围空间微微变幻，所有的黑衣人，包括地上的那些尸身全部消失。

然而，光头男子再次出现了。

“雾大人，我做得不错吧！”雷神笑道，“我可是一口气击杀了一百九十多个同阶对手。”

“你真是蠢到家了。当初没我教你，你自己一个人修炼，都能拥有领域，现在我全力培养你，你应该进步更大。”雷神肩膀上的白胡子老头怒吼，“还有，上次你竟然输给了洪，我真觉得丢脸。洪可没有老师，你有我这个老师，竟然输了！”

“我差一点就赢了。”雷神没好气地道，“要知道，这么多年，我可一次都没赢过我大哥。上次差点赢了，算不错了。”

“什么叫算不错了，你对自己的要求应该要高。好了，现在我来说一下你的身法和刀法。根据今天的战斗情况来看，你的身法还存在不少问题，我一眼就看出九个缺点：第一，刀的移动也是身法的一部分，你却总是无法完全领会；第二……”白胡子老头指出了一大堆缺点。

雷神认真地听着。

训练完后，雷神才走出杀戮场。

杀戮场大厅外，雷神伸了个懒腰，准备召唤天空中的天马时，一眼就看到空中那无比巨大的榜文。

雷神瞪大眼睛，惊呼：“这么大的榜文？！”

他当即细读榜文的内容。

“巅峰天才战？小子，你一定得参加，机会难得。”雾大人咆哮道。

雷神点点头。

“大哥，三弟。”雷神当即通知洪和罗峰。

地球，黎明时分。

一条破败不堪的高速公路上，罗峰身穿战袍，背着一根暗金色长棍，紧紧盯着前方。

而后，他心念一动，低喝一声：“幻剑式！”

顿时，一串金光从他身上的暗金色长棍中飞出，同时一股强大的奇异之力融入金光中，那串金光才停了下来。

那是9把薄如蝉翼的小金剑，此刻这9把小金剑分散排列，剑身有着无比复杂的奇异的金色秘纹，在压缩领域的辅助下，罗峰凭借强大的意识，吃力地催动这9把小金剑。

金色丝线贯穿其中，论复杂程度，是遁天梭的千倍，乃至万倍。

“凝！”罗峰低喝一声。

金色丝线使得9把小金剑彼此连接，形成玄奥的组合，最终形成一把金色幻剑。

“砰！”金色幻剑骤然崩溃。

金色丝线断裂，分散成9把小金剑。

“归！”罗峰脸色苍白，摇头一叹。

9把小金剑迅速飞回他背上的暗金色长棍中，沿着暗金色长棍上的缺口，插入其中。

“没想到修炼衍神兵第一重就这么难。”罗峰暗叹一声。

衍神兵经过一段日子的精神孕养，早就和自己无比契合，可是，施展衍神兵的难度的确大得惊人，自己修炼第一重都这么吃力了。

现在他达到了领域五重，也算是跨入了宇宙金之本源法则的门槛。此外，他的意志振幅强度达到58，当然，这其实是宇宙级六阶金角巨兽的灵魂意志强度，所以他这个恒星级七阶的精神念师的意志才这么强大。

意志强大，领域五重，初步跨入宇宙金之本源法则门槛，对于恒星级强者来说，拥有任何一样，都算厉害的。可是，即便如此厉害，他连衍神兵第一重都没练成。

“罗峰，别着急，以你目前的实力，施展衍神兵第一重是可以的。不过，你现在还不够熟练，经过一次次修炼，操控衍神兵达到习惯成自然的地步，这样就不需要耗费那么多意念。”巴巴塔道。

“明白。”罗峰点点头。

“罗峰，雷神发送了通话邀请。”巴巴塔又道。

“二哥？”罗峰有些惊讶。

雷神一直在接受那智能生命的教导，拼命修炼，很少联系自己的。

“连接虚拟宇宙网络。”

荒野上。

一个衣服破烂的乞丐盘膝坐在一棵歪脖子大树下，周围有怪兽奔跑而过，却对他视而不见，根本不敢去招惹他。

“呜——”一头头怪兽彼此攻击，鲜血淋漓。

可那个乞丐依旧默默地坐着。

“要有光，便有了光，没有，便是黑暗。”乞丐轻声说道。

“呼！”

原本坐在那里的乞丐顿时消失了，周围一片漆黑。

下一瞬间，黑暗消失了，乞丐再度出现了。

“宇宙……自然……古人的智慧博大精深，只是限于身体和精神，无法探究得更深而已。”乞丐脸上露出了笑容，“上次差点被二弟击败了，这次总算是跨入领域六重了。”

“嗯？二弟又找我，难道他又想和我比试？”乞丐想着。

他身上的破烂衣服瞬间燃烧，同时，体表自动出现一套衣服。

一下子，他变得气宇轩昂。

正是地球三大强者之一——洪。

罗峰和洪接到雷神的通信申请，都进入了虚拟宇宙。

第387章

大风起

虚拟宇宙，黑龙山岛屿，九星湾小区。

罗峰和洪都出现在自家门口的草地上。

这时，雷神大声喊道：“三弟、大哥，你们总算来了，快抬头看天空。”

“二弟，到底什么事啊？你怎么咋咋呼呼的？”洪看了他一眼，而后抬头看天。

罗峰也疑惑地抬头看去。

天空中有一卷巨大的榜文，仿佛天幕罩在空中。

“巅峰天才战？！”洪瞳孔一缩。

“所有宇宙国的亿万天才参与对战。”罗峰看到榜文上的内容，不由得倒吸一口凉气。

“有意思！”罗峰眼睛微眯，心中生出强烈的战意。

“大哥，三弟。”

雷神走过来，伸出手，往旁边一指，顿时凭空浮现一块屏幕，屏幕上出现虚拟宇宙公司官网，此刻官网的首页上有着无比显眼的“宇宙人类——巅峰天才战”的专题。

“点开看看。”洪道。

“嗯。”雷神轻轻一点。

只见里面有“宇宙人类——巅峰天才战”的详细信息。

巅峰天才战是面向所有恒星级强者的。也就是说，只要是恒星级强者，即可报名参战。

准确地说，巅峰天才战是五千年举办一次，一万年内举办两次，这两次分别由虚拟宇宙公司和巨斧斗武场举办。对于虚拟宇宙公司而言，巅峰天才战是万年一度的盛事。

“嗯？”罗峰眼睛一亮。

巅峰天才战分为宇宙国选拔战和巅峰总决战。首先，在各大宇宙国内部进行筛选，选出实力强大的精英，而后参加整个宇宙人类族群的巅峰天才总决战，定出最终的排名。

“宇宙总排名前1000名，会得到三大奖励：其一，根据排名高低，获得10混元－1万混元不等的奖金；其二，获得进入初始宇宙参悟的一个名额；其三，成为虚拟宇宙公司内部的核心成员。”

罗峰心中大惊。

只要排到前1000名，最低名次者都能获得10混元，这可堪比自己在界中界的所有收获。而最高名次者能得到1万混元，估计是整个宇宙天才战排名第一的能得到这个奖励。要知道，1万混元堪比一个不朽级强者的全部身家。

虚拟宇宙公司果真财大气粗。

“1000人都能进入初始宇宙参悟吗？”

罗峰记得，乾巫拍卖会给出了一个进入初始宇宙参悟的名额，当时拍卖者争夺激烈，那个名额弥足珍贵。而且，就连他的老师都没进入过初始宇宙。

“开出的条件还不错。奖金、进入初始宇宙参悟、成为虚拟宇宙公司的核心成员……这些条件配得上前1000名的超级天才。”巴巴塔说道，“罗峰，机会难得，你得去试试。”

“什么叫试试？听你的口气，你认为我想冲进前1000名很难？”

“罗峰，你可真的是小瞧宇宙中的亿万天才了，别说冲进整个宇宙的前1000名几乎没可能，单单冲进乾巫宇宙国前1000名都很难。”巴巴塔说道。

罗峰愕然。

“虽然宇宙中的不朽级强者很少，但是拜在不朽级强者门下的恒星级强者可是数以亿万计的，血统尊贵、天赋了得的恒星级强者多的是，悟性超强的也不在少数，意志强大、努力刻苦的更是数不胜数。你最大的底牌就是金角巨兽，它赋予你超强的意志，也令你感悟法则的门槛低了一点，可是，你想要冲进宇宙总排名的前1000名，并不容易。”巴巴塔话锋一转，“当然，你已经很努力了，近三年的时间，就达到了领域五重。不过，论年纪，你的大哥和二哥比你爷爷还大，而宇宙中的很多恒星级强者都几百岁了，你最大的弱点是修炼时间太短，到如今，都不足30年。至于那些活了几千年的恒星级强者，反而对你没什么威胁，他们几千年都没突破到宇宙级，根本算不上天才，悟性等方面肯定很差。”

罗峰沉默不语。

“当然，意志强度、领域、对宇宙本源法则的感悟这三方面，你的确很强，横扫黑龙山星域的恒星级天才是没问题的。至于跻身宇宙总排名前1000名，这实在太难了，你若是能跻身乾巫宇宙国前1000名，就算成功了。”巴巴塔道。

当巅峰天才战的消息吸引了罗峰三兄弟注意的时候，在浩瀚宇宙的无数星系中，亿万恒星级强者都对巅峰天才战无比期待。

这是一个浩瀚的神国，神国上方悬浮着一座座火焰山。

此刻，一个头发赤红，身体沐浴在火焰中，足足有七八米高的人站在半空中。他的旁边站着一个个界主级强者，而前方跪伏着上千个年轻人，这些年轻人都达到了恒星级。

“你们是我天火神国的优秀弟子。”一道宛如雷鸣的声音传到上千个年轻人的耳边。

“只要有谁能通过初选，进入擂台战，那我就收他为亲传弟子。若是能冲进我们宇宙国的前1000名，我就赐予他一个星系当作领地。”火焰中的神灵冷冷地道，“现在，你们都去准备吧，不要让我失望。”

“是，神主！”上千个年轻人恭敬应道。

圣地黑龙山。

“你们身上寄托了我黑龙山帝国的荣耀。”一道沙哑的声音响起。

一个全身有着黑色鳞甲，额头上有着一根黑色龙角的大汉站在那里，周围空间凝结，而一群界主级强者异常恭敬。面对这个大汉，这些界主级强者根本不敢有丝毫不敬。单单那隐隐散发的雄浑力量，就让人心惊胆战。

“去吧，为我黑龙山的荣耀而战！”大汉朗声说道。

“是！”近千个恒星级强者跪伏在地，很是激动。

几乎所有人都是第一次见到传说中的黑龙山帝国的开国皇帝，即伟大的不朽级存在。

青色星球上，植物茂盛，很多土著人生活于此，这里几乎没有科技文明。

在这颗星球上，武者的实力极强，甚至诞生了数十个宇宙级强者，恒星级强者更是极多。像这种武力强大的星球，早就应列入宇宙文明之地才对，除非它的地理位置实在是太偏僻，或者这是一个超级强者的领地。

一些强者会专门培养一些星球，让这些星球不受科技的侵入。这也是为什么这里没有科技文明。

“待会儿100个恒星级九阶武者和精神念师会围攻你。”一名白袍老者缓缓地道。

他的身侧站着一个背着血色长剑的白衣青年。

“是！”白衣青年微微点头。

很快，远处飞来一群恒星级九阶强者，他们将白衣青年给重重包围住了。一般来说，以一敌多，都是靠身法进行闪避，让自己短时间内仅仅面对极少对手。

像这种一开始就将自己置于被多人围攻的境地，无异于自杀。

“动手！”白袍老者冷冷地下令。

那100名恒星级九阶强者同时动手，或是以念力兵器攻击，或是精神攻击，或是刀剑攻击。

“哗！”一道血色剑光亮起。

白衣青年身影模糊，周围隐隐出现了一道道白色人影。

“啊——”瞬间，100名恒星级强者全部被击杀。

“很好！”白袍老者眼睛一亮，“你比过去又进步了，你是老师我流浪亿万星系所见过的最了不起的天才。”

白衣青年看向白袍老者，很是惊讶：“老师，你、你刚才说……”

这么久以来，他一直跟随着这个超级强者，却从来没听他这么夸赞过自己，他最多说还行、一般之类的话。

“嗯！你如今实力很强，老师没什么能教你的了。”白袍老者道。

“老师，我……”白衣青年想说什么，可是，不善言辞的他一时间不知道该说什么。

“你去参加宇宙天才战吧！以你的实力，进入宇宙前1000名是轻而易举的。虚拟宇宙公司强者如云，只有去那里，你才能找到适合教导你这样的天才的老师。”白袍老者说道，“等你达到不朽级，再回来找我吧。”

“呼！”白袍老者消失了。

“宇宙天才战……”白衣青年轻声默念。

另一边。

一个头发乱糟糟，足有三米多高，背着一把短刀的年轻壮汉赤裸着大脚丫，大步走在荒凉的山脉上。

“宇宙天才战？诸多宇宙国的恒星级强者都会参加？”年轻壮汉发出了爽朗的笑声，“有意思，我图蛮已经很久很久没遇到势均力敌的对手了。”

而他身后不远处的地面上有一个宇宙级一阶强者的尸身。

浩瀚宇宙中，各大宇宙国和无数神国的恒星级强者，许多名震一方的超级天才，还有一些苦修者、流浪武者等等，都注意到了这一场超级大战。

文无第一，武无第二，越是强者，越是不服人。

第388章

无数天才

虚拟宇宙，黑龙山岛屿，九星湾小区。

罗峰、洪、雷神三人都沉默不语。

“老二、老三，我们参不参加？”洪看向罗峰和雷神。

罗峰和雷神看向洪，三人眼眸中都有着对战斗的强烈渴望。

三人顿时笑了。

“哈哈！我们三兄弟就去拼一次吧！”

罗峰、洪、雷神都点击面前的屏幕，进入虚拟宇宙公司官网报名的网页。

网页最上方有一行显眼的数字——1948593889，几秒钟后，数字立即变化，变成了2008299173，旁边还有一行宇宙通用文字——乾巫宇宙国报名者人数。

“报名的人真多！”雷神惊呼道。

“的确很多。”罗峰仔细看了看，“都超过20亿人了。”

“我进入杀戮场训练时，还没看到榜文，等我从杀戮场出来，就看到榜文了，然后我就立即联系你们，根本没多久。”雷神感慨一声，“我训练的短短时间，竟然有这么多人都报名了。”

“整个乾巫宇宙国有上亿个星系，这么多人报名也不奇怪。”

罗峰笑笑，而后开始报名。

“还要填写报名资料？”

罗峰看着面前的屏幕，无奈一笑，他只能迅速填写资料，而后点击“报名”

按钮。

“嘀！”一道提示音响起。

“扫描完成！恒星级七阶精神念师报名成功。”

虚拟宇宙网络通过连接网络的部件能够进行人体实力扫描，由此可以确认，报名者是恒星级强者。

罗峰等三人当天就报了名，不过，距离“宇宙人类——巅峰天才战”的报名截止时间还有一个月。接下来的时间，罗峰、洪、雷神当然是抓紧每一分每一秒刻苦修炼，以提高自身的实力，谁都不想一开始就被淘汰。

无论是罗峰，还是洪、雷神，都很是骄傲，都不会轻易认输。

想要让他们服输，那得实力比他们强。

时间飞快流逝。

在诸多宇宙国无数星系的人的关注下，巅峰天才战报名终于结束了。

2266年4月16日。

“罗峰，有邮件。”

“小子，有邮件。”

“主人，有邮件。”

罗峰、雷神、洪三人同时收到了通知，立即让意识进入虚拟宇宙。

虚拟宇宙，黑龙山岛屿，九星湾小区。

罗峰、洪、雷神同时出现在自家门口，三人彼此相视一眼，都笑了。

“爸爸。”小海兴奋地扑向罗峰，“你终于回来了，好长时间没看到你了。”

“来，坐爸爸腿上。”罗峰坐在旁边的椅子上，抱着小海，而后手一指，面前自动出现一块屏幕，他迅速点开屏幕上的一封邮件。

“欢迎你参加‘宇宙人类——巅峰天才’选拔战。本次选拔战报名的人很多，在乾巫宇宙国范围内，就有超过8225亿个恒星级强者参加，比上一届还要多1100亿人，这令我们虚拟宇宙公司感到非常自豪。

“我们保证，此次天才选拔战会在绝对公平的情况下举行，因为报名者有的是恒星级一二阶强者，有的是恒星级八九阶强者。为了公平起见，选出真正的天才，赛场将会设置在虚拟宇宙中。到时候，所有参战者的身体素质和念力都保持在恒星级九阶的水准。

“所有参战者可以任意选择任何品阶的原力兵器、念力兵器，但是不得超过10件。需要提醒参战者的是，虽然四五阶念力兵器厉害，但是实力弱的参战者根本无法使用，建议选择最适合自己的兵器。此外，参战者可任意选择原力战衣（不得超过二阶），还可得到储存食物的空间戒指。

“此次天才选拔战考验的是参战者的意志、领域、经验、对法则的感悟等，外部条件都一样，这样才公平。

“本次天才选拔战分为两个阶段：

“第一阶段，从各大宇宙国选出前1000名的强者；

“第二阶段，每个宇宙国的前1000名强者集合，进行最后的总决战，决出宇宙前1000名强者。

“其中，规模最大的是第一阶段。

“你所在的宇宙国为乾巫宇宙国，乾巫宇宙国有超过8225亿参战者。天才选拔战分为预选淘汰赛和擂台决战。通过预选淘汰赛，将只剩下100100人，因为淘汰人数过多，预选淘汰赛注定会非常残酷。

“乾巫宇宙国的预选淘汰赛也是分阶段的，首先会在虚拟宇宙中划分出100个世界区，每个世界区都会分到82亿多参战者。82亿多参战者在同一个世界区中相互厮杀，杀了对手，赚取积分，击杀的对手越多，得到的积分越多，每个人只有一条性命，一旦死亡，就结束了。

“而后，根据最终的积分排名，积分排在本世界区前1001名的，便算是通过预选淘汰赛。每个世界区都选出1001名优胜者，100个世界区便是选出100100名优胜者。

“此外，哪个世界区的积分排名第一，无须进行擂台决战，直接夺得宇宙国前1000名中的100个名额，剩余的900个名额由10万人进行擂台决战瓜分。

“本信件后面有附件，附件中有一些详细的资料。”

……

看完这封邮件，又看完附件，罗峰感觉到了压力。

“老二、老三，巅峰天才战够残酷的。单单预选淘汰赛，就会将8000多亿参战者淘汰。”洪无奈地道，“为了不被淘汰，参加者会疯狂厮杀。我可以想象出那种场景，那将会是异常残酷的一幕。”

“参加者太多，所以只能用这种办法。”雷神笑道，“反正是在虚拟宇宙中，不会真的丢掉性命，我倒是有些期待。”

罗峰笑了笑，眼眸中闪过一丝渴望。

他偶尔会进入杀戮场，挑战强大的对手，来一次痛快的大战。而此次预选淘汰赛就有82亿多恒星级强者进行厮杀，若能脱颖而出，证明实力不俗，他也期待起来了。

报名时间截止后，虚拟宇宙公司开始进行准备工作，准备工作非常繁琐，不过，虚拟宇宙公司的效率极高。

2266年5月16日。

正是乾巫宇宙国预选淘汰赛开始的日子。

……

“你们给我盯紧了，仔细关注不断变动的积分排行榜。对于那些超级天才，我们组织估计拉拢不了，差一点的强者也行。我们乾巫宇宙国此次一共有100个预选区，每个预选区能够排前1万名的都算是很厉害的，这可是招收精英的最好机会。”

……

“每一次榜单变动都要进行计算。搜集各精英的资料，并进行保存。将来我们乾巫宇宙国大量的界主级强者、域主级强者估计就在他们中产生。”

……

“你们是我诺岚山家族最优秀的年轻一代，我不敢奢望你们都能通过预选淘汰赛。不过，谁能在自己的预选区冲进前1万名，那他将成为诺岚山家族的下一任族长！”

……

“今天就开始举行预选淘汰赛了，神主对大家充满期待，大家可别让神主失望。”

……

“你们是乾巫宇宙国的精英，未来的希望，吾希望你们能发挥实力，夺得预选淘汰赛的一半晋级名额。”

……

宇宙星空中，数位让人无法看清面容的大人物凌空而立，散发着让人心悸的神威，周围的空间隐隐扭曲，远处，无数恒星级强者都恭敬跪伏。

预选淘汰赛开始前，各大势力的领头人都进行了慷慨激昂的讲话，激发了参加者们的斗志。

“呼！”

前方的空间陡然转换，上亿个恒星级强者瞬间全部消失了。

感受到不可思议的神通，旁边的上千个不朽级强者都惊叹不已。

此时此刻，无数人都关注着这场天才选拔战。

5月16号这一天，许多参加者集合在一起。此次一共有8200多亿参加者，平均到乾巫宇宙国每一个星系，每个星系不足1万人，须知一个星系的恒星级九阶强者就有好几万，一阶到九阶的强者加起来就更多了。

事实上，敢报名的都是对自己的实力有信心的。

8200多亿参加者中，有些人是有奇遇，有些人的天赋极高，有些人有好的老师，有些人则拥有强者之心。

包括罗峰三兄弟在内，乾巫宇宙国的8200多亿恒星级强者都聚集在了一起。

第389章

第一世界区

“预选淘汰赛会在100个世界区进行，我在七十二区。老二、老三，你们在哪个世界区？”

“哈哈！我在八十八区，我喜欢这个数字。三弟，你呢？”

“我在一区！”

“一区！好兆头！”雷神笑道。

罗峰看向远处，一眼看去，全都是人影，各种各样的穿着，并且，高的有超过十米的，矮的则不足一米。参加者们三五成群，议论纷纷。

“所有人注意，本次预选淘汰赛将在100个世界区进行，马上将进行集体传送，将各位传送到所分配到的世界区。请抓紧时间，检查你们的装备，一旦预选淘汰赛正式开始，就无法再申请武器了。”一道清亮的声音回荡在大陆上空。

罗峰低头看向自己。

他穿着深灰色的二阶原力战衣，戴着战盔，脚踏战靴，手上有一枚空间戒指，盾牌、原力战刀、遁天梭、衍神兵之类都存放在空间戒指中。很多都是虚拟宇宙中模拟出来的兵器，然而，使用的时候，威力跟现实中的完全一样。

“即将进行集体传送。倒计时，60、59、58……”那道清亮的声音再次响彻大陆上空。

拥挤的人群中，罗峰等三人彼此相视一笑。

“好运！”罗峰笑道。

“一起通过预选淘汰赛。”雷神笑道。

“加油！”洪也面带笑容。

“10、9、8……3、2、1！传送！”那清晰的宇宙通用语传到8200多亿参加者的耳边。

下一瞬间，大陆上的所有参战者全部消失了。

同一时刻——

虚拟宇宙中，开辟出了100个单独的世界区，每个世界区中分别出现了82亿多参加者。

各大宇宙国的预选淘汰赛正式开始！

作为整个人类族群的盛会，上至高高在上的不朽级强者，下至能进入虚拟宇宙的普通宇宙公民，个个都很关注。

当然，乾巫宇宙国的公民主要是关注自己国家的预选淘汰赛。

第一世界区。

在被传送时，罗峰感觉眼前一花，等了三秒钟左右，眼前的一切变得清晰。

这是一个普通的客厅，他站在客厅中，只见旁边有卧室和卫生间。

“这就是第一世界区？好惊人的引力啊！”

感觉到那种强大的引力，罗峰很是惊讶。

随即，他低头看向护臂上的屏幕，屏幕会自动接收举办方虚拟宇宙公司传送过来的诸多讯息。

屏幕上有着密密麻麻的文字：

参战者：罗峰（黑龙山帝国）

积分：0

排名：无

所在世界区：第一世界区

时间：预选淘汰赛会持续30天，时间一到，预选淘汰赛结束，按照最后时刻的积分排名决出胜者。

注解：第一世界区是仿照现实世界中乾巫宇宙国的卑罗星球面貌而建造

的大陆，整个大陆上一共有91个城市，还有荒野、山川等，陆地面积为1300多万平方千米。此外，第一世界区的房屋墙壁、地面等硬度都达到了B9级。

获得积分的规则：击杀一名对手，得到一分，同时还可得到对手的一半积分。所以，击杀的对手实力越强，自己得到的积分越多。

排行榜规则：死者依旧有排名，如果其积分足够多，即使预选淘汰赛终止，损失一半积分，依旧有可能名列前1001名，所以请各位抓紧时间战斗。

郑重提醒：每个人只有一条性命，死亡后，预选淘汰赛终止，并且积分损失一半。

下面附有详细的排行榜单。

……

罗峰站在客厅中，仔细阅读虚拟宇宙公司传来的资料，不禁倒吸一口凉气。

“第一世界区的面积仅仅1300多万平方千米，C国领土面积就有960万平方千米，82亿多恒星级强者聚集在这么大一点的地方，人口密度太大了。”

而后，他感受了一下引力，这里的引力比界中界的还要大，起码是地球引力的万倍。

“这杯子的硬度真是惊人！”罗峰拿起餐桌上的一个茶杯，一用力，茶杯产生了裂缝，这令他惊讶不已，“资料上写的没错，这里房屋墙壁的材料硬度都达到了B9级。”

随即，罗峰轻轻放下杯子。

在数万倍地球引力的环境中，他仿佛猫一般轻轻地走到阳台上。

透过阳台，朝外面观看，这是一座繁华的城市，映入眼帘的是一座座高楼。整个城市很是寂静，没有一点人气。

“所有人都是刚进入世界区，估计都在熟悉环境。”罗峰心中暗道。

“轰！”远处突然传来一声巨响。

罗峰大惊，连忙看了过去，只见一座摩天大厦的窗玻璃猛地炸裂。

两人撞破了窗玻璃，悬浮在半空中，厮杀起来。

“轰——”

他们一交手，一瞬间，城市各处响起了各种轰鸣声。

每一个人都拥有恒星级九阶层次的身体，如果是在一般的行星上，恒星级九阶强者一旦爆发，就能轻易毁掉一座城市。好在他们是在虚拟宇宙中，虚拟宇宙公司显然早就料到这种情况，专门将各个世界区的物品硬度设定成B9级，这样一来，至少能让这些世界区承受82多亿恒星级九阶强者厮杀一个月。

“动手了！”罗峰瞳孔一缩，当即走回自己的屋子。

“砰！”房门猛地被踢开，合金铸造的房门都被踢得变形了。

只见一个魁梧壮汉步入屋内，他全身被由原力战衣形成的战甲、头盔、战靴覆盖住了，双手各抓着一柄斧头。

当他看到罗峰时，咧嘴一笑，道：“你是第一个！”

“嗖！”魁梧壮汉一个前冲，令客厅地面表层的砖石都龟裂开来。

随即，他左手中的斧头划过一道弧线，直接朝罗峰劈来。

“哼！”罗峰冷哼一声。

悬浮在一旁的遁天梭瞬间射出一连串刀光，刀光直接变成金色的鱼儿。

和三年多前纵横杀戮场不同的是，现如今罗峰操控剑鱼阵更加游刃有余，刀光变成的金色鱼儿看似没有任何威胁。

可是——

“呼！”金色鱼儿在斧头上一荡，直接划过魁梧壮汉的头颅。

魁梧壮汉眼眸中有着难以置信，嘴巴微微张开，似乎想要说些什么。

“噗！”随即，魁梧壮汉直接倒在地上，没了气息。

他手中的斧头砸落在客厅地面上，令地面表层的砖石碎裂开来。

“这些日子，我天天使用衍神兵，现在施展遁天梭，竟然有一种举重若轻的感觉。”罗峰咧嘴一笑。

一次次举起百斤重物体的人，当再去举十斤重的物体时，自然会觉得非常轻松。

如今罗峰就是这种感觉。

遁天梭使用的难度不及衍神兵的万分之一。

“积分……”罗峰低头看向护臂上的屏幕，屏幕上的数字已经发生变化。

参战者：罗峰（黑龙山帝国）

积分：1

排名：696034836

“预选淘汰赛会持续一个月，刚开始因为参加者太多，厮杀非常激烈，到了后期，参加者就很少了，能坚持到后面的参加者估计都有很高的积分。到时候击杀一个对手，比现在击杀百个对手有用得多。”罗峰心中思忖，“而且，再厉害的高手，也怕被围攻，即便再厉害，若是被百万同阶高手围攻，必死无疑。我还是保持低调，熟悉一下情况。”

当即，罗峰悄然离开屋子，沿着楼梯迅速下楼，一层一层进行探察。

途中，他碰到了九个对手，天赋都算不错，甚至其中有一个精神念师，那人控制念力兵器的实力堪比三年前的罗峰。可惜，他的对手是罗峰。

现在的罗峰实力非常强大。进步最惊人的就是这三年。他从没有领域到跨入领域五重，之后，还感悟出一点金之本源法则，实力提升到了极高的地步，就连洪和雷神也远远不是他的对手。

他使用遁天梭时，刀光形成的剑鱼蕴含了一丝玄妙的法则，威力大得惊人，消灭这些对手简直轻而易举。

毕竟就连巴巴塔也认为罗峰能称得上黑龙山帝国同阶强者中的第一高手。

……

“这栋住宅楼有4个单元，一共有41个对手，我要将他们全部击杀。”

12层住宅楼的一个普通茶室中，罗峰盘膝静坐，一道金色幻剑正在他周围不断飞舞。

没错！这金色幻剑正施展着衍神兵的第一重——幻剑式。

报名后的两个月中，罗峰废寝忘食，精力全部耗费在修炼衍神兵第一重上，总算在预选淘汰赛开始前能够勉强施展出来。

“这幻剑式我还不熟练，只能勉强施展出来而已，不能发挥出它最大的威力。而遁天梭的剑鱼阵，我已经完全熟练了，几乎能够发挥出其最强的威力。现在我得安心琢磨幻剑式，修炼幻剑式，将幻剑式修炼到能够随心所欲施展的地步。”罗峰心中暗道。

金色幻剑不断围绕着罗峰旋转，此刻，其旋转轨迹还不太顺畅。

第一世界区的预选淘汰赛如火如荼地展开着。

罗峰占领了这栋住宅楼，先完善幻剑式，增强自己的绝招，现在刚开始，还不是大展拳脚的时候。

第390章

出手

第一世界区。

所有参战者最多能飞到离地面大概9000米的高度，再往上，就有一层看不见的隔膜。

在隔膜之上，一艘艘宇宙飞船缓缓飞过。

其中一艘宇宙飞船的一个单间内，有罗洪国、龚心兰、徐欣，还有罗海、罗平，以及徐欣哥哥徐刚一家人。

“天才战竟然不进行转播。”徐刚感慨道，“我们想要看预选淘汰赛，必须来到世界区的上空，乘坐宇宙飞船俯瞰，而且收费那么贵。”

“哥，不转播很正常。”徐欣笑道，“82亿多恒星级强者对战，怎么转播？”

透过外景虚拟，徐欣他们低头就能看到下方大陆上发生的大战。此外，他们还能将战斗场景放大，可以清楚地看到那些参战者的样貌。当然，如果对方躲到建筑物内，就无法看到了。

“妈妈，爸爸的排名一直在往下掉。”罗海很着急。

他的手中有一块屏幕，屏幕上有三个榜单，分别是第一世界区、第七十二世界区、第八十八世界区的参加者榜单，罗峰、洪、雷神三人的榜单最显眼。

罗峰的排名的确一直在往下掉。

“大伯的排名也在往下掉，不过，二伯的排名一直在上升。”罗海急切地说道，“二伯的排名上升得好快，都冲进前10万名了。可是，我爸和大伯排在1000万多名。”

“你懂什么，这叫保留实力。”罗平说道。

罗海瞪了罗平一眼，没好气地道：“谁能是爸爸的对手，还用保留实力吗？”

“哈哈……”旁边的罗洪国夫妇都笑了起来。

“这话说大了。”徐刚也笑了，“来，小海，坐到舅舅的腿上。”

“不。”罗海低头，继续看着手中的屏幕。

罗峰和洪的排名还是很低。

……

100个世界区同时进行预选淘汰赛，因为没有转播，所以整个乾巫宇宙国，上至高层，下至普通公民，都不惜花费高额费用乘坐宇宙飞船，在世界区的上空观战。

……

第六十一世界区的上空，一艘华丽的宇宙飞船中，一群年轻男女拿着酒杯，吃着美食，通过外景虚拟进行观战。

“哈哈！排名第一的是我们宇宙国直属星域中的天才。”一个穿着华贵长袍的男子端着酒杯，朗声笑道，“啧啧，骆涂儿，你们鹏羽帝国的恒星级强者成绩不错，竟然有人冲进了前100名。”

“多谢世子殿下夸奖。”一个扎着一根辫子，额头镶嵌着奇异玉石的男子笑着说道。

“鹏羽帝国是我们乾巫宇宙国诸多属国中强者极多的属国之一。对了，骆涂儿，我听说你们那边传出风声，你将成为皇位第一继承人。”

“我也听说了。骆涂儿，你当了鹏羽帝国的国主后，可别忘了我们啊。”

骆涂儿微微一笑，摇头道：“这都是乱传的，还没定呢。不管怎么说，我们都比不上世子殿下啊！世子殿下是鼎天侯的独子，将来绝对能继承鼎天侯的爵位，鼎天侯的领地可比我们鹏羽帝国大十倍。”

世子闻言，不由得笑了。

乾巫宇宙国疆域辽阔，地位最高的无疑是国主，国主之下，就是封侯的强者，能在乾巫宇宙国封侯的大多是不朽级强者，这些封侯的强者的领地丝毫不比那些中等文明国度的小，有些反而更大。

“布罗林，我怎么没看到你们黑龙山帝国的强者？”世子看向不远处的布罗林，问道。

“是啊，布罗林，上次黑龙山帝国好像就没有一人进入前1万名吧。”

“嗯，黑龙山帝国的强者在最近几届天才选拔战中都表现得很差。”

这群人或是各个属国的皇子、公主，或是乾巫宇宙国的世子殿下，或是一些大家族的年轻贵公子，在虚拟宇宙中，也经常在一个圈子。布罗林作为黑龙山帝国最强势的皇子，也是其中一员。

“现在很多高手都没急着出手，或许过段时间，黑龙山帝国就能冒出一个高手。我说得对吗，布罗林？”骆涂儿笑着看向布罗林。

布罗林勉强挤出一丝笑容，道：“现在开始没多久，难说。”

在宇宙中，他们的帝国荣誉感一般是很强烈的。假如黑龙山帝国出现一个超级强者，那么整个黑龙山帝国的人都会倍有面子，其他星域的国度也会对他们刮目相看。

……

另外一艘宇宙飞船的单间内只有一人——诺岚山。

“族祖，家族中参加天才选拔战的弟子只剩下83人还活着，其他人都被杀了。刚开始，参加者太多，厮杀太激烈，根本没法逃，活着的83人中，排名最高的都排在130多万名。”

看到屏幕上出现的这个信息，诺岚山脸色难看。

“一群废物。”诺岚山摇摇头，“不过，距离天才选拔战结束还早，希望能给我一个惊喜吧。”

第一世界区，依旧是那栋住宅楼。

一个普通的房间内，罗峰依旧盘膝静坐，紧紧地盯着眼前的金色幻剑。这把由大量金色丝线贯穿9把金色小剑组合而成的金色幻剑，正在前方不断地呈现出8字形，速度非常快。

“吸！”罗峰心念一动。

金色幻剑立即分解，化为一串金光，金光飞回其腿上别着的暗金色长棍内。

罗峰有些疲累，操控衍神兵很是吃力。不过，衍神兵的威力的确大得惊人。

他盘膝静坐大概一个小时，恢复了精神。

“第一世界区的预选淘汰赛已经进行了十天，这十天内，我一直待在这栋住宅楼里，就算有人进入住宅楼，我都懒得动手，除非靠近我所在的屋子。”罗峰低头看看护臂上的屏幕，屏幕上显示着他现如今的积分。

参战者：罗峰（黑龙山帝国）

积分：92

排名：68942048

“排名比我高的有6000多万人。”罗峰微微一笑，“十天，预选淘汰赛最残酷的厮杀阶段已经过去，活到现在的都是高手。这十天里，我已经基本熟练幻剑式，并且念力已经在识海中组成虚空之塔。”

虚空之塔是一门秘法，不过，这门秘法并非陨墨星主人所创。当初陨墨星主人殒身前，并没将这门秘法修炼到最高层。

在虚拟宇宙中，是可以施展这门秘法的。用了大概九天时间，罗峰才在识海中用念力组成虚空之塔，不过，只是一层之塔，即使如此，也令罗峰的灵魂防御强得多，加上他那惊人的意志强度，还真没多少同阶对手能与之相比。

“现在可以了，开始大战吧！”

罗峰的眼眸中闪烁着奇异的色彩，而后，他站起身来，直接走出了屋子，很快就离开了这栋住宅楼。

住宅楼所在的小区非常漂亮，不过，经常能够看到地面上有一些玻璃碎片、干涸的血迹、恒星级强者的尸身。虚拟宇宙公司为了真实，并没有清理现场。

罗峰走在小区中的草坪上，念力弥漫开去，因为这里的引力大得离谱，念力最多覆盖周围800米范围，不过足以将半个小区探察一遍了。

感受到罗峰的念力，周围一栋栋住宅楼中迅速冲出六人。

“朋友，能在第一世界区中活十天，看来你不是傻子，可你竟然敢直接用念力探察，很有自信啊！”

六人当即分散开来，其中一个黝黑的精瘦少年冷笑道。

他手持着一把血色弯刀。

“六个！”罗峰目光扫过眼前的六人。

能活到现在，这六人的积分恐怕都比自己高。

“动手！”六人中，一个穿着黑色原力战衣的青年低喝一声。

同时，一道无形的精神攻击直接刺入罗峰的识海。能在第一世界区活到现在，这些都算得上是一方天才。

罗峰直接用念力探察，相当于是挑衅他们。

现在一人说要动手，其他五人自然是同时动手。

“轰！轰！”

两个容貌几乎一模一样的青年手持利剑闪电般冲过去。

“嗖！嗖！”

一道银光和一道金光远远地射来。

“哧！”

那身穿黑色原力战衣的青年施展的精神攻击袭向罗峰的灵魂。

罗峰的识海中，那高大的虚空之塔只是微微震颤，就轻易地抵挡住了。罗峰脚踏遁天梭，身体周围隐隐有金光闪烁，一闪身，轻易地避开了对方的攻击。

“领域好强啊！”六人脸色微变。

罗峰达到了领域五重，加上遁天梭本来就是以金之本源法则为主，施展起来速度更快，加之他的身法更加诡异，避开那精神攻击的确很轻松。

“去死吧！”罗峰心念一动。

“嗖！”一只金色鱼儿从遁天梭中飞出。
金色鱼儿隐隐蕴含着玄奥的法则，它以无比惊人的速度，瞬间掠过六人。
随着一阵低哼声，同时有兵器和金色鱼儿撞击的金属声响起。
“竟然有一个还没死。”罗峰看着那精瘦少年，暗自称奇。
其他五人已经倒地身亡。
精瘦少年手持血色弯刀，紧紧地盯着罗峰。
此刻，罗峰护臂屏幕上的数字再次变化。

参战者：罗峰（黑龙山帝国）

积分：8162

排名：122912

第391章

代号疯子

草坪旁边就是那五人的尸身，很显然，罗峰的实力极强。

那精瘦少年心生畏惧，死死地盯着罗峰：“这人太，太强了。法则……对，法则，他已经领悟了一点宇宙本源法则。怎么办？我现在都没进入前1001名，这下肯定完了。”

“他是精神念师，而且有飞行类念力兵器，飞行的速度比我奔跑的速度快得多，我想逃都逃不掉。”

刹那间，精瘦少年的脑海中闪过诸多念头。

“朋友！”精瘦少年低喝一声，“我看走眼了，你竟然是跨入了本源法则门槛的强者，或许我这里有你需要的情报，只要你放我一条生路，我就告诉你。”

“情报？”罗峰脚踏遁天梭，盯着精瘦少年。

“是的，我有情报。第一世界区中有91个城市，每个城市都有近1亿的参战者，其中就有一些名气极大的超级强者，遇到那些超级强者，就应该避开。”

“我将城市中的一些超级强者的信息告诉你，你放我一条生路。”

精瘦少年一直盯着罗峰，不敢有丝毫松懈。

“超级强者！”罗峰微微一笑。

“没错！若你碰上他们，后悔就来不及了。”精瘦少年说道。

“哈哈……”罗峰笑着看向精瘦少年，“这个城市，乃至第一世界区，还没有谁能让我畏惧。”

精瘦少年闻言，脸色一变。

他化作一道黑影，直接到了罗峰的面前，迷蒙的血色浪潮环绕在精瘦少年周围，而后血色浪潮缠绕他手中的弯刀，弯刀以无比惊人的速度直接劈向罗峰。

罗峰反应极快，脚踏遁天梭，远远地避让开来。

“嗖！”金色鱼儿飞离罗峰身边，朝那精瘦少年飞去。

眨眼的工夫，就到了精瘦少年的面前。

“铛！”精瘦少年身影如鬼魅，血色刀光再次抵挡住金色鱼儿的攻击。

“最讨厌这样的精神念师。”精瘦少年心中愤恨，“他驾驭着念力兵器飞行，我根本追不上，而且，他还能操控兵器进行远攻。浑蛋！”

精瘦少年掌控着领域，拼尽全力，一次次抵挡住金色鱼儿的攻击。

罗峰心中暗道：“这小家伙实力挺强，应该达到了领域四重。”

“破！”

罗峰表情严肃，强大的意识灌入金色鱼儿。在他的全力操控下，那一点宇宙本源法则和金色鱼儿结合得更加完美，灵活性和速度立即飙升。

“噗！”一道金光擦过精瘦少年的弯刀，直接射向他的额头。

他的眼睛瞪得滚圆，眼中有着不甘心。

“轰！”精瘦少年倒在草坪上，当场身亡。

罗峰走过去，低头看了看，道：“你的实力挺强的，领域都比得上我二哥了，也就身法比我二哥差一点，其他都差不多。可惜，你遇到了我，只能落得这个下场。”

强者有着绝对的自信，刚才罗峰仅仅靠着意识强度和对本源法则的感悟就击杀了精瘦少年，他进行远攻时，甚至都没施展出领域。

现在的他非常强大。

巴巴塔认为罗峰拼命的话，能够冲进乾巫宇宙国前1000名。事实上，一个宇宙国有亿万天才，能拥有进入前1000名的实力，代表在本世界区有着进入前10名的实力。

一般来说，排名越靠前，实力差距越小，就算比对手弱，也能够斗一斗。

罗峰之所以说第一世界区没有让他感到畏惧的人，正是因为他对自己的实力有信心。

“嗯！我的积分还真多。”罗峰低头一看。

参战者：罗峰（黑龙山帝国）

积分：15921

排名：62912

“现在战斗起来才真是痛快。”罗峰眼眸中有着一丝兴奋，“刚开始击杀一个对手，才得到一积分，现在击杀一个对手，能得到数千积分，真是痛快！”

“嗯？有高手？而且是来自乾巫宇宙国上亿星系的超级高手？那就迎战吧！我希望有能够刺激我爆发出领域的超级高手。”罗峰心中暗道。

之前六个对手的实力都算强，甚至其中一人的实力接近雷神，跨入本源法则的门槛，的确能令实力提升很多。然而，这些人都不是罗峰的对手，都不能让罗峰全力以赴。

罗峰背着战刀，手持盾牌，走在寂静的城市中，念力弥漫，探察出了一个个幸存者，而后开始了激烈的厮杀。

与此同时，他的排名在不断上升。

第一世界区上空。

宇宙飞船的单间内，罗峰的家人议论纷纷。

“妈妈，爸爸的排名在飞速提高，刚才一下子冲到了第12万名。你快看！”罗海很激动，将屏幕递到旁边的徐欣面前。

坐在沙发上的罗洪国和龚心兰听了，连忙点开自己的屏幕，不由得惊呼起来：“真的，他的排名竟然一下子提升了这么多。”

“我就说吧，大伯和爸爸都是保留实力。”罗平得意地说道，“昨天大伯开始发威，现在都冲到前1万多名了，爸爸的排名自然也不差。”

“快看，你爸爸的排名又飙升了，冲到前6万多名了。”罗洪国忍不住惊呼起来。

“什么？短短的工夫，他的排名就从第12万名升到了前6万名！”徐刚也惊呼起来。

“没错，而且爸爸的排名仍旧不断上升，快到前4万名了。哇！他冲进前3万名了。”罗海激动万分。

一屋子的人都兴奋起来。

罗峰的排名不断上升，这说明他一直在战斗，而且每场都赢了，实在是太厉害了。

……

预选淘汰赛进行的第12天，第一世界区。

狂风呼啸，血腥气弥漫。

背着战刀，手持盾牌的罗峰默默走在街道上，街道上空无一人。

“疯子！那个就是疯子！”

“就是他！据说短短两天的时间，他就在我们东城区杀了数百个高手！”

“没错，就是他！”

“他遇到一个强者时，根本不废话，直接动手，实力强得可怕。”

……

远处的一座摩天大厦上，两名同伴透过窗玻璃遥看下方街道上的罗峰。

这座城市非常大，比地球上的基地市都要大得多，毕竟安排了近1亿参战者进来。

这两天，罗峰一直在东城区进行战斗，击杀了数百人，须知，这数百人不是刚开始的那些人，都是从血战中活下来的高手。

他们都是堪称星系第一人的那种强者。

可惜，罗峰堪称黑龙山星域同阶强者中的第一人，而且，还是有资格冲进整个宇宙国的前1000名的超级强者，自然能轻易解决他们。

罗峰站在街道上，看着前方的临街商城，他用念力扫过，发现里面有三个人。

他静默数秒。

按理说，他用念力扫过，对方会察觉到，一般会主动现身。可是，这三人都没出来。

罗峰眉头微皱，大喝一声："出来！"

声音回荡在街道中。

"疯子！我们不想招惹你，你别太过分！"两句满含怒气的宇宙通用语传了出来。

"疯子！"紧接着，一道低喝声传了出来，"进入第一世界区的前1001名就算通过预选淘汰赛。你冲进前1001名应该很容易，没必要欺人太甚吧！"

罗峰眉头一皱。

很多活下来的强者，特别是实力相当的，一般会暂时结成联盟。

"少废话，你们出来，或者，我进去。"罗峰依旧冷冷地道。

"嗖——"

三人从临街商城的窗口冲出，悬浮在半空中，其中一人身材高大，皮肤泛着土黄色，其他两人的体形和罗峰差不多，一男一女。

这三人看着眼前背着战刀，手持盾牌的黑发青年，心中又怒又怕。

短短的时间，疯子之名就传遍了第一世界区。

疯子是一个有着很强实力的绝世高手。死在他手上的数百人的实力都很强，却没有一个能跟他打个平手。

"疯子，我们是乾巫宇宙国皇族派来参加天才之战的，你……"高大汉子沉声说道。

"去死吧。"罗峰打断他的话，脚下出现了遁天梭。

"快走！"三人脸色一变，立即转身就逃，心中暗骂，"疯子，竟然不给我们这些乾巫宇宙国皇族之人一点面子。"

这次参加天才选拔战的虽然有8000多亿人，但是大多数是来自各个属国、星域、组织的，或者是独行的强者，而乾巫宇宙国皇族仅仅派出1亿多强者。

不过，国主说了，这1亿多强者要抢占此次天才选拔战一半的晋级名额。

“嗖！”金色鱼儿掠过那高大汉子的脑袋。

高大汉子早就没有了反抗的勇气，瞬间便被击杀了。

黑衣少女见状，恨恨地道：“魔锤一定会杀了你。”

罗峰冷哼一声，将她也击杀了。

凭借遁天梭的极快速度，罗峰接连击杀了两人，因为三人是分头逃跑的，击杀其中两人后，已经来不及追杀剩下的一人了。

“魔锤？哼！希望他的实力很强，能让我施展出领域。”罗峰低头看向护臂上的屏幕。

参战者：罗峰（黑龙山帝国）

积分：863829

排名：1012

“越往后，名次上升就越慢。不过，也算不错了，我马上就要冲进前1001名了。”罗峰心中暗道。

一艘华丽的宇宙飞船中，来自乾巫宇宙国各个星域的世子、公主、皇子正在谈笑风生。

“快看！布罗林，你们黑龙山帝国有一人冲进前1001名了。”某个帝国的皇子高声说道。

“嗯？”布罗林连忙看去。

只见旁边的大屏幕上显示出了一个个帝国的名字，其中黑龙山帝国通过预选淘汰赛的人数暂时为1，之前还是0，现在已经变成1了。

“快点开。”布罗林道。

“嘀！”大屏幕的旁边出现了一面小屏幕，小屏幕上出现了一行字：第一世界区第997名，罗峰（黑龙山帝国）。

“哈哈！罗峰可是我们黑龙山帝国精心培养的天才。”布罗林得意地说道。

话音刚落，他的脸色微变。

“罗峰？这个名字怎么这么熟悉？对了，在界中界换取到不少宝物的那个小子也叫罗峰。难道……不会，绝对不会，宇宙中同名的强者有很多。”

“布罗林，你们黑龙山帝国的强者还算不错，总算排名不是垫底的。”

近千个宇宙中等国度中，200多个宇宙中等国度的强者通过预选淘汰赛的暂时为0。

同一时刻，乾巫宇宙国中诸多神国和各大组织都注意到了罗峰。不过，最激动的是黑龙山帝国的公民，还有一些高层。

“哈哈！黑龙山帝国的罗峰冲进前1001名了。”

“我们黑龙山帝国竟然也有人冲进前1001名了。”

“罗峰？我怎么没听过这个名字？”

“快查查，他是什么来历？”

第392章

魔锤

第八十二世界区的上空，一艘艘宇宙飞船悬浮，其中一艘装饰奢华的宇宙飞船极为显眼，其内部的一个单间中，一个身材火辣的梦贝族碧发少女跪伏在一旁，正为一个胖乎乎的青年按摩。

“少爷，快看，我们黑龙山帝国有人冲进前1001名了。”梦贝族少女道。

“嗯？”青年依旧躺着，随意地敲击了一下旁边的屏幕，屏幕上迅速浮现一个榜单。

他一看，顿时瞪大眼睛，站起身来：“还真有一个。咦！那个天才竟然名为罗峰，他的名字跟我在虬龙星认识的朋友一模一样。”

这胖乎乎的青年正是罗峰当年在虬龙星认识的高升。

“有意思，有意思，我得告诉罗峰。”高升当即发出通话申请。

等了片刻，罗峰都没有接。

高升眉头微皱，喃喃道：“嗯？罗峰怎么没接？”

一分钟、两分钟……

“怪了，罗峰竟然不接我的通话申请。”高升很是疑惑。

“少爷，难道冲进前1001名的就是罗峰少爷？”梦贝族少女笑道。

高升连连摆手：“没这么巧。能冲进前1001名的，绝对是天才中的天才，而且，黑龙山星域广袤，恒星级强者不计其数，重名是很正常的。”

另外一艘宇宙飞船中。

诺岚山紧紧地盯着屏幕，因为屏幕上显示出了罗峰的名字。

“罗峰？”诺岚山眉头微皱，“这个名字……”

预选淘汰赛并没有进行转播，他并不知道具体的赛况，更不知道这个罗峰的样貌。

“希望不是我认识的那个罗峰。”诺岚山凝视屏幕，有些烦恼。

……

一艘宇宙飞船的广阔大厅中坐着数千人，这群人正是黑龙山帝国的统治者。宇宙人类——巅峰天才战可是整个宇宙的盛事，是面向所有宇宙国的，是关系到帝国荣誉的盛会，黑龙山帝国的统治者自然也很关注。

“恭喜陛下！”

“陛下，大喜！”

大厅忽然沸腾起来。

黑龙山帝国的大人物都欢呼起来。

能进入这种场合的，除了帝国的权贵、界主级强者、域主级强者，就是五百多个宇宙初等文明国度的国主，个个都是地位远超诺岚山的大人物。

“哈哈！”穿着暗黑色皇袍的黑龙山帝国帝皇发出了爽朗的笑声。

大厅的最前方有着巨大的屏幕，屏幕上显示出黑龙山帝国通过预选淘汰赛的人数暂时为1，后面还显示出了罗峰的名字。

“罗峰不错。”帝皇朗声大笑，“我们黑龙山帝国这次排名至少没有垫底，罗峰功不可没，一定要奖励他！”

“对，要奖励他。”

“是啊！罗峰可是立了大功！”

“陛下英明。”

一群权贵忙着拍马屁，附和声如潮。

那些初等文明国度的国主都无比热情。

“陛下，现在距离预选淘汰赛结束还早，待结束后才能知道最终结果。”帝皇身侧的一名儒雅老者轻声说道。

这老者的耳朵后面还有四只小耳朵。敢在帝皇高兴时说出这种扫兴的话，这老者的地位自然是极高的。

他正是参加这场盛宴的界主级强者之一。

“嗯。”帝皇微微点头，“就算后面的决赛中，罗峰失败了，他依旧有大功。”

另一边。

罗峰并不知道，他暂时冲进了前1001名，引起了很多人，特别是黑龙山帝国的人的注意。

这就好像是地球人观看某一场国际球类赛事，若是有自己国家的选手进球，当然无比自豪。此次天才选拔战是宇宙的两大盛事之一，在民众中的影响力更是惊人。

此时，黑龙山帝国亿万民众都很期待罗峰的精彩表现，支持罗峰。

第一世界区，繁华城市，居民楼。

客厅中，罗峰正盘膝静坐，进行调息，到现在，预选淘汰赛已经进行了18天，近8天来，特别是在东城区，罗峰的“疯子”之名令很多强者感到畏惧。

在这座城市中，罗峰称得上是排名前10的超级强者。

当然，每次战斗，他都很谨慎，时间一长，他也感到有些疲累，就会休息一段时间。不管遇到什么样的对手，他尽量让自己保持最佳状态。

“越往后，排名上升越难。”罗峰睁开眼睛，低头看向护臂上的屏幕。

参战者：罗峰（黑龙山帝国）

积分：3129302

排名：398

排在前面的强者为了保证自己能维持在前1001名，一个个都拼命大战，尽量累积积分。特别是超级强者和超级强者对战，胜者很可能得到上百万积分。

罗峰不断战斗，排名升到了第997名，积分增加了90万左右。而从第997名突破到第398名，积分又增加了200多万。

“该狩猎了。”罗峰眼中闪过一道精光，直接站起身来。

与此同时，念力迅速弥漫开去，将周围八百米范围探察了一遍。

“嗯？三个猎物。”

“嗖！”罗峰直接从阳台一跃而出。

紧接着，金色鱼儿疾速飞跃而出，朝那三个猎物飞去。

“那是疯子！”

“快走！”

随着惊慌的大喊声，其中两个高手直接被罗峰击杀，唯一一个飞出居民楼的青年也被罗峰追杀数里，没有逃过一劫。

这城市有白天，也有黑夜。

当夜，寒风呼啸。

罗峰背着战刀，手持盾牌，默默走在街道上。街道上除了一些尸体残骸外，唯一的活人就是罗峰。

忽然，他停了下来，耳朵微微一动，隐隐听到远处传来极为微弱的声音。

他的脸上露出兴奋之色。

“黑夜中，敢出来的一般都是超级高手。击杀超级高手，效率更高！”

“嗖！”罗峰化作一道幻影，迅速朝声音发出的方向靠近。

仅仅片刻，他就来到了街道的岔路口。

“嗯？”罗峰扭头看去。

虽然是黑夜，但是恒星级九阶强者的视力非常惊人，能够一眼看到数千米外的物体。若是白天，只要视线范围内没有任何阻碍物，看到数百千米外的事物都很轻松。

“那是……”

远处的街道上发生了一场战斗，准确地说，那是屠戮。

“砰！”一名精神念师躲避不及，脑袋被一个黑色的锤子砸中，当场毙命。

“哈哈……”尖厉的笑声让人心悸。

手持黑锤的是一个足足有三米高的精瘦男子，他的双腿强劲有力，怪异的是，还有四条粗壮的手臂，四只手都拿着一个黑锤，而他的额头上有一只独眼，独眼还是竖着的。

看到这人的长相，罗峰心中一惊。

“暗伽罗族人！他就是魔锤！”

这段时间以来，罗峰成了这座城市中的超级强者，对其他名气极大的强者有所了解。

强者们不知道别人的名字，都是叫外号。

罗峰的外号是“疯子”，是新近崛起的超级强者，战斗力惊人，在其他强者眼里，疯子足以名列这座城市强者中的前10名。

“魔锤”是早期崛起的强者，可以说称霸东城区，之前被人认定为东城区的第一强者。

不过，疯子崛起后，魔锤的“东城区第一强者”称号就受到了质疑，因为疯子在东城区所向无敌。

“有意思。”罗峰直接朝远处的魔锤走去。

手持黑锤，足有3米高的魔锤砸死一个对手后，立即大步追向最后一个对手。他的步伐诡异，每行一步，都能瞬间到达远处，速度快得惊人。

而最后一个对手是容貌俊美的少年，一脸惊恐之色，正迅速逃窜，心中暗道：“怎么会碰到魔锤这个恶魔，来不及了，来不及了。”

忽然——

“嗯？”手持四个黑锤的魔锤突然停下，盯着前方。

前方街道上，一人缓缓走出，和三米高的魔锤相比，显得很矮小。

来人身高一米八，穿着深灰色战袍，背着战刀，手持盾牌，一步步走了过来。他虽然不高，但是气势凌厉，震慑住了魔锤，顿时使魔锤放弃追逐最后一个对手。

此人正是罗峰。

“嗯？”那俊美少年逃到半空中，还有些发蒙。

下方，魔锤紧紧地盯着罗峰。

罗峰也看着前方的魔锤，双眸中有一丝兴奋。

“疯子！”魔锤声音冷厉。

“魔锤！”罗峰的脸上露出一丝笑容。

第393章

街头大战

这座城市中足以排在前十名的超级强者，也是东城区中数一数二的两个超级强者，在这条昏暗的街道上相遇了。

一般来说，超级强者都会尽量积累积分，当积分足够多的时候，才会和同层次的高手进行生死战。积分够多，即使丧命，损失了一半积分，依旧能排在前1001名。

“现在动手？”魔锤盯着罗峰。

“嗯！”罗峰点点头，“就现在！”

“哈哈！我倒要看看，让无数天才害怕的‘疯子’到底有多强。”魔锤冷冷地道。

罗峰悬浮起来，脚下自动出现了遁天梭。

街道上，两人遥遥相对。

“轰！”魔锤的右脚猛地踩在地面上，令地面顿时龟裂开来。

他一闪身，就已经蹿到罗峰面前，四只手都持着黑锤，接连朝罗峰袭来。

罗峰陡然倒退，同时一道金光从脚下的遁天梭中射出，而后直接化为一条金色鱼儿。

他脸色一沉。

金色鱼儿疾速袭向魔锤。

看到这一幕，魔锤瞳孔一缩，心中暗惊：“这个疯子操控念力兵器竟然游刃有余。明明是一些刀片组合而成的，竟然就像一条真的金色鱼儿，甚至没有一点杀意。”

“砰——”一连串撞击声响起。

四条手臂疯狂舞动着，令那四个黑锤彼此交替击出，形成近乎完美的防御，一次次将金色鱼儿给阻挡住了。

“哈哈！你也就这点实力。”魔锤大笑起来。

“轰隆隆——”

厚重的黑色气流环绕在魔锤周围，一时间，令周围百米范围都陷入黑色气流的领域。

罗峰感觉到了黑色气流中蕴含的杀意。在黑色气流的环绕下，魔锤那四只手上的黑锤得到助力，速度飙升，每一击更快，力道更大。

金色鱼儿不断闪躲，想要冲破黑锤的防守层。

“咔！”金色鱼儿闪躲开来，黑锤砸在了旁边的路灯柱上，砸得粗壮的路灯柱直接弯曲。

“轰！”又一锤砸得街道龟裂开来，出现一个大坑。

碎石朝四处飞溅。

“铛！”

终于，金色鱼儿被一锤砸得倒飞开去，表面的金丝颤动，仿佛要崩溃似的。

“疯子，你就这点手段？别以为你脚踏念力兵器，我就追不上你。”

魔锤的脚下突然出现了一个奇异的圆盘，而后，迅速朝罗峰飞来。

“在这里，我们的身体素质一样，我的念力可一点不比你的差。”

在领域的帮助下，魔锤疾速飞向罗峰。

罗峰却露出一丝笑容：“不愧是魔锤！”

暗伽罗族本来就是乾巫宇宙国中名气极大的一个族群，暗伽罗族人成年时即可达到宇宙级。此外，作为大地的宠儿，超过九成的暗伽罗族人都会感悟出土属性的领域，乃至法则。

魔锤的黑色领域如此厚重，其实就是土属性领域的一种特征。

“轰！”罗峰身体周围猛地爆发出道道金光，一股凌厉的金色气流迅速笼罩周围的区域，将之前的黑色气流给逼退开去。

“嗯？”魔锤在半空中停下。

“魔锤，在这座城市中，你是第一个逼得我施展出领域的对手。”罗峰咧嘴一笑。

魔锤瞳孔一缩。

这个疯子未免太猖狂了，之前竟然一直都没使出领域。

“即便你拥有领域，一样得死！”

话音刚落，魔锤直接扑向罗峰，手中的四个黑锤瞬间化作黑影，仿佛山崩地裂，无数石头砸落。

在金色气流的环绕下，那金色鱼儿仿佛从陆地进入了水中，一下子变得十分灵活。

这领域给了它无穷的动力。

遁天梭本是以金之本源法则为主，隐含一点点空间本源法则。在罗峰的领域的包裹下，如鱼得水。

“嗖——”金色鱼儿一次次冲向魔锤。

而魔锤疯狂舞动四个黑锤，想要砸飞金色鱼儿。

可是，金色鱼儿明显灵活得多，而且威力大得多。

魔锤别说进攻了，单单是想要防住金色鱼儿都非常难。

“啊！”魔锤忍不住低吼一声，独眼死死地盯着金色鱼儿。

金色鱼儿尾巴一甩，猛地袭向魔锤。

“铛！”魔锤再度抵挡住了。

“铛——”

魔锤拼命抵挡，额头都渗出了冷汗。

远处的罗峰心中暗叹：“我已经将我全部的力量都使出来了，遁天梭的威力也已经达到极致，竟然都无法直接击杀魔锤。”

魔锤的实力的确很强，四锤连环击出，结合其强大的领域，威力了不得。

攻击时，每一锤的重力都很是惊人。

防守时，其防御也堪称完美。

“想要瞬间击败他，看来得动用衍神兵。”罗峰心中暗道。

遁天梭无法使他发挥出最强的实力，衍神兵才是他的最强杀招。

“这疯子太可怕了，我遇到过成千上万的精神念师，可是，没有一个操控念力兵器能像疯子这么自如。他的金色鱼儿发起攻击时，无比灵活，轨迹捉摸不定，威力不爆发，丝毫察觉不到，一旦爆发，大得惊人。”魔锤心中暗道。

罗峰对于剑鱼阵的控制，的确达到了游刃有余的地步，想要威力爆发则爆发，不想威力爆发则不泄露丝毫威力。

在罗峰操控金色鱼儿的一次次攻击下，魔锤防御起来越来越吃力。

在连续抵挡住106次进攻后，魔锤明显体力不支。

金色鱼儿顿时擦过黑锤，直接袭向他。

魔锤顿时吓得一激灵，挥动一只手上的黑锤拼命保护自己。

“哧！”金色鱼儿狠狠地切割在魔锤的一条手臂上，蕴含金之本源法则的金色鱼儿无比凌厉，直接切割开了魔锤的原力战衣。

魔锤的一条手臂断了。

“啊——”魔锤愤怒嘶吼，另外三只手各抓着一个黑锤，疯狂袭向罗峰。

“我可是精神念师，不会和你近战的。”罗峰脚踏遁天梭，再次腾空，操控金色鱼儿反击。

已经断了一臂，防御力明显弱一截的魔锤注定无法翻盘，他开始疯狂攻击，想要杀了罗峰，却被金色鱼儿阻拦住了。

“啊！”魔锤怒吼一声。

三个黑锤疯狂挥舞，砸得旁边的路灯柱弯曲，街边的一些建筑的墙壁裂了开来，窗玻璃碎片乱飞。

不过，魔锤发狂，只能保持瞬间的爆发而已。

“噗！”金色鱼儿直接从两个黑锤的缝隙中穿过，而后直接袭向魔锤的独眼。

而后，罗峰缓缓降落在街道上，而那条金色鱼儿飞了回来，融入遁天梭。

“轰！”魔锤高大的身体缓缓倒下，手中的黑锤砸落在地，发出轰响声。

看着眼前魔锤的尸身，罗峰暗松一口气：“这魔锤比大哥还要厉害。”

据罗峰判断，魔锤应该达到了领域八重。暗伽罗族本身就是大地的宠儿，就跟金角巨兽是金之宇宙本源的宠儿一样。而且，魔锤修炼了数百年，得到了族内前辈的教导，又是族内的天才，达到领域八重并不奇怪。

所以，在不使用衍神兵的情况下，罗峰拼尽了全力。

罗峰休息片刻，这才低头看向护臂上的屏幕。

屏幕上的数字已经发生了变动。

参战者：罗峰（黑龙山帝国）

积分：6129030

排名：191

“这魔锤不愧是这座城市中的超级强者，他的积分比我多很多。”罗峰心中暗道。

击杀魔锤，就给自己增加了300多万积分，说明魔锤的积分达到了600多万。

不愧是达到领域八重的天才！

“很好。”罗峰露出满意的笑。

仅仅击杀一个魔锤，就比击杀上千个高手的收获还要大。

“嗯？”忽然，罗峰心中一惊。

他猛地转头，看向旁边的居民楼。

天台上正站着一人，那是一个穿着绿色战袍，有着绿色长发的俊美青年。

绿发青年正看向下方街道上的罗峰。

“有人离我这么近，我之前竟然没发现。”罗峰想着，后背渗出了冷汗。

“不愧是疯子！”一道清亮的声音传来。

只见绿发青年站在天台上，笑道：“你竟然能够击杀魔锤。即便是我，要击杀魔锤，也得耗费不少力气。现在在东城区，你就是第一高手，我真的很想和你一战啊！”

罗峰瞳孔一缩，想起一人，道：“你是……风轮？”

在这座城市中，风轮是公认的十大天才之一。如果说疯子是近期崛起的超级强者，那么风轮就一直是近乎无敌的可怕家伙，他喜欢在城市各处闯荡，专门挑高手决战，至今为止，但凡出手，皆会成功。

“我的积分还不够多，最后一天我会来找你，到时你我再一战。”风轮笑道。

随即，整个人化作一道青光，瞬间消失了。

第394章

排名

“风轮？”街道上，罗峰眉头微皱。

代号“风轮”的超级强者和罗峰一样，都是精神念师。

据罗峰得到的信息，风轮的速度极快，一旦出手，没有一次失败的，是这座城市中数一数二的超级强者。

刚才风轮悄无声息就出现在距离自己不足两百米的居民楼的天台上，这就足以证明他的实力极强。

“想要和我大战？”罗峰微微一笑，“我等着！”

随即，罗峰离开了，街道上只剩下魔锤的尸身。

其实，罗峰和魔锤大战，巨大的轰鸣声不但引起了风轮的注意，也吸引了其他天才，只是，那群人只是远远地看着，根本不敢靠近。

此次大战，魔锤丧命，罗峰赢了。

至此，“疯子”在东城区名声大噪。

接下来的日子，罗峰继续大战，只要发现参战者，绝不放过与之战斗的任何机会。

预选淘汰赛的第21天——

一座摩天大厦中，罗峰击杀了同样名列本城市前十名的强者“冷线”。

预选淘汰赛的第26天——

罗峰在一个居民小区中击杀了本城市排名前十的强者“骨头”。

自此，本城市前十名强者中有三个都死在罗峰的手上，“疯子”这个名号传遍整座城市，有着惊人的威慑力。城市中幸存的参战者都有意避开罗峰，在他们看来，罗峰有着城市前三名的惊人实力。

第八十八世界区。

穿着白色战袍的光头青年站在半山腰上。

“你就是雷神？”一个三米多高，头发乱糟糟，赤着双脚，手持短刀的年轻壮汉看着雷神，咧嘴笑道。

雷神脸色发白，道：“你，你是……”

眼前的年轻壮汉样貌和地球人相似，只是更加高大。在第八十八世界区，这个年轻壮汉是令人畏惧的存在。

此人外号“野人”，在第八十八世界区排名第三。

野人喜好追杀强者，只有实力极强的人才能吸引他的注意。在第八十八世界区，还没有人是他的对手。至少，他现在还没遇到对手。一个个强者都倒在他的短刀下，所谓短刀，也是相较于他的身材而言。

在雷神看来，那其实是一把大型战刀。

“拿出你的全部实力。”野人定定地看着雷神。

“我就不信了！”雷神双眸电光一闪，身体周围环绕着一条条电蛇。

整个人一闪身，仿佛产生了迷蒙的幻影，直接逼向野人。

野人怒喝一声，手中的战刀猛地一劈。

雷神感觉到短刀挟着开天辟地的气势重重劈来，他当即用手中的战刀抵挡。

雷神感到手一麻，虎口裂开，手中的战刀被击得飞了出去。

“太，太强了……”雷神看着短刀再次朝自己劈来，脑海中浮现出这么一个念头。

“啊！”雷神当场丧命。

在预选淘汰赛的第27天，雷神被杀了。

第七十二世界区。

如果说罗峰所在的世界区类似于现实中某颗星球的大陆，雷神所在的世界区类似于现实中的大型山脉，第七十二世界区则类似于乾巫宇宙国中名气极大的建筑——星球大厦。

星球大厦高耸入云，占地面积极广，大厦内部能居住百亿人。

这的确很不可思议！

一般生命星球的总人口也就这么多，所以它被命名为“星球大厦”。星球大厦是一个不朽级强者心血来潮时，花费巨额资金才建造而成的。

第七十二世界区的超级大厦内，82亿多人正在厮杀。

当夜。

大厦内一片漆黑，一个手持长枪的黑发男子缓步行走在十米宽的廊道上，廊道的地面上遍布尸身。

“已经是第28天了。”洪低头看看自己护臂上的屏幕。

参战者：洪（黑龙山帝国）

积分：910293

排名：1016

“最后两三天，很多强者都会拼命厮杀，以争取得到更多积分。我也必须努力，得到足够的积分，冲进前1001名。”洪站在昏暗的廊道上，暗自思忖。

童年时期就被当成杀手，接受残酷训练的他，很适应这种生死淘汰。

“嗯？”洪眉头一皱。

“呼！”周围的光线扭曲，洪消失不见了。

远处廊道的岔口，一个青年朝四周看看，没看到一个人，便继续前进。

“嗯？”忽然青年脸色一变，“有人！”

顿时，狂暴的气浪澎湃而出，领域辐射开去，立即令数十米外显出一道黑色人影。这道黑色人影正闪电般冲来，整个人身形扭曲，给人的感觉非常怪异。

一杆长枪一转，枪头直接刺向青年。

青年连忙飞退，同时操控念力兵器去抵挡。

“噗！”枪头疾速穿透青年的脑袋。

青年的眼中满是惊愕，似乎无法理解自己为什么会突然丧命。

“你对于领域的利用还不够强。”洪看了一眼青年的尸身，冷冷地道。

他的身体一阵模糊，再度消失不见了。

宇宙飞船的单间内。

“啊！二伯的排名一下子掉下去了。”小海的脸上满是惊讶的神色，“刚才还是3000多名，现在一下子变成第5000名了。”

“什么？”徐刚瞪大眼睛，看向屏幕，“还真是！雷神的排名猛地下跌，他的积分起码少了一半。难道雷神被杀了？”

“我试试联系他。”徐欣说完，立马向雷神发出通话申请。

“嘟——”

“喂，弟妹啊，我刚刚被淘汰，一下子就接到十几个通话申请，哈哈……”雷神出现在屏幕上，笑呵呵道。

“二伯，你真的被淘汰了？”旁边的罗平问道。

“是的，我输了。”雷神无奈地道，“没法子，我遇到了第八十八世界区的‘野人’，野人可是一个超级强者，速度极快，我根本逃不掉。我和他交手，竟然被他用一招就杀了。他的实力比我强太多了，我输得心服口服。”

“一招？”单间内的人惊愕。

“不过，小平啊，你爸爸很不错啊。我刚才看了一下，他都是第128名了。”雷神赞叹道，“你大伯也不错，不过，比你爸差多了，堪堪冲进前1001名。”

此次巅峰天才战，罗峰快速崛起，引得黑龙山帝国无数人激动不已。

第一世界区上空的一艘宇宙飞船中，上千人聚集在一起。

“罗峰的排名又上升了，成为第128名了。”

“他实在是太厉害了！不过，他是在第10天才开始真正动手，否则，他的积分一定比现在高得多，冲进前100名绝对轻而易举。”

“没错！罗峰太强了，比乾巫宇宙国的很多直属星域的强者都强得多。”

……

黑龙山帝国的公民议论纷纷。

平常很少出现各个星域的人攀比实力的情况，因为根本没机会比。而各个星域的武者风气浓郁，巅峰天才战代表了一个星域的强者水平高低。天才越多，就代表星域越强，天才越少，该星域越弱，自然低其他星域一等。

“现在我们黑龙山帝国已经有两人冲进各自所在世界区的前1001名了。”

“纳比尼的实力也很强，现在是第862名。”

“纳比尼之前是我们星系中的天才，后来吸引了圣地黑龙山的注意，直接被招揽过去了。纳比尼能冲到第862名，着实不错。”

“他的实力的确不错，不过，没法和罗峰相比。”

“没错，罗峰可是第128名。要知道，排名越靠前是越难的。”

高升、诺岚山，以及黑龙山帝国各个阶层的公民，乃至乾巫宇宙国各个星域的人，都密切关注着巅峰天才战。

罗峰这次可是给黑龙山帝国大大争了面子。

预选淘汰赛第30天，也是最后一天。

天蒙蒙亮。

罗峰走在街道上，低头看了看自己护臂上的屏幕。

参战者：罗峰（黑龙山帝国）

积分：13988292

排名：102

罗峰是因为击杀了魔锤等三个超级强者，所以才积累了这么多积分。

片刻后，罗峰来到了上次和魔锤对战的街道。

而后，他爆发出了原力，大声喊道："风轮！"

这道蕴含恒星级九阶原力的怒吼声，瞬间传遍整座城市，甚至传到了荒野。

城市中，幸存的强者们都惊呆了。

到底是谁，竟然敢挑衅风轮？

摩天大厦的天台上，风轮睁开眼睛。

"魔锤、冷线、骨头都死在疯子的手上，如今他应约来与我一战，真是让人期待啊！"

风轮站起身来，双眸闪烁着奇异的光芒，而后化作一道青光，直接朝第一次和疯子见面的地方飞去。

（本册完）

更多精彩尽在《吞噬星空 典藏版9》！